Heike Fremmer

Hotel Prinzess

Heike Fremmer

Hotel Prinzess

Liebesroman

édition el!es

Internet: www.elles.de

E-Mail: info@elles.de

Umschlaggestaltung und Satz: graphik.text Antje Küchler

ISBN 978-3-932499-75-3

Sofie schoß wie ein Wirbelwind durch die Eingangstür. »Guten Morgen!« rief sie auf dem Weg zum Empfang. Sie war spät dran und schaute verstohlen auf die Uhr.

So wie in den vergangenen Tagen herrschte auch heute reges Treiben in der Halle. Einige Leute drehten sich neugierig zu ihr um. Sie lächelte freundlich in deren Gesichter und erntete ebenfalls ein Lächeln dafür.

Hinter dem Empfang nahm sie ihre Post aus dem Fach und sichtete sie kurz. Als sie sich abwandte, um zum Lift zu gehen, kam Lena, Rezeptionistin und gleichzeitig Freundin, um die Ecke und rief: »Guten Morgen, Sofie. Da bist du ja. Warte mal kurz.«

Sofie blieb stehen. »Was gibt's denn? Ich habe in fünf Minuten einen Termin.«

»Deswegen sollst du ja kurz warten. Der Termin muß verschoben werden, Herr Meyer hat gerade angerufen, er wird es nicht vor elf Uhr schaffen. Sein Flug von Köln wurde gestrichen, er muß nun den nächsten nehmen.«

»Hat er sonst noch etwas gesagt?« Sofie runzelte die Stirn.

»Nein, nur daß er es nicht vor elf schaffen wird.«

Sofie nickte abwesend. »Gut, danke. Kannst du mir bitte einen Kaffee ins Büro bringen lassen?«

Lena nickte und griff zum Telefon.

Sofie setzte ihren Weg zum Lift fort und sah sich dabei zufrieden in der Halle um. Eine Sitzgruppe nahe der Panoramafenster ließ einen bezaubernden Blick auf die Alster zu. Sofies ganzer Stolz war jedoch der Brunnen in der Mitte der Halle. Wasserfontänen mit verschiedenen Lichteffekten zauberten eine romantische Stimmung in die Hektik des Tages. Einige Grünpflanzen rundeten das Bild ab.

Es war für Sofie nicht einfach gewesen, von ihrem Chef eine Genehmigung für diesen Brunnen zu erhalten. Beinahe ein halbes Jahr hatte es gedauert, bis sie ihn davon überzeugen konnte, daß dieser Brunnen eine gute Anlage sei.

Da ihr Termin abgesagt worden war, konnte sie sich etwas mehr Zeit bei der Betrachtung *ihres* Hotels lassen. Auch wenn es ihr nicht gehörte, so war sie doch als Managerin dafür verantwortlich.

Als ihr Blick auf einen Pagen fiel, blieb sie überrascht stehen. Er lehnte lässig mit aufgekrempelten Hemdsärmeln an der Wand. Sofie machte einen Schwenker und ging auf ihn zu. Als der Page sie kommen sah, zuckte er leicht zusammen. Direkt vor ihm blieb sie stehen und fragte ironisch: »Haben wir eine neue Kleiderordnung, von der ich nichts weiß?«

Der Page wippte von einem Fuß auf den anderen. »Ich ... mir ... es war so warm, und da dachte ich ...« Sein Kopf glich einer roten Tomate.

Mit einer Handbewegung schnitt sie ihm das Wort ab. »Richten Sie Ihre Kleidung, und gehen Sie an die Arbeit zurück. Ich hoffe, daß dies eine Ausnahme war.«

Er nickte erleichtert und rollte seine Ärmel herunter.

Den Kopf schüttelnd ging Sofie wieder Richtung Aufzug. Nach wenigen Schritten blieb sie jedoch erneut stehen, um nach dem Pagen zu sehen, der immer noch an derselben Stelle stand. »Ist irgend etwas an dem, was ich gesagt habe, unklar?«

»Nein, nein, natürlich nicht, ich dachte nur, daß ...«, stotterte er erneut. Als er sah, wie sie eine Augenbraue hochzog, stolperte er zum Empfang.

Sofie schüttelte erneut den Kopf. »Was ist nur in ihn gefahren, es gibt doch ganz klare Anweisungen.«

Sie fuhr in den fünften Stock, in dem ihr Büro lag, und richtete ihre Aufmerksamkeit auf die aktuelle Post auf ihrem Schreibtisch. Beim Läuten des Telefons nahm sie gedankenverloren den Hörer in die Hand. Mit einem freundlichen »Hotel *Prinzess*, Sie sprechen mit Sofie Berger«, meldete sie sich.

»Sofie, du mußt sofort runterkommen! Hier ist der Teufel los. Sven bekommt die Frau nicht beruhigt, und mich ignoriert sie einfach«, keuchte Lena in den Hörer.

»Ich komme.« Sofie legte den Hörer auf die Gabel und begab sich zur Tür.

Im Aufzug ordnete sie noch rasch ihr Kostüm und lächelte vor sich hin. *Welche Person schafft es, Lena zu ignorieren? Bei ihrer Statur war es beinahe unmöglich, an ihr vorbeizuschauen.*

Kaum hatte sie den Aufzug verlassen, als sie auch schon die laute, leicht rauchige Stimme einer Frau vernahm. »Ich möchte sofort den Manager sprechen!« Sofie musterte die Frau kurz und nahm wahr, daß die kurzen, dunklen Haare einen interessanten Kontrast zu ihrem hellgestreiften Hosenanzug bildeten.

Sofie ging zum Empfang hinüber. »Was kann ich für Sie tun?« fragte sie mit einem freundlichen Lächeln.

Ruckartig drehte die Frau ihren Kopf in Sofies Richtung und musterte sie über den Rand ihrer Sonnenbrille hinweg. Dann drehte sie sich ohne ein Wort wieder zu Sven und fauchte erneut: »Hätten Sie jetzt die Güte, den Manager zu rufen, oder soll ich es selbst machen?«

Innerlich zählte Sofie bis drei, verzog aber keine Miene und sagte in ihrer ruhigen Art: »Mein Name ist Sofie Berger, ich bin die Managerin des Hotels. Wie kann ich Ihnen weiterhelfen?«

Die Frau drehte sich erneut zu ihr um. Mit dem zweiten

Blick über die Sonnenbrille musterte sie Sofie eingehender, und ein ironischer Zug legte sich um ihren Mund. »Sie? Na ja, da kann man wohl nichts machen. Sollte dieses Hotel noch mehr solch unfähiger Mitarbeiter haben, dann können Sie den Laden gleich schließen.«

Immer noch in der gleichen freundlichen und ruhigen Art fragte Sofie: »Nun, was kann ich für Sie tun?«

»Was Sie für mich tun können?« platzte die Dunkelhaarige laut heraus. »Sie«, bei diesem Wort deutete sie mit dem Zeigefinger auf Sofie, »können Ihrem ... Mitarbeiter einmal erklären, was es bedeutet, eine Reservierung korrekt zu buchen! Ich hatte eine lange Fahrt und möchte nun gern auf mein Zimmer.« Das letzte Wort zischte sie in Richtung des Empfangs.

»Ich denke, das können wir klären«, sagte Sofie und ging hinter den Empfangstresen. Sie tippte etwas in den Rechner und zog die rechte Augenbraue hoch. Ansonsten änderte sich nichts an ihrer Mimik. *Doppelbuchungen, wie kann das sein?* überlegte sie stumm. Laut der Computereintragungen waren sie bis auf das letzte Zimmer belegt, aber sie wußte, daß die Rosensuite noch frei war. Die Renovierungsarbeiten waren gestern erst abgeschlossen worden. An die Frau gewandt fragte sie: »Wie ist Ihr Name?«

»Faust, Erica Faust«, schnappte die verärgerte Kundin.

Sofie nickte. »O ja, Ihre Reservierung ist angekommen, Frau Faust. Es tut mir furchtbar leid. Da gab es wohl Probleme mit dem Computer.« Sie wandte sich an Sven. »Bitte geben Sie Frau Faust die Rosensuite, und lassen Sie ihr Gepäck hochbringen.«

Der Rezeptionist blickte Sofie überrascht an, doch Sofie schüttelte unmerklich den Kopf. Als er ihr ernstes Gesicht sah, nahm er die Keycard aus dem Fach und schaute sich suchend nach einem Pagen um.

Währenddessen trommelte Frau Faust mit den Fingern auf den Empfangstresen. Sofie sah die Ungeduld des Gastes und nahm Sven die Keycard aus der Hand. »Wenn Sie mir bitte folgen würden. Ich werde Ihnen Ihr Zimmer zeigen, Ihr Gepäck wird in wenigen Minuten hochgebracht«, sagte sie bestimmt und warf Sven einen strengen Blick zu.

Im Aufzug drückte Sofie die Taste zur vierten Etage.

Erica Faust fixierte sie mit einem ironischen Zug um den Mund, während sie hinauffuhren.

Sofie versuchte es zu ignorieren. Verärgerte Gäste gab es immer wieder, aber mit Freundlichkeit und Entgegenkommen ließ sich die Verärgerung meist schnell beseitigen – bis auf wenige Ausnahmefälle. Sie hoffte, daß Frau Faust nicht zu ihnen gehörte.

Verstohlen betrachtete Sofie Erica ebenfalls. *Hübsch,* entschied sie sich. *Nicht hübsch im klassischen Sinn, vielleicht eher interessant. Mit ihrer leicht gebogenen Nase sieht sie aus wie eine griechische Göttin. Sie trägt keinen Schmuck, wie seltsam. Aber gut, nur weil ich mir ein Leben ohne Schmuck nicht vorstellen kann, muß das ja nicht unnormal sein.* Ihre Gedanken wurden unterbrochen, weil sich die Aufzugtür öffnete.

Sofie schloß die Tür zur Rosensuite auf und ging voran. Innerlich hoffte sie, daß keine Malergerüche mehr vorhanden waren. Mitten im Raum blieb sie stehen und atmete unauffällig aus. Alles roch frisch und sauber. Lächelnd wandte sie sich an Erica Faust und zeigte auf einen Schreibtisch am Fenster. »Dieses Zimmer verfügt über einen Internetanschluß und eine Minibar. Beides steht Ihnen, aufgrund der Unannehmlichkeiten, die Sie durch die Fehlbuchung unseres Hauses hatten, zur freien Benutzung zur Verfügung. Im Bad«, sie deutete nach links, »befindet sich eine Badewanne mit Whirlpool, wenn Sie sich gern etwas entspannen möchten. Sollten Sie den Zimmerservice in Anspruch nehmen wollen, wählen Sie einfach die Sieben. Ein Telefon steht auf dem Tisch und ein weiteres am Bett. Kann ich sonst noch etwas für Sie tun?«

Erica Faust öffnete wortlos die Tür zum Badezimmer und

sah sich um. Dann schritt sie, immer noch stumm, zum Schreibtisch und lehnte sich an die Tischkante, nahm ihre Sonnenbrille ab und verschränkte die Arme vor der Brust. Sie fixierte Sofie auf eine beinahe schon unverschämte Weise.

Jetzt konnte Sofie die Augen der Frau das erste Mal richtig sehen. Eine Wiese voller Veilchen hätte nicht intensiver strahlen können. Sofie war so überrascht von der Intensität dieser Augen, daß sie kaum mitbekam, was diese Frau sagte.

»Nein, im Moment wohl nicht. Danke.« Erica Faust schmunzelte leicht.

Sofie schluckte. »Bitteschön, Ihre Keycard.« Ihre Stimme klang ein wenig krächzend, und sie räusperte sich. »Ich wünsche Ihnen einen angenehmen Aufenthalt in unserem Haus.« Sie verließ rasch das Zimmer.

Als sie die Tür schloß, hörte sie ein leises, rauchiges Lachen und schüttelte den Kopf. *Herrgott noch mal, was ist denn mit mir los?* dachte sie verwirrt.

Sie fuhr zum Empfang hinunter. Beim Näherkommen hörte sie Sven schimpfen. »Diese Frau ist ja wohl die Unhöflichkeit in Person.«

Auch Lena stimmte wütend mit ein. »So etwas habe ich ja noch nie erlebt, mich einfach zu ignorieren. Was bildet diese Person sich eigentlich ein? Meint sie vielleicht, sie wäre eine Königin? Obwohl eine Königin sicherlich höflicher ist als . . .«

Sofie unterbrach sie beschwichtigend. »Na kommt schon, Leute. Davon lassen wir uns doch nicht unterkriegen, oder? Wir hatten schon mit viel schwierigeren Leuten zu tun. Ich erinnere euch gern mal an Herrn Sommer.« Bei dem Namen stöhnten beide gleichzeitig auf, und Sofie lachte. »Na seht ihr. So schlimm ist sie gar nicht, oder?« An Sven gewandt fragte sie streng: »Haben Sie einen Pagen auftreiben können, der Frau Faust ihr Gepäck hochbringt?«

»Ja, ja, habe ich, das Gepäck müßte bereits oben sein«,

antwortete er hastig.

»Gut, dann laßt uns mal schauen, was hier passiert ist.« Sofie werkelte eine halbe Stunde am Rechner herum und fand endlich den Fehler. Sie rief Lena und Sven. »Seht ihr? Hier haben sich zwei Buchungsfelder übereinandergelegt. Daher die Doppelbuchungen. Bucht das doch gleich mal um, damit alles in Ordnung ist.« Sie nickte den beiden zu. »Sollte etwas sein, ich bin im Büro. Und wenn die Rosensuite anruft, dann ... Ach, was sage ich da. Wie immer natürlich. Freundlich und zuvorkommend. Ach ja, ich habe ihr einen kostenlosen Internetzugang sowie die kostenlose Nutzung der Minibar als Entschädigung für den Ärger zugesagt.«

»Gut, dann weiß ich Bescheid. Ich mache mal schnell eine Notiz, damit wir ihr bei der Abreise nicht versehentlich eine Rechnung darüber erstellen«, sagte Lena spöttisch.

Sofie sah sie streng an, doch Lena zuckte nur mit den Schultern. Auf dem Weg zum Aufzug sah sie den Pagen und nickte ihm kurz zu. Mit rotem Kopf nickte er zurück und ging zum Empfang, um einen neuen Gast abzuholen.

Sven blickte Sofie entrückt hinterher, und Lena schüttelte lachend den Kopf: »Mensch Sven, hör auf, die Chefin so anzustarren. Du hast sowieso keine Chance bei ihr.«

»Wer sagt das?« Sven schaute sie gereizt an.

Lena lachte auf. »Na, ich sage das.«

Sven sah sie mit hängenden Schultern und Dackelblick an. Lena hielt ihm lachend ein Stück Schokolade entgegen. »Nun mach nicht so ein Gesicht. Es ist, wie es ist.«

Jetzt mußte auch er lachen und stopfte sich die Schokolade in den Mund. Verträumt schwärmte er: »Sie ist so wunderschön. Und ihre kleine Narbe am Auge macht sie so ... so ... hm, ich weiß auch nicht. Die würde ich gern mal berühren.«

Lena lachte immer noch. »Dann frag sie doch einfach, ob du mal darfst.«

»Bist du verrückt!« rief er erschrocken. »Ich kann sie doch

nicht einfach fragen!«

»Na dann«, erwiderte Lena schmunzelnd, »ab an die Arbeit.«

ଓଃ

Nachdem Sofie die Rosensuite verlassen hatte, mußte Erica gegen ihren Willen lachen. Diese Frau hatte etwas Besonderes an sich. Als sie sprach, vibrierte ihre Stimme. Sie klang so sexy, daß es bei Erica eine Gänsehaut hervorgerufen hatte. Kopfschüttelnd ging sie ins Bad und ließ Wasser in die Wanne laufen. Die letzten Tage waren die Hölle gewesen, sie hatte kaum geschlafen und nur unzureichend gegessen. Kein Wunder, daß sie wie eine verwundete Tigerin reagierte, wenn etwas nicht so klappte, wie sie wollte.

Sie wählte die Nummer vom Zimmerservice. »Hier ist die Rosensuite, bitte bringen Sie mir eine Flasche Champagner und etwas zu essen.« Sie hörte zu und stöhnte genervt auf. »Was weiß ich, bringen Sie mir einfach irgend etwas.« Damit legte sie den Hörer auf und ging zurück ins Bad.

ଓଃ

Als Sofies Telefon klingelte, konnte sie auf dem Display sehen, daß es die Küche war. »Ja«, meldete sie sich knapp.

»Frau Berger, der Gast aus der Rosensuite hat etwas zu essen bestellt.«

»Und warum rufen Sie mich an?« fragte Sofie überrascht.

»Na ja, sie wollte mir nicht sagen, was sie essen möchte. Sie möchte einfach irgend etwas. Aber was ist denn irgend etwas? Ich habe am Empfang nachgefragt, aber die wußten auch nicht weiter. Lena sagte, ich sollte Sie anrufen. Womit soll ich den Zimmerservice nun hochschicken?« fragte der Servicemitarbeiter verlegen.

»Das ist jetzt nicht Ihr Ernst«, erwiderte Sofie laut. »Sie wollen mir erzählen, daß Sie noch nie für einen Gast ein paar Häppchen zusammengestellt haben? Sind Sie sicher, daß Sie den richtigen Beruf haben?«

»Ich ... der Empfang sagte, daß man diesem Gast nichts rechtmachen kann«, stammelte der Mitarbeiter.

Sofie stöhnte auf. »Ja, ist gut, ich komme gleich runter, und dann schauen wir mal, was wir zusammenstellen können.« Sie legte auf. »Was für ein Tag, normal ist der nicht. Hier ist ja ein Heidendurcheinander. Und diese Frau Faust, mein lieber Schwan. Sie übertrifft wirklich alle bisherigen unverschämten Gäste. Fehlt nur noch, daß jetzt auch noch der Aufzug steckenbleibt«, grummelte sie vor sich hin, während sie sich auf den Weg machte.

In der Küche stellte sie einen Teller zusammen und brachte ihn mit dem Champagner selbst zur Rosensuite, da sie sowieso in ihr Büro zurückmußte. Sie klopfte kurz an und betrat das Zimmer. »Zimmerservice!« rief sie, da Erica Faust nicht im Raum war.

»Bringen Sie mir den Champagner ins Bad«, klang es durch die Badezimmertür.

Na toll, auch das noch. Sofie fluchte leise, doch mit einem kurzen Klopfen betrat sie das Bad. »Wo soll ich die Flasche hinstellen?«

Beim Klang von Sofies Stimme riß Erica die Augen auf. »Oh, Sie machen auch den Zimmerservice?« fragte sie überrascht.

Sofie lächelte charmant. »Nein, normalerweise nicht. Nur in ganz besonderen Ausnahmefällen. Ich hoffe, meine Auswahl an Speisen wird Ihnen schmecken. Soll ich Sie Ihnen auch ins Bad bringen?«

Erica schmunzelte leicht und sah sie lange an, dann nickte

sie. »Ja gern, warum nicht?«

Sofie verließ das Badezimmer und atmete tief durch. *Was für ein Anblick. Sie ist hübsch. Verdammt hübsch sogar. Was ist denn mit mir los? Als hätte ich noch nie eine Frau in der Badewanne gesehen. Meine Hormone spielen wohl verrückt.* Sie bemühte sich um Fassung und betrat mit dem Teller erneut das Badezimmer. Dort nahm sie einen Hocker und rückte ihn an die Badewanne, um den Teller darauf abzustellen. Wie immer fragte sie freundlich: »Kann ich sonst noch etwas für Sie tun?«

»Was würden Sie denn anbieten?« Ericas Blick glitt interessiert über Sofies Körper und blieb an ihren vollen Brüsten hängen. Langsam kehrte er zu Sofies Augen zurück, und ein ironisches Lächeln legte sich erneut um ihren Mund.

Sofie war fassungslos über diese unverschämte Musterung. »Gefällt Ihnen, was Sie sehen?« erwiderte sie süffisant. »Wenn ja, ist das Pech, denn ich bin nicht im Angebot.« Mit diesen Worten drehte sie sich um und verließ das Badezimmer. Und wieder vernahm sie Ericas rauchiges Lachen. »Verdammt noch mal, wieso lasse ich mir das gefallen?« fluchte Sofie leise beim Hinausgehen.

Zurück im Büro wählte sie die Rezeption an und fragte gereizt: »Lena? Sofie hier, hat sich der Buchhalter schon gemeldet? Es ist bereits halb zwölf.«

»Ja, gerade, vor knapp zwei Minuten. Er möchte den Termin auf nächste Woche verlegen. Der Kölner Flughafen wird wohl bestreikt, und er kommt dort nicht weg«, sagte Lena.

»Alles klar. Gut, dann bin ich gleich mal unten in der Schwimmhalle. Da sollen wohl irgendwelche Kacheln lose sein, das möchte ich mir mal aus der Nähe anschauen. Bis später.« Sofie legte den Hörer auf die Gabel zurück und verließ das Büro.

»Donnerwetter, was für eine Frau«, lachte Erica, nachdem Sofie gegangen war.

Sie nahm sich eins von den Pastetchen und kostete davon. Sie war angenehm überrascht, wie köstlich es schmeckte. Dann nippte sie am Champagner und lehnte sich zurück. Mit einem Lächeln sah sie wieder vor sich, wie Sofies Augen wütend aufgeblitzt waren, als sie angefangen hatte sie zu betrachten. *Attraktive Frau.* Obwohl die zum Zopf gebundene Frisur sie sehr streng wirken ließ, machten ihre lachenden Augen diesen Eindruck wieder wett. *Wie sie wohl mit offenem Haar aussieht?* dachte Erica versonnen. *Sie dürfte ein paar Jahre jünger sein als ich. Und ihren Job versteht sie gut. Sie bleibt höflich und professionell, selbst wenn man anmaßend wird. Gefällt mir.*

Nach einer Weile stieg sie aus der Wanne und legte sich auf Bett. Sie schloß die Augen und schlief unmittelbar ein.

Gegen acht Uhr abends wurde sie wach und rieb sich müde über die Augen. Sechs Stunden am Stück zu schlafen war ja auch schon eine Seltenheit in letzter Zeit. *O Mann, was fühle ich mich gerädert. Aber was nützt es? Ich muß mich jetzt erst einmal um die Akten kümmern.*

Sie stand auf, überflog die Speisekarte und nahm das Telefon in die Hand. »Hier die Rosensuite, bringen Sie mir eine Käseplatte und Brot, Weintrauben und eine Kanne Kaffee.« Ohne eine Antwort abzuwarten, legte sie auf.

Sie ging zum Schreibtisch und schloß ihren Laptop an. Als sie versuchte sich ins Internet einzuwählen, gelang es ihr nicht.

Es konnte keine Verbindung aufgebaut werden. Versuchen Sie es später noch einmal, las sie auf dem Bildschirm.

»Verdammt noch mal, ich denke, Internet steht zur Verfügung? Wollen die mich heute alle fertigmachen?« fluchte sie laut. »Als ob ich meine Zeit gestohlen hätte.« Sie griff erneut zum Telefon. Als der Empfang sich meldete, fragte sie schnippisch: »Was kostet es, wenn ich mit dem Internet verbunden werden möchte?«

Lena hatte das Gespräch entgegengenommen und antwortete liebenswürdig: »Das Internet steht Ihnen kostenlos zur Verfügung.«

»Ach ja? Und warum funktioniert es dann nicht?« brüllte Erica in den Hörer.

Lena hielt den Hörer etwas von ihrem Ohr weg und verzog das Gesicht zu einer Grimasse. Sven, der gerade zu ihr schaute, hielt sich die Hand vor den Mund, um nicht loszuprusten. »Entschuldigen Sie, das verstehe ich nicht. Aber ich werde mich darum kümmern.«

Erica knallte den Hörer auf die Gabel. Ihre Laune hatte sich trotz Schlaf nicht gebessert. Sie war einfach überarbeitet und hatte keine Lust mehr, Aufträge dieser Art zu übernehmen. Sie wollte nicht mehr reisen und nahm sich vor, nach diesem Job mit ihrem Chef zu sprechen. Sie wollte endlich einmal wieder zur Ruhe kommen.

Sofie streckte ihre Glieder und fuhr den Rechner herunter. So, und jetzt nach Hause in die Wanne und ein schönes Buch lesen. O ja, das habe ich mir heute redlich verdient. Was für ein Tag, und die Woche ist noch nicht einmal vorbei.

Sie schloß gerade das Fenster, als das Telefon erneut klingelte. Auf dem Display sah sie, daß es der Empfang war. »Ja, was gibt's?«

»Ach, Sofie, ich bin es mal wieder«, sagte Lena mit bedauernder Stimme.

»Ja, das sehe ich«, sagte Sofie.

»Madame aus der Rosensuite hat in den Hörer gebrüllt.

Sie sagt, sie hätte keinen Internetzugang. Leider kann der Techniker nicht vor morgen hier sein. Und ich verstehe davon nicht genug. Du kennst dich doch mit den Dingern aus, könntest du vielleicht noch mal . . .? Bitte?«

Sofie lachte. »Du weißt immer, wie du mich um den Finger wickeln kannst, nicht wahr? Also gut, ich kümmere mich darum.«

Sie legte auf, verließ ihr Büro und stieg die eine Etage über die Treppe zur Rosensuite hinunter. Bevor sie anklopfte, atmete sie noch einmal tief durch und redete sich gut zu. *Du läßt dich nicht wieder aus der Fassung bringen. Schließlich bist du keine Anfängerin in diesem Job. Mit Flirtversuchen und Anmaßungen bist du bisher auch gut zurechtgekommen.*

O ja, aber ... du hast dich auch noch nie so sehr zu einer Frau hingezogen gefühlt wie zu dieser. Ihre Augen ziehen dich so in ihren Bann, daß du nicht mehr klar denken kannst, gestand sie sich ein.

Sofie seufzte. In ihrem Kopf ging es zu, als würden sich Teufelchen und Engelchen duellieren.

»Jetzt ist aber genug!« Sie straffte ihre Schultern, setzte ein freundliches Lächeln auf und klopfte an die Tür.

»Ja«, kam es genervt von der anderen Seite.

Sofie betrat das Zimmer. Sie mußte schwer schlucken, als sie Erica in ihrem glänzenden, cremefarbenen Bademantel am Fenster stehen sah. Der Kontrast zu ihrer Haut verschlug Sofie fast die Sprache. *Wow, sie sieht einfach toll aus. Was für eine sportliche Figur.*

Erica drehte sich vom Fenster weg und wollte schon losschimpfen, als sie Sofie erkannte. Ihre Augen blitzten auf, und ein Lächeln stahl sich in ihr Gesicht. »Sind Sie nur für mich abgestellt, oder haben Sie auch noch andere Aufgaben?«

Sofie lächelte sie liebenswürdig an. »Ich bin für jeden unserer Gäste zuständig, so wie jeder Mitarbeiter unseres Hauses. Und ja, ich habe auch noch andere Aufgaben.« Dann ließ sie ihre Stimme etwas ernster klingen. »Mir wurde mitgeteilt, daß Sie Probleme mit der Internetverbindung haben? Was genau sind das für Probleme?«

Erica sah sie sehr intensiv an und schmunzelte. *Sie will sich nicht aus der Ruhe bringen lassen. Aber da ist etwas, ich kann es spüren. Und ich werde herausfinden, was es ist.* »Nun, das Problem ist, daß ich keine Internetverbindung habe. Jetzt unterstehen Sie sich, mich zu fragen, ob ich den Stecker eingesteckt habe. Ja, habe ich. Ganz so unfähig bin ich nicht«, sagte sie mit ihrer rauchigen Stimme.

Sofie senkte kurz den Blick, um nicht zu lachen. Aber Erica hatte bereits den Schalk in ihren Augen bemerkt und nickte wissend.

Sofie räusperte sich. »Gut, dann lassen Sie mich mal schauen. Vielleicht kann ich den Fehler finden.« Sie setzte sich an den Schreibtisch und gab einige Befehle ein. Mehrfach versuchte sie einen Zugang zum Internet herzustellen.

Erica stand dicht hinter ihr. Die Wärme und der Duft, die von ihr ausgingen, raubten Sofie den Atem. Ihr Herzschlag beschleunigte sich, und ihre Hände wurden feucht.

Erica beugte sich über Sofie und sagte: »Das habe ich auch schon alles versucht.« Leiser flüsterte sie: »Hmm, das Parfüm, das Sie tragen, ist das nicht *Dior*?«

Sofie konnte nicht antworten, ihr versagte die Stimme, so nickte sie nur. *Ich muß hier weg*, dachte sie, *und zwar sofort*.

Doch bevor sie sich erheben konnte, klopfte es an der Tür. Erica richtete sich auf und entfernte sich einige Schritte vom Schreibtisch. Der Zimmerservice brachte ihr Essen.

Unauffällig atmete Sofie aus. Sie stand auf und ging zum Anschluß an der Wand. Sie hockte sich davor und überprüfte die Kabelverbindung, indem sie das Kabel in alle Richtungen drehte.

Erica war wieder an den Schreibtisch zurückgekehrt und versuchte ihrerseits erneut eine Verbindung herzustellen, dieses Mal gelang es ihr. »Oh, jetzt geht's. Ich bin online«, sagte.

Als Sofie jedoch das Kabel losließ, war auch die Verbindung weg. »Aha, jetzt nicht mehr.« Sofie stand auf und strich ihren Rock glatt. »Gut, dann wissen wir ja jetzt, woran es liegt. Es wird wohl ein Kabelbruch sein. Ich hole ein neues Verbindungskabel, dann werden Sie sicherlich keine Probleme mehr mit der Internetverbindung haben.«

Sie wollte es vermeiden Erica in die Augen zu sehen, aber das verbot ihre Berufsehre. Also schaute sie ihr direkt in das schöne Gesicht. Als sie das Begehren in Ericas Augen las, erschrak sie. Nicht aus Furcht vor ihr, sondern vor sich selbst, vor ihrem eigenen Verlangen. *Mein Gott, ob sie in meinen Augen das gleiche sieht wie ich in ihren?* fragte sich Sofie beschämt.

Sie schluckte. »Ich hol' mal schnell das Kabel.« Ihre Stimme hatte eher wie ein Hauch geklungen als wie die übliche energische Stimme der Hotelmanagerin. Beinahe fluchtartig verließ sie das Zimmer. Erst im Aufzug begann sich ihr Atem zu normalisieren.

Innerlich erschrak Erica, als Sofie ihr in die Augen sah. Sie konnte nicht schnell genug umschalten. *Mein Gott, was ist denn mit mir los? Sie hat bestimmt bemerkt, daß ich sie begehre. Und wie sehr ich sie begehre. Aber das darf nicht sein. Ich muß mich zurückhalten. Verdammt noch mal, warum ist das hier bloß so kompliziert? Dabei ist das eine Aufgabe wie jede andere auch. Nun gut, vielleicht nicht ganz so wie jede andere, weil diese Sofie sonst nie dabei war.*

Sie setzte sich an den Tisch und aß etwas vom Käse. Als es wieder an der Tür klopfte, goß sie sich gerade eine Tasse Kaffee ein. Insgeheim wünschte sie sich, daß Sofie jemand anderen beauftragt hatte, das Kabel zu tauschen, aber andererseits wollte sie sie noch einmal sehen. Diese Tiefe der mandelförmigen, dunklen Augen hatte sie völlig unvorbereitet getroffen. Erica schüttelte über sich selbst den Kopf. *Mannomann. Das ist ja ein Gefühl wie aus der Teenagerzeit. Das in meinem Alter.*

Sie ließ Sofie eintreten und setzte sich wieder. Der Bademantel fiel leicht auseinander, als sie ihre langen, schlanken Beine übereinanderschlug. Ein Bein lugte verführerisch nackt hervor.

Für den Bruchteil einer Sekunde starrte Sofie auf Ericas Bein, langsam wanderten ihre Augen höher, bis sie mit Ericas verschmolzen. Ein brennender Kamin konnte nicht so knistern wie die Atmosphäre zwischen den beiden Frauen.

Mit belegter Stimme sagte Sofie: »Ich tausche jetzt das Kabel.« Sie räusperte sich. »Wenn Sie sonst noch etwas benötigen, dann wenden Sie sich bitte an den Empfang. Ich werde mich dann für heute von Ihnen verabschieden. Morgen früh ab sieben Uhr bin ich wieder für Sie da.« Sie hockte sich hin und tauschte das Kabel aus.

Als sie sich erhob, stand Erica ganz dicht vor ihr. Ihr Atem streifte Sofies Gesicht. Sie hob ihre Hand und strich Sofie sacht über die kleine Narbe unter dem rechten Auge. Mit rauchiger Stimme fragte sie leise: »Was ist passiert?«

Diese Frage konnte alles bedeuten. Sofie wußte nicht, was passiert war, aber sie genoß Ericas Berührung und schluckte schwer. Ihr Puls raste doppelt so schnell wie noch vor ein paar Minuten. »Das ist eine lange Geschichte«, hauchte sie.

Erica beugte sich etwas vor und flüsterte dicht an ihrem Mund: »Spürst du es auch?«

»Ja«, flüsterte Sofie. »Ja, aber . . .« Weiter kam sie nicht, denn Erica verschloß ihr den Mund mit ihrem eigenen. Zärtlich strich sie mit ihrer Zunge über Sofies geschlossene Lippen. Alles in Sofie schrie nach Erica, aber auch ihre Vernunft meldet sich lautstark. *Verdammt, was machst du da? Hör sofort auf damit!* Doch bevor sie weiter überlegen konnte, öffneten sich ihre Lippen automatisch.

Ericas Zunge lockte Sofies spielerisch hervor. Als sich ihre Zungenspitzen trafen, war es um sie beide geschehen. Erica zog Sofie enger an sich und küßte sie leidenschaftlich und wild.

Sofie vergaß, wo sie sich befand, und küßte Erica voller Hingabe zurück. Ihre Hände wanderten an Ericas Rücken hinauf und hinunter. Erica war ihr so nah, daß sie ihre Brustwarzen anschwellen spürte.

Sofie stöhnte leise in Ericas Mund auf. Als sie kaum mehr Luft bekamen, lösten sie sich voneinander. Durch die stürmische Umarmung war der Bademantel weiter auseinandergeklafft. Sofie konnte Ericas braune, nackte Haut sehen. Mit einem Blick in Ericas Augen erkannte Sofie, daß auch Erica mit ihrer Fassung zu kämpfen hatte. Ihre Brust hob und senkte sich schnell und erregt.

Sofie begann sich in Ericas Augen zu verlieren und zog sie erneut an sich, um sie zu küssen. Dieses Mal drang sie tief in Ericas Mund ein und raubte ihr den Atem. Erica stöhnte leise auf, was Sofie beflügelte. Sie strich sachte an Ericas Seite entlang und berührte wie aus Versehen ihre Brüste.

Erica zog scharf die Luft ein. Raum und Zeit spielten nun für beide keine Rolle mehr.

Doch der Kuß wurde plötzlich unterbrochen, als Sofies Pieper losging. Erschrocken löste sie sich von Erica und schaute sie etwas verwirrt an. Sie brauchte ein paar Sekunden, um sich zu sammeln.

Erica fuhr sich mit der Zunge über die Lippen und lächelte Sofie zärtlich an.

Diese Zärtlichkeit in Ericas Augen brachte Sofie noch mehr durcheinander, als sie es ohnehin schon war. Sie drehte sich zum Fenster und atmete mehrmals tief durch, dann drehte sie sich wieder zu Erica um und sagte leise: »Das hier hätte niemals geschehen dürfen.«

»Jetzt sag bitte nicht, daß es dir leid tut.« Ericas Stimme klang enttäuscht.

Sofie lächelte. »Nein, es tut mir nicht leid. Aber es hätte trotzdem nicht passieren dürfen. Ich darf mich nicht mit einem Gast einlassen, und das ist mir bis heute auch noch nie passiert. Einem Angestellten in einer solchen Situation hätte ich die Kündigung in die Hand gedrückt. Verstehst du, was ich meine?«

Erica nickte, dann grinste sie. »Dann mußt du dich jetzt selbst kündigen, oder wie soll ich das verstehen?«

Sofie lachte auf. »Ha, ja normalerweise schon. Aber ich denke nicht, daß ich das tun werde. Ich liebe meinen Job und werde mir noch eine Chance geben. Sollte ich diese vermasseln, werde ich mir wohl einen neuen Job suchen müssen.«

»Ich verspreche dir, ich werde dich nicht bei deinem Chef anschwärzen.« Erica lächelte. »Aber ich verspreche auch, daß ich dir nicht widerstehen kann, wenn du in meiner Nähe bist. Meine Hormone spielen verrückt, und deine Küsse haben mir ein Versprechen nach Erfüllung gegeben. Ich werde dieses Versprechen sicherlich irgendwann einfordern.« Sie ging immer noch lächelnd ins Bad.

Sofie blickte ihr mit gemischten Gefühlen hinterher. Leise verließ sie das Zimmer. Im Aufzug lehnte sie ihren Kopf an die Wand und versuchte ruhiger zu werden. Doch das innere Gefühlschaos ließ sich nicht abstellen. *Mein Gott, Sofie, was hast du da wieder angestellt? Was für eine Frau.* Ihre Gedanken überschlugen sich. Verzweifelt versuchte sie ihre Fassung wiederzuerlangen.

Als sie auf den Empfang zuging, hoffte sie, daß Lena nichts von ihrer Verfassung mitbekam.

Doch Lena war viel zu feinfühlig, als daß man sie hätte täuschen können. Sie sah Sofie nachdenklich an, verkniff es sich jedoch, Fragen zu stellen. Sie kannte Sofie lange genug, um zu wissen, wann es besser war zu schweigen. So, als ob ihr nichts aufgefallen wäre, reichte sie ihr eine Faxnachricht. »Hier, sieh dir das mal an. Das ist gerade hereingekommen. Ich habe es als erste gesehen und gleich in Sicherheit gebracht. Weißt du etwas davon?«

»Was ist das?« fragte Sofie und überflog das Blatt. »Verdammt«, fluchte sie leise. »Das können die doch nicht einfach so machen.« Sie sah Lena an. »Ich hatte keine Ahnung. Die haben mich einfach übergangen. Bitte sag erst einmal niemandem etwas davon. Ich bin in meinem Büro und versuche den Verantwortlichen ausfindig zu machen.«

Bevor Sofie losstürmen konnte, hielt Lena sie kurz am Arm fest. Sie wollte eigentlich nicht, aber die Frage rutschte ihr einfach heraus. »Alles klar mit dir?«

Sofie straffte ihre Schultern und sah Lena fest in die Augen. Jedoch konnte sie dem Blick nicht lange standhalten. »Ja, was soll nicht klar sein?« Lena hielt immer noch ihren Arm fest, Sofie stöhnte leicht genervt auf. »Okay, es ist nichts in Ordnung. Das ist eine verdammte Sauerei. Wie können die es wagen, uns einfach zu verkaufen, ohne ein Wort zu erwähnen? Aber wie gesagt, das kläre ich jetzt.«

»Das meine ich nicht, Sofie, und das weißt du auch genau«, sagte Lena sanft und zwang Sofie ihr in die Augen zu sehen. Was sie sah, erschütterte sie. Sofies Augen schimmerten feucht und sahen so verletzlich aus, daß Lena sie spontan an sich drückte und leise flüsterte: » Es wird schon wieder, was auch immer es ist, aber es wird schon.«

Sofie lachte bitter auf und löste sich von Lena. »Ich bin im Büro«, rief sie und stürmte zur Treppe, sie brauchte jetzt körperliche Bewegung. Sie lief die fünf Etagen im Sprint hoch. Was für ein Gefühlschaos – und dann auch noch dieser Verkauf.

Völlig außer Atem stand sie schließlich an ihrem Schreibtisch. Als der Rechner hochfuhr, tippte sie mit den Fingern ungeduldig auf die Tischplatte. Sobald der Computer einsatzbereit war, rief sie einige Telefonnummern auf den Bildschirm. Sie wählte mehrere Nummern, konnte jedoch niemanden erreichen.

Na toll, haben wohl alle schon Feierabend. Leise fluchte sie vor sich hin. *Verdammte Mistkerle. Ich lasse mich nicht einfach übergehen. Ihr hättet mit mir sprechen müssen, bevor ihr so ein Fax verschickt.* Nach dem fünften vergeblichen Versuch beruhigte sie sich langsam wieder und rief sich selbst zur Ordnung.

Na los, komm schon, sei nicht so unprofessionell. Denk nach, wer kann dafür verantwortlich sein? »Was bringt es schon, die Hauptzentrale anzurufen, da werde ich sowieso nur abgespeist. Ich werde den Big Boss persönlich anrufen. Soll der mir doch sagen, was hier los ist. Ich habe ein Recht darauf, es zu erfahren, und nicht erst als Letzte«, sprach sie laut zum Bildschirm.

Arthur van Geiken, der Eigentümer der *Prinzess*-Hotelkette.

Sie nickte. Ihn mußte sie anrufen. Van Geiken besaß insgesamt fünf Hotels in fünf verschiedenen Städten. Ursprünglich kam er aus Belgien, lebte aber schon seit Jahrzehnten in Köln. Hamburg war das letzte Hotel seiner Kette, das er vor acht Jahren eröffnet hatte.

Sofie war dort von Anfang an Managerin. Sie hatte in Köln bei van Geiken selbst gelernt, immer hatte er große Stücke auf sie gehalten.

»Verdammt, van Geiken, warum mußtest du mich in dieser Angelegenheit einfach übergehen?« fluchte sie laut und schlug auf die Tischplatte. Sie legte ihren Kopf in die Hände und atmete mehrmals tief durch, dann nahm sie den Telefonhörer ab und wählte van Geikens Nummer.

Mit jedem Tuten in der Leitung wurde sie ruhiger. Als sich am anderen Ende der Leitung eine weibliche Stimme meldete, hatte sie ihre Fassung soweit wiedergefunden, daß sie höflich, aber bestimmt sagen konnte: »Guten Abend, hier ist Sofie Berger. Ich würde gern Herrn van Geiken sprechen.«

»Oh, das ist im Moment nicht möglich«, wurde ihr mitgeteilt.

Sofie schluckte ihre Bissigkeit hinunter und sagte immer noch in ruhigem und freundlichem Ton: »Es ist dringend. Wenn Sie ihm bitte sagen würden, daß Sofie am Apparat ist. Bitte.«

Es entstand eine kurze Pause. Ein Rascheln folgte der Stille, dann drang die tiefe, sonore Stimme von van Geiken aus dem Hörer. »Sofie, meine Liebe, ich habe mit Ihrem Anruf gerechnet. Es tut mir leid, aber ich konnte Sie nicht vorher über diese Entwicklung unterrichten. Ich bin morgen früh in Hamburg, und dann werden wir über alles reden.« Er ließ Sofie erst gar nicht zu Wort kommen.

Sie schluckte eine bittere Bemerkung hinunter und fragte statt dessen: »Ab wann kann ich mit Ihnen rechnen?«

Er lachte donnernd. »Ja, so kenne ich meine Sofie, immer die Fassung behalten. Ich werde um neun Uhr in Hamburg sein. Bereiten Sie ein paar Schnittchen vor, ich werde sicherlich Hunger haben. Und Sofie, seien Sie mir nicht böse, ich werde Ihnen morgen alles ausführlich erklären. Versprochen.«

Sofie fügte sich und sagte nur müde: »Ja, ist gut. Dann bis morgen. Gute Nacht.«

»Gute Nacht, Sofie, und machen Sie sich nicht so viele Gedanken.« Mit den Worten legte er auf.

Sofie starrte noch eine Weile auf den Hörer in ihrer Hand, bevor sie ihn langsam auf die Gabel zurücklegte. *Na prima, Sofie, diesen Anruf hättest du dir auch sparen können. Schlauer als eben bist du jetzt auch nicht*, dachte sie mißmutig.

Sie lehnte sich in ihrem Stuhl zurück und schloß die Augen. Der ganze Tag war eine einzige Katastrophe gewesen. Zuerst hatte sie das Kaffeepulver in der ganzen Küche verschüttet, dann war das Auto nicht angesprungen. Dann die Begegnung mit Erica, die Überbuchung, der Kuß, die zwiespältigen Gefühle und zu guter Letzt noch die Eröffnung einer Übernahme ihres Hotels. *Das dürfte ja wohl hoffentlich für heute genug gewesen sein*, dachte sie, als jemand ganz hektisch an ihre Tür trommelte.

Sie sprang aus dem Stuhl hoch und stürmte zur Tür.

Der Page, den sie am Morgen gemaßregelt hatte, meldete atemlos: »Der Aufzug ist steckengeblieben, es sind Gäste drin!«

»Au, verflucht. Wo genau?«

»Zwischen der dritten und vierten Etage«, keuchte der Page.

Sofie griff zum Telefon und wählte die Nummer des Elektrikers. »Berger hier, der Hauptaufzug steckt zwischen der dritten und vierten Etage. Gäste sind eingeschlossen. Sie müssen sofort etwas unternehmen.« Dann lief sie die Treppe zur vierten Etage hinunter. Sie hörte schon im Treppenhaus das hysterische Schreien einer Frau und eine ängstliche männliche Stimme, die versuchte die hysterische zu beruhigen. *Na toll, der Tag ist noch nicht vorbei. Bitte Gott, wenn du irgend etwas für mich tun kannst, dann tu es jetzt.* Sie kam zeitgleich mit dem Elektriker am Aufzug an.

»Ich bekomme die Kurbel nicht gedreht, da ist etwas verklemmt, und die Sicherung ist durchgebrannt. Wir müssen versuchen, die Leute hier rauszuholen«, sagte er leise an Sofie gewandt.

Das Schreien der Frau hatte auch andere Gäste auf den Flur gelockt, die neugierig schauten, was los war.

Lena und ein weiterer Page bemühten sich die Gäste zu beruhigen.

Auch Erica wurde durch den Tumult gestört und öffnete leicht genervt die Tür, um zu sehen, was da für ein Geschrei war. Sie wollte schon lospoltern, als sie Sofie sah. Sie schmunzelte und ging langsam auf sie zu. »Was ist los? Warum wird hier so geschrien?«

Sofie drehte sich ruckartig um und starrte Erica an. Erleichtert, daß sie nicht im Bademantel vor ihr stand, atmete sie aus. In ihrer dunklen Hose und der hellglänzenden Bluse sah Erica atemberaubend aus. Sofie schluckte bei ihrem Anblick. Ericas Haare standen etwas wild ab, so als wäre sie sich mit der Hand öfter hindurchgefahren. Aus einem Impuls heraus hob Sofie ihre Hand und strich Erica die Haare aus der Stirn. »O Verzeihung.« Erschrocken über ihre Reaktion zog Sofie ihre Hand zurück.

Erica sah sie überrascht an, doch dann sagte sie lächelnd: »Aber das macht doch nichts.«

Sofie stammelte zusammenhanglos: »Der Aufzug, die Leute ... Ich meine, der Aufzug ist steckengeblieben.« Im Flüsterton fügte sie hinzu: »Und wir bekommen ihn nicht wieder ans Laufen, also müssen wir die Gäste durch die Tür herausholen.«

Erica nickte und erwiderte ebenfalls im Flüsterton: »Schade, daß nicht wir in diesem Aufzug stecken.« Sofie zuckte leicht zusammen, was von Erica mit ihrem rauchigen Lachen quittiert wurde. »Kann ich irgendwie helfen?« bot sie an.

»Nein danke, ich denke, wir bekommen das schon hin«, sagte Sofie lächelnd. Allerdings sagten ihre Augen etwas ganz anderes.

Wow, schoß es durch Ericas Kopf, *was für ein Temperament. Lava ist nichts gegen dieses Funkeln in ihren Augen.* Sie hob beruhigend ihre Hände. »Nicht beißen, ich wollte ja nur helfen.« Lachend drehte Erica sich um und wollte zurück in ihr Zimmer, als ein quietschendes Geräusch ihre Aufmerksamkeit in Anspruch nahm. Sie blickte an Sofie vorbei, wo die Handwerker versuchten die Tür aufzustemmen.

Sofie drehte sich ebenfalls zum Aufzug um. Nun konnte sie auch in den Aufzug hineinsehen. Sie ging näher an die Tür und sprach mit ruhiger Stimme auf die schreiende Frau ein. Es kostete sie sehr viele beruhigende Worte und Überzeugungskräfte, bis die Frau in ein leises Wimmern verfiel. Der Mann, der ebenfalls in der Kabine war, starrte sie weiß wie die Wand an. Sofie hoffte nur, daß er nicht kollabieren würde.

Sie richtete ihre Aufmerksamkeit auf ihn und sprach mit der gleichen ruhigen und freundlichen Stimme weiter. »Sie können stolz auf sich sein. Solch eine Situation verlangt starke Nerven. Die Sie ja bereits bewiesen haben. Bitte haben

Sie noch einen Augenblick Geduld, wir holen Sie beide gleich rauf.«

»Was, wenn der Aufzug abrutscht und nach unten stürzt!« schrie die Frau panisch.

Sofie ließ sich nicht aus der Ruhe bringen. »Ich versichere Ihnen, daß dies nicht passieren wird.«

Jetzt meldete sich der Mann zum ersten Mal zu Wort. Auch er klang ängstlich. »Woher wollen Sie das wissen?«

Sofie lächelte beruhigend. »Die Aufzüge sind so abgesichert, daß nichts in der Art passieren kann. Man könnte es mit einem Sicherheitsgurt im Auto vergleichen. Wenn Sie den Gurt mit einem Ruck ziehen, dann bewegt er sich nicht mehr. Sie können daran zerren, wie Sie wollen, er wird nicht weitergehen. Genauso ist es mit den Aufzügen. Wenn ein technischer Defekt auftritt, hat man erst einmal das Gefühl, daß er absacken würde. Aber durch den Sicherheitsmechanismus an den Seiten der Aufzüge wird verhindert, daß sich der Aufzug in diesem Fall in irgendeine Richtung bewegen kann. Somit besteht auch keine Gefahr, daß er nach unten fällt.«

»Ja, aber im Fernsehen –« Die Frau blickte immer noch angsterfüllt.

Sofie fiel ihr ins Wort. »Im Fernsehen ist das alles nur gespielt. Stellen Sie sich mal vor, das wäre echt, dann hätten die Schauspieler kein langes Leben. Sehen Sie, im Fernsehen muß es echt aussehen, sonst wäre der Film langweilig. Sie brauchen wirklich keine Angst zu haben, wir holen Sie in wenigen Minuten hoch.«

Mittlerweile war die Tür ganz geöffnet worden, und der Techniker hatte bereits eine Leiter hinuntergelassen. Die Frau kletterte als erste nach oben, dicht gefolgt von dem Mann.

Sofie nahm sie in Empfang und führte sie zu einer Sitzreihe. Dort gab sie ihr ein Glas Wasser, das ein Zimmermädchen gebracht hatte.

Als Sofie sich zu dem Mann umdrehte, konnte sie nur noch sehen, wie er langsam an der Wand hinabglitt und auf dem Boden landete. Er hatte das Bewußtsein verloren.

Bitte, lieber Gott, nicht auch das noch, flehte Sofie stumm. Sie wollte zu ihm hinübergehen, doch die Frau hatte sich an ihre Hand geklammert.

Als sie versuchte sich loszumachen, sah sie, wie Erica sich über den Mann beugte und ihm Wasser auf die Lippen träufelte. Er war nur wenige Sekunden ohnmächtig, und Erica half ihm, sich aufzurichten. Sie hörte Ericas rauchige Stimme. »Na hallo, da sind Sie ja wieder.«

Der Mann setzte sich mit Ericas Hilfe auf und schaute beschämt zu Boden.

Erica sagte sanft zu ihm: »Das war eine tolle Leistung. Die ganze Zeit so ruhig zu bleiben. Ich hätte das nicht gekonnt. Immerhin waren Sie über eine Stunde in diesem Aufzug gefangen. Der Körper reagiert manchmal einfach so, wie er will, nicht so, wie wir wollen. Kommen Sie, ich helfe Ihnen auf.« Damit stand Erica auf und reichte ihm ihre Hand.

Lena stellte sich zu Sofie und flüsterte: »Was ist denn mit dem Drachen passiert?«

Sofie lachte leise. »Der Drachen hat weiche Stacheln.« Erica faszinierte sie immer mehr. Sie hatte ja schon am eigenen Leibe erfahren, daß diese stachlige Person ganz weiche Züge hatte. Wie zärtlich und anschmiegsam sie sein konnte.

Als sich die Aufregung langsam legte, erfuhr Sofie auch, daß es sich um ein Ehepaar handelte. Sie lud sie als Entschädigung für diese Tortur in das Hausrestaurant zum Essen ein. An Erica gewandt sagte sie: »Das gleiche gilt natürlich auch für Sie. Es war sehr freundlich, daß Sie geholfen haben.«

Erica winkte ab: »Das war doch selbstverständlich. Danke, ich mag heute nicht ins Restaurant gehen.« Sie zögerte kurz. »Oder begleiten Sie uns?«

Sofie lächelte freundlich und unverbindlich. »Das würde

ich gern, aber leider habe ich keine Zeit.«

Das stimmte ja auch, sie hatte schon seit Stunden Feierabend und wollte auf keinen Fall mit Erica zusammen essen gehen. Diese Gefühlsregung spiegelte sich wohl in ihren Augen wider, weil Erica auflachte, sich dann verabschiedete und in ihr Zimmer zurückging.

Lena stand die ganze Zeit an der Seite und beobachtete, was geschah. Sie kam auf Sofie zu. »Was läuft hier?«

»Nichts«, zischte Sofie. An das Ehepaar gewandt sagte sie: »Die Einladung gilt selbstverständlich nicht nur am heutigen Tag. Suchen sie sich gern einen Tag aus. Ich werde dem Personal Bescheid geben.«

Die Frau sah sie peinlich berührt an. »Wir werden jetzt erst einmal auf unser Zimmer gehen. Vielen Dank für Ihre freundlichen Worte.«

Sofie blickte ihnen hinterher, wie sie mit wackligen Beinen den Flur entlanggingen. Dann drehte sie sich um und begab sich zu den Technikern.

»Es tut mir leid, Frau Berger, aber es wird wohl ein wenig dauern, bis wir den Aufzug wieder hinkriegen. Ich muß Ersatzteile besorgen, und ich weiß nicht, ob ich die morgen schon bekommen kann. Aber ich verspreche Ihnen, mich persönlich darum zu kümmern«, sagte einer der Techniker.

Sofie nickte. »Hm, okay. Ich verlasse mich auf Sie. Bitte sorgen Sie dafür, daß er morgen wieder einsatzbereit ist. Wir können nicht mehrere Tage darauf warten. Das können wir unseren Gästen nicht zumuten.«

Sie verabschiedete sich und ging wieder in ihr Büro. Kaum hatte sie es betreten, klingelte erneut das Telefon, und sie nahm leicht gereizt ab.

»Sofie? Lena hier, wie sieht es aus, können wir Feierabend machen?«

»Ja natürlich, fahr nach Hause«, sagte Sofie müde.

»Was ist mit dir? Kommst du mit?«

»Nein, ich habe jetzt doch noch einiges zu tun, und dann

lohnt es sich nicht mehr, nach Hause zu fahren, da ich ja sowieso um sieben Uhr morgen früh wieder hiersein muß. Ich schlafe heute hier. Bis morgen, Lena.« Sofie fuhr sich mit der Hand über die Augen, sie war völlig erschöpft. Doch leider mußte der Schreibkram heute noch erledigt werden. Morgen würde sie sicherlich nicht dazu kommen. Außerdem mochte sie solche Sachen nicht aufschieben. Sie setzte ihre Lesebrille auf und begann den Bericht zu schreiben.

Gegen elf Uhr rieb sie sich den Nacken und überlegte, vor dem Schlafengehen erst einmal eine Runde im hauseigenen Schwimmbad zu schwimmen. Für Gäste war es ab zehn Uhr abends geschlossen, so dürfte sie nun allein dort unten sein. Genau das brauchte sie jetzt. Etwas Ruhe und Entspannung.

Sie hatte schon öfter in der Penthousewohnung übernachtet, daher hatte sie auch einige Sachen zum Wechseln und einen Badeanzug dort. Sie zog sich rasch um und nahm ihre Badesachen. Über die Nottreppe ging sie nach unten, so wurde sie von keinem Gast gesehen und konnte unbehelligt ins Schwimmbad gelangen.

Von der Schwimmhalle aus rief sie kurz am Empfang an, damit der Nachtwächter Bescheid wußte und der Bademeister nicht aus dem Bett geholt werden mußte. Es brannte immer eine Notbeleuchtung, so auch an diesem Abend. Sie ging ins Bademeisterräumchen und machte sich leise Entspannungsmusik an. Dann zog sie den Bademantel aus und glitt ins Becken. Mit kräftigen Zügen schwamm sie mehrere Bahnen in einem durch. Als ihre Kraft sie langsam verließ, legte sie sich auf den Rücken und ließ sich mit geschlossenen Augen treiben.

Ihre Gedanken schweiften ab zu Ericas Kuß – ein Schauer durchlief ihren Körper. *Was für eine Frau, so weich und warm. Diese Lippen ...* Doch dann rief sie sich selbst zur Ordnung. »Das muß aufhören! Sofort! Das geht doch so nicht weiter!« sagte sie laut zu sich selbst.

»Was geht so nicht weiter?« hörte sie die ihr bekannte

Stimme leise fragen. Mit ihren Stiefeln in den Händen stand Erica am Beckenrand.

O nein, bitte, das kannst du mir doch nicht antun, seufzte Sofie stumm gen Decke. Sie drehte sich langsam um und sah Erica an. Sofie traute sich nicht in ihre Nähe. Solange sie genug Abstand zu Erica hatte, konnte sie ihre Hormone einigermaßen im Griff behalten. »Was machst du hier?« fragte sie statt zu antworten.

Erica hockte sich an den Rand und sagte schelmisch: »Dich beobachten.«

Sofie wurde ernst. »Bitte! Das ist nicht witzig!«

Erica grinste noch mehr. »Nein, witzig ist das nicht. Ich würde eher sagen, erotisch.«

»Hör auf mit mir zu flirten«, rief Sofie streng und hielt sich sogleich die Hand vor den Mund. *Hoffentlich hört uns hier niemand,* betete sie.

Ericas erotisches Lachen klang zu ihr herüber. Im gedämpften Licht sah Sofie, wie Erica sich graziös in einen Liegestuhl setzte, ohne Sofie aus den Augen zu lassen.

Verdammt, ewig kann ich nicht im Wasser bleiben. Ich bin ja schon ganz schrumpelig, ärgerte sich Sofie. *Na gut, du willst es ja so, also sollst du deine Show haben.* Sie zog sich langsam am Beckenrand hoch. Als sie stand, löste sie das Gummiband aus ihrem Haar und schüttelte den Kopf wie ein naßgewordener Hund. Aus ihren langen, braunen Haaren spritzte das Wasser um sie herum. Sie sah aus dem Augenwinkel, daß Erica jede ihrer Bewegungen verfolgte. Ein paar Wassertropfen trafen Ericas Gesicht. Mit dem Handrücken fuhr sie sich über die Wange, ohne Sofie aus den Augen zu lassen. Sofie begann Spaß daran zu finden, diese Frau zu reizen. Allerdings wußte sie auch, daß dieses Spiel nicht ungefährlich war.

Erica hatte sich auf den Stuhl gesetzt, auf dem Sofies Handtuch lag. Mit einem verwegenen Hüftschwung ging Sofie auf den Stuhl zu. Sie beugte sich tief über Erica, stoppte erst kurz vor ihrem Mund und zog ihr Handtuch unter Ericas Hand fort. Aufreizend stand sie nun vor Erica.

Erica verlor leicht die Balance und kippte zur Seite. Allerdings hatte sie sich sehr schnell gefangen und stand blitzschnell vor Sofie. »Du kleines Luder«, flüsterte sie dicht an Sofies Mund. »Du willst spielen? Kein Problem. Ich hoffe, du kennst die Spielregeln.«

Sofie stand beinah regungslos da, das Handtuch in ihrer Hand, ihr Atem ging beängstigend schnell. Sie mußte etwas tun, bevor Erica sie küßte. Doch statt einem Kuß bekam sie einen Stoß und platschte ins Wasser.

Überrascht schrie sie auf. »Was? Na warte! Diese Spielregeln, o ja, die kenne ich!« Sie sprang schnell auf den Beckenrand.

Erica hatte nicht damit gerechnet, daß Sofie so rasch aus dem Wasser kommen würde, und landete ebenfalls im Becken. Im Gegensatz zu Sofie trug sie allerdings noch ihre Kleidung. »Verdammt«, fluchte sie. *Die Hose ist wohl hin.* Als sie jedoch in Sofies Augen sah, schmunzelte sie: »Was ist? Muß ich jetzt allein schwimmen?«

Sofie versuchte streng zu schauen. »Ich bitte Sie, Sie können doch nicht in Straßenkleidung schwimmen, das ist nicht erlaubt. Kommen Sie wieder aus dem Wasser.«

Erica schwamm zur Treppe und stieg aus dem Becken. Triefend naß blieb sie vor Sofie stehen. »So, und nun? Soll ich mich ausziehen und nackt durch die Hotelhalle laufen, oder soll ich lieber naß durch die Hotelhalle laufen?«

Sofie konnte sich nicht mehr beherrschen und schüttelte sich vor Lachen, bis ihr die Tränen über die Wangen liefen. »Es tut mir leid. Ach was, es tut mir gar nicht leid. Natürlich komme ich für den Schaden auf und werde die Sachen ersetzen. Ich gehe dir mal ein Handtuch holen. Dann kannst du die nassen Sachen ausziehen und mir unauffällig folgen.«

Lachend wollte sie losgehen, doch da zog Erica sie an sich. Verlangend strich sie mit ihrer Zunge über Sofies Lippen.

Als ob Sofies Mund nur darauf gewartet hätte, öffnete er sich ganz von allein. Sie seufzte leise auf, als sich ihre Zungen trafen. Ein Geräusch ließ sie auseinanderfahren.

Der Nachtwächter machte seine Runde und kam gerade um die Ecke. »Ah, Frau Berger. Ich habe Sie hier ja lange nicht mehr angetroffen.«

»Ja, ich hatte viel zu tun«, erwiderte Sofie krächzend.

Er legte eine Hand an seine Mütze und ging weiter.

Sofie räusperte sich und ging in das Bademeisterräumchen. Sie kam mit einem großen Handtuch zurück und reichte es Erica. »Was machst du hier in der Schwimmhalle? Für Gäste ist sie ab zehn Uhr geschlossen.«

»Ich habe dich gesucht, und als ich am Empfang nachfragen wollte, hörte ich gerade, wie der junge Mann sagte: *Ist in Ordnung, Frau Berger, viel Spaß beim Schwimmen.*« Erica sah sie amüsiert an und begann sich vor ihren Augen zu entkleiden.

»Aha.« Mehr fiel Sofie nicht ein. Sie schluckte, als Erica nackt vor ihr stand. *Das halte ich nicht aus. Mein Gott, was macht sie nur mit mir?* Sofie war völlig durcheinander und zog ihren Bademantel über. *Ich muß woanders hinsehen, sonst verliere ich noch das bißchen Verstand, das ich noch habe.*

»Fertig«, sagte Erica in Sofies Gedanken hinein.

»Gut, dann komm mit«, sagte Sofie bestimmt und ging zur Treppe.

Erica folgte ihr mit einem leisen Lachen. Sie gingen die Treppe bis zur vierten Etage hinauf.

An der Tür zum Flur blieb Sofie kurz stehen und sah Erica an. Mit diesen veilchenblauen Augen schien sie Sofie durchbohren zu wollen. Sofie reagierte darauf, indem sie die restlichen Treppen bis zur fünften Etage wortlos hinaufging.

Erica folgte ihr amüsiert.

Nachdem Sofie die Tür zum Penthouse von innen geschlossen hatte, drückte Erica sie an die Wand und drang mit ihrer Zunge in Sofies Mund. Überrascht stöhnte Sofie auf. Noch überraschter war sie jedoch, daß ihr Ericas Wildheit gefiel.

»Endlich«, flüsterte Erica zwischen zwei Küssen rauh. Ihr Handtuch glitt auf den Boden, und Sofie spürte Ericas nackte Haut auf ihrer.

Sie seufzte in Ericas Mund und glitt mit ihren Händen an Ericas Körper entlang. *Gott, fühlt sie sich gut an. So muskulös und doch so weich,* schwelgte Sofie in Gedanken.

Ericas nasse Sachen lagen auf dem Boden verstreut, genauso wie die Handtücher, aber das störte keine von beiden. Als Erica sich von Sofies Mund löste, stöhnte diese enttäuscht auf. Erica quittierte es mit ihrem unverwechselbaren Lachen. Doch sie hatte nicht vor, Sofie zu verlassen, sondern wanderte mit ihren Lippen zu ihrem Hals und biß zärtlich hinein. Ihre Hände wanderten über den Stoff des Badeanzuges, bis sie nackte Haut spürte. Ericas Atem beschleunigte sich, und sie glitt mit ihren Händen unter den Stoff und knetete Sofies festen Po.

Auch Sofies Hände gingen auf Wanderschaft, aber diese wurden durch nichts aufgehalten. Sie konnte die Anspannung in Erica ertasten, und das beflügelte sie. Auch ihr Atem ging mittlerweile nur noch stoßweise. Sie zog Ericas Pobacken leicht auseinander und ließ einen Finger dazwischengleiten.

Erica stöhnte auf und nahm wieder Sofies Mund in Besitz. Sie drang mit ihrer Zunge tief in die warme Höhle, erforschte jeden Zentimeter und sog Sofies Zunge in ihren Mund.

Sofies Beine wurden schwach, und sie drängte Erica zum Schlafzimmer. Mit einem leichten Stoß fiel Erica aufs Bett und Sofie auf sie. Doch blitzschnell drehte Erica sich so, daß sie auf Sofie lag. Zärtlich sah sie ihr in die Augen und flüsterte erregt: »Du bist so wunderschön. So sexy. Du machst mich ganz verrückt.«

»Willst du quatschen oder mich endlich küssen?« flüsterte Sofie voller Erwartung.

Das ihr so vertraute Lachen drang nun ganz dicht an ihr Ohr. »Ich werde dich erst einmal von diesem Stoff befreien, damit du atmen kannst.« Erica begann Sofies Träger von den Schultern zu schieben. Dabei wanderte sie mit ihren Lippen den gleichen Weg hinab, den ihre Hände nahmen. Den Stoff schob sie langsam über Sofies Brüste und sah, wie die Brustwarzen hart hervorstanden. Zärtlich leckte sie mit ihrer Zunge über eine Knospe. Sofie erzitterte.

Dasselbe folgte an der anderen Brust. Leichte Küsse hauchte Erica darauf und nahm dann Sofies Brustwarze ganz in den Mund. Sie saugte an ihr. Die andere verwöhnte sie mit ihrer Hand, Sofie bog sich ihr voller Verlangen entgegen.

Nicht so schnell, meine Süße, dachte Erica amüsiert. Doch auch Erica konnte sich nicht mehr zurückhalten. Ihre Brustwarzen vermittelten ihr ein Gefühl, als wollten sie zerplatzen. Zugleich spürte sie kleine Blitze in ihren Unterleib einschlagen. Somit machte sie sich weiter auf Wanderschaft.

Ein leicht enttäuschter Laut kam aus Sofies Mund, als sie ihre Brüste verließ. Erica lächelte wissend. Der Badeanzug war schon kurz vor Sofies Hüften, auch Erica bewegte sich mit ihren Lippen in diesen Bereich. Sie nahm Sofies Duft immer stärker wahr und stöhnte innerlich auf. Dann streifte sie ihr den Badeanzug endgültig über die Hüften. Sofie half etwas ungeduldig nach und spreizte dann ihre Beine.

Erica lachte erregt, als sie aufsah und die Tiefe der dunklen Augen erblickte. *Ich habe ja gewußt, daß sie Feuer hat,* dachte sie.

»Erica, du machst mich ganz verrückt. Bitte, tu endlich etwas. Ich kann nicht mehr«, rief Sofie fast verzweifelt.

»Aber, aber, wer wird denn so ungeduldig sein?« Ohne Vorwarnung tauchte Erica mit ihrer Zunge zwischen Sofies Schamlippen.

»Ja ...«, stöhnte Sofie laut auf. Genauso schnell, wie sie eingetaucht war, verließ Erica sie. Wieder stöhnte Sofie, aber dieses Mal enttäuscht.

Na warte, das zahle ich dir heim, dachte Sofie grimmig, aber mit zärtlicher Miene.

Erica ließ ihre Hände über Sofies Brüste wandern. Ihre Zunge streifte die Innenseite der Oberschenkel. Sie legte sich ganz zwischen Sofies Beine und teilte mit ihren Fingern die Schamlippen. Langsam glitt sie mit ihrer Zunge über die feuchte Muschel.

Sofie zuckte zusammen und stöhnte lauter auf.

»Hmm. Wie gut du schmeckst«, flüsterte Erica leise. Dann schaltete sie all ihre Gedanken aus und nahm Sofie fordernd mit Zunge und Finger. Sofie paßte sich dem Rhythmus ihrer Finger an. Mit jedem Stoß entlockte Erica ihr einen weiteren Laut. Mit ihrer Zunge ertastete sie die immer größer werdende Perle der Lust und saugte an ihr, bis Sofie laut und anhaltend aufstöhnte. »Jaaaaaaaaaa!«

Einmal noch leckte Erica über die geröteten Schamlippen und kam wieder hoch. Zärtlich sah sie Sofie an, und diese zog sie an sich und drang mit ihrer Zunge in Ericas Mund. Was anfänglich wie wild erschien, entpuppte sich als ein erotisches, zärtliches Spiel ihrer Zungen.

Mit ihren Oberschenkeln hielt sie Ericas Finger noch in sich gefangen und sah sie an. »Hmm, das fühlt sich so gut an. Ich würde dich gern noch ein wenig in mir spüren.«

Leise lachte Erica. »Nichts lieber als das.« Dabei bewegte sie leicht ihre Finger und sah, wie Sofies dunkle Augen noch eine Spur dunkler wurden. Erica stöhnte auf, lange konnte sie das nicht mehr aushalten. Sie beugte sich zu Sofie und umschloß ihren Mund erneut mit ihren Lippen. Zärtlich knabberte sie an ihrer Unterlippe. Als Sofies Zunge herauskam, zog sie sich zurück. Sie registrierte Sofies Ungeduld und grinste sie frech an.

Langsam bewegte sich Sofie, so daß Erica aus ihr herausglitt, und sagte bedauernd: »So schön es auch ist, aber mit deinen Fingern in mir bin ich etwas eingeschränkt. Jetzt will ich dich schmecken. Das will ich schon, seit ich dir das erste

Mal begegnet bin.«

»Ach ja, schon seit unserer ersten Begegnung? Dabei habe ich dich doch einfach ignoriert«, lachte Erica leise.

»Ja, genau das war es, was mich so angestachelt hat. Ich wußte, daß du ein Biest bist – ich stehe anscheinend auf Biester.«

Erica lachte schallend und drehte sich so, daß Sofie auf ihr lag. »So so, du stehst auf Biester. Dann zeige ich dir mal, was du dir da für ein Biest geangelt hast.« Sie schob ein Bein zwischen Sofies Schenkel, und diese stöhnte überrascht auf.

Ihre Augen blitzten, als sie Erica ansah und leicht den Kopf schüttelte. »O nein, meine Liebe, jetzt bin ich dran. Ich werde dir mal zeigen, was *du* für ein Biest bist. Du weißt ja, Rache ist süß, und ich kann mich gut rächen«, drohte Sofie und fing an Ericas Brustwarzen mit ihrer Zunge zu reizen, bis sie noch mehr angeschwollen waren. Zärtlich biß sie in eine Brustwarze, und Erica schrie leise auf. Nicht vor Schmerzen, sondern vor Lust.

Mit ihren Händen streichelte sie über Ericas Bauch, aber kurz vor dem Hügel der Lust verharrte sie. Ericas Atem ging nur noch stoßweise, ihr Brustkorb hob und senkte sich unregelmäßig. Sofie streichelte die strammen Oberschenkel an der Außenseite nach unten. Wie der Hauch eines Schmetterlings strich sie an der Innenseite wieder hoch, kurz vor der warmen, feuchten Höhle machte sie einen Schwenker zur Seite und landete wieder auf dem Oberschenkel.

Erica hatte die Luft angehalten und stieß sie mit zusammengepreßten Lippen wieder aus.

Sofie unterdrückte ein Lachen. »Geht's dir nicht gut? Du zitterst ja.«

»Oh, warte, meine Süße, ich kann mich auch rächen, und das wird eine süße Qual. Das verspreche ich dir, wenn du nicht sofort weitermachst«, zischte Erica mit vor Erregung zitternder Stimme.

Sofie lachte und beugte sich über sie. Ihre Haare fielen

Erica ins Gesicht, und Sofie sagte zärtlich: »Du bist so unglaublich süß, sag mir, was ich für dich tun kann.«

»O Gott, Sofie, bitte ... Bitte, mach einfach etwas, ich habe das Gefühl zu platzen ...«

Sofie drang tief mit ihrer Zunge in Ericas Mund ein. Gleichzeitig drang sie mit zwei Fingern in ihre feuchte Grotte. Erica schnappte nach Luft, was ihr nur schwer gelang, da Sofie ihren Mund völlig ausfüllte.

Mit rhythmischen Stößen von Fingern und Zunge brachte Sofie Erica zum Höhepunkt. Bevor sie kam, löste sich Sofie von ihren Lippen, damit sie ihr in die Augen sehen konnte. *So ein Blau habe ich noch nie gesehen. Selbst Veilchen können diese Farbe nicht widerspiegeln,* dachte sie. Sie hatte von Anfang an gewußt, daß sie sich in diesen Augen verlieren konnte, doch jetzt wußte sie, daß sie verloren war.

Auf dem Höhepunkt schloß Erica die Augen und erzitterte in Sofies Armen. Sofie drang erneut mit ihrer Zunge in Ericas Mund, und diese stöhnte laut auf. Erica zog nun Sofie eng an sich und kam ein zweites Mal, direkt im Anschluß.

Erica öffnete ihre Augen und blickte Sofie sanft an. Langsam strich sie ihr eine Haarsträhne aus der Stirn und hauchte ihr einen Kuß auf die Nase. «Sag mir, daß es kein Traum ist«, hauchte Erica.

Sofie glitt von ihr herunter und umschloß sie zärtlich mit ihren Armen. »Fühlt sich so ein Traum an?« Sie hauchte zärtliche Küsse auf Ericas Brust und schmiegte sich fest in ihre starken Arme. Erschöpft schloß Sofie ihre Augen, und mit einem Lächeln auf den Lippen schlummerte sie ein. Sie war viel zu erschöpft, um noch länger wachzubleiben.

Mit zärtlicher Mine hauchte Erica einen Kuß auf Sofies Kopf. »Es ist der schönste Traum, den ich je geträumt habe. Hoffentlich werde ich nicht zu schnell wieder wach«, flüsterte sie.

Bevor sie in den Schlaf glitt, zog sie Sofie noch enger an sich.

Ein leises Summen ließ Sofie erwachen. Sie hatte, noch bevor sie in die Schwimmhalle gegangen war, ihren Wecker gestellt. Es war jetzt halb sechs in der Früh, und sie lächelte, als sie die starken Arme von Erica um sich geschlungen spürte. Vorsichtig drehte sie sich um und sah Erica zärtlich an.

Die Löwin, sanft wie ein Kätzchen, dachte sie liebevoll und hauchte ihr einen Kuß auf die geschlossenen Augenlider.

Erica seufzte wohlig, öffnete erst ein Auge und dann langsam das zweite. »Hm, guten Morgen«, raunte sie und gab Sofie einen Kuß auf den Mund.

Diese Berührung entfachte erneut das Begehren in Sofie, zärtlich begann sie über Ericas Brüste zu streicheln. Sie hauchte kleine Küsse auf ihren Hals und knabberte zärtlich an ihrem Ohrläppchen.

Erica schnurrte wie eine Katze und reckte ihren Hals, damit Sofie sich besser bedienen konnte.

»Du schmeckst wie ein frischer Pfirsich«, flüsterte Sofie an Ericas Ohr und blies ihr leicht in die Ohrmuschel.

Erica erschauerte und zog Sofie enger an sich. Sie sahen sich tief in die Augen, und Erica berührte Sofies Lippen mit ihren.

Zärtlich, ohne Hast, küßten sie sich. Sofie streichelte liebevoll über Ericas Bauch und schmunzelte, als diese zusammenzuckte. Mit Bedauern in der Stimme flüsterte sie leise: »Wir müssen uns jetzt trennen. Gleich geht der Trubel hier oben los. Nebenan ist das Büro und die Verwaltung.«

»Och, kein Kaffee im Bett? Kein gemeinsames Frühstück mit der schönsten Frau in Hamburg?« fragte Erica enttäuscht. Sie zwinkerte Sofie zu.

Sofie küßte sie leicht auf den Mund und flüsterte mit wachsendem Verlangen: »Die schönste Frau in Hamburg? Bist du sicher, daß du hier richtig bist? Leider kann ich dir heute keinen Kaffee im Bett anbieten, aber wenn du magst, komme ich später mit einem Kaffee in dein Zimmer.«

»Hm, das klingt besser als ein einfaches Nein. Ich werde sehnsüchtig auf dich warten«, schnurrte Erica.

Ein letzter Kuß, eine letzte Umarmung. Noch einmal strich Sofie zärtlich über Ericas Brüste und hauchte auf jede einen Kuß. Dann glitt ihre Hand zwischen Ericas Beine und streifte kurz ihre Schamlippen.

Erica zog scharf die Luft ein und hielt Sofies Hand fest. »Tu das besser nicht«, sagte sie rauh, »sonst kann ich für nichts garantieren.«

Sofie zog ihre Hand zurück und sprang lachend aus dem Bett. Erica erhob sich ebenfalls. Sie standen sich nackt gegenüber. Mit einer schnellen Bewegung zog sie Sofie an sich und drang mit ihrer Zunge blitzartig in Sofies Mund. Sie drang tief in ihren Mund ein und drängte sich mit ihrer Hand zwischen Sofies Schenkel.

Sofie stöhnte tief auf und rückte noch näher an Erica.

Aber genauso schnell, wie der Kuß begonnen hatte, beendete sie ihn wieder und entfernte sich etwas von Sofie.

Sofie stöhnte enttäuscht auf und öffnete ihre Augen. Sie glühten wie heiße Kohlen.

Erica stöhnte gequält auf und zog Sofie erneut in ihre Arme. Mit einem langen Kuß verabschiedete sie sich dann endlich von ihr. »Mein Gott, Sofie, was hast du mit mir gemacht? Ich bin ja jetzt schon ganz süchtig nach dir«, sagte Erica und strich ihr zärtlich über die Wangen.

»Wieso ich mit dir? Du mit mir! Dir ist klar, daß das, was hier passiert ist, einen Kündigungsgrund für mich darstellt? Und doch drängt mich alles danach, dich zu berühren. Du hast mich verhext, du kleine Hexe«, sagte Sofie zärtlich und drückte ihr noch einen Kuß auf den Mund.

Sofie ging ins Bad und holte einen Bademantel, den sie Erica gab, damit sie nicht nackt über die Treppe in ihr Zimmer flüchten mußte.

Erica warf ihn sich über und schloß den Gürtel. Dann ging sie zur Tür. Sofie folgte ihr. Bevor Erica die Tür öffnete, drehte sie sich noch einmal zu Sofie um und sagte mit vibrierender Stimme: »Es war wunderschön mit dir.«

»Ja«, hauchte auch Sofie.

Dann verließ Erica das Zimmer.

Sofie lehnte sich mit dem Kopf an die Tür. Was habe ich nur getan? Hoffentlich geht das alles gut. Ansonsten kann ich meinen Job an den Nagel hängen. Aber wer weiß, vielleicht habe ich ja schon gar keinen mehr.

Dann ging sie unter die Dusche und machte sich für die Arbeit fertig. Sie strich ihr Bett selbst glatt, damit das Zimmermädchen nicht auf dumme Gedanken kam, wenn sie so ein zerwühltes Bett vorfand. Bevor sie das Zimmer verließ, sah sie sich noch einmal prüfend um, ob auch nichts auf eine heiße Nacht hindeutete.

Als sie sich zur Tür drehte, sah sie aus dem Augenwinkel etwas Schwarzes unter einem Stuhl liegen. Sie ging darauf zu und erkannte, daß es Ericas String war. Sie hob ihn auf und steckte ihn sich in die Handtasche.

Den überreiche ich Erica mit einer Tasse Kaffee, dachte sie und lächelte verschmitzt.

Auf dem Weg zu ihrem Zimmer begegnete Erica niemandem. Leise vor sich hinpfeifend schloß sie die Tür auf. Sie hatte Lena, die bereits ihren ersten Gang durch die Etagen machte, nicht bemerkt.

Im Zimmer ging Erica direkt zum Schreibtisch. In der Zeit, in der sich der Laptop in den Hauptrechner der Firma einwählte, stellte sie sich unter die Dusche. Sie lehnte ihren Kopf an die Wand und sprach leise zum Wasserstrahl. »Sofie ist das süßeste Ding, das mir in den letzten Jahren unter die Finger gekommen ist. Mein Gott, was für eine Leidenschaft. Wo soll mich das nur hinführen?« Leise fluchte sie. »Verdammt, wie soll ich nur meinen Job gewissenhaft erfüllen?

Ich muß eine Entscheidung treffen. Hoffe nur, daß es die richtige sein wird.«

Sie verließ die Dusche und rubbelte sich kräftig ab, wuschelte sich durch die Haare und zog einen leichten Hosenanzug an. Dann ging sie zum Schreibtisch. Der Laptop hatte sich bereits mit der Datenbank in New York verbunden, sie brauchte nur noch ihr Paßwort einzugeben und konnte loslegen.

Erica war in Hamburg, um das *Prinzess*-Hotel für eine Übernahme zu prüfen. Der Eigentümer wollte verkaufen, und ihr Unternehmen wollte seine Hotelkette europaweit ausbauen. Sie hatte vor vielen Jahren in New York im Hotelfach und Management gelernt. Jetzt reiste sie durch Europa, um Hotels für den Ankauf zu prüfen.

Normalerweise studierte sie die Personalakten der einzelnen Mitarbeiter, bevor sie in das betreffende Hotel eincheckte. Und sie begab sich niemals auf eine persönliche Ebene mit den Mitarbeitern. In diesem Fall hatte sie kläglich versagt, wie sie sich eingestehen mußte.

Und das auf ganzer Linie. Es gab eine Zeit, da liebte sie diese Art von Aufträgen. Doch je älter sie wurde, um so weniger Spaß machte es ihr, durch die Gegend zu reisen. Leise lachend dachte sie: *Aber meine Auftritte sind filmreif. Ich liebe es, wenn die Leute an mir verzweifeln und einen großen Bogen um mich machen.* Dann dachte sie an Sofie. *Ich hätte mich vorher um die Personalakten kümmern müssen, dann wäre es vielleicht nicht dazu gekommen. Ach was, es wäre so oder so geschehen. Sie ist einfach unwiderstehlich süß.* »Ja, und ich bin schon zu alt, um mich dagegen zu wehren«, sagte sie laut zu ihrem Spiegelbild im Fenster.

»Oh, das ist mir gar nicht aufgefallen, daß du schon zu alt bist, um dich zu wehren«, lachte Sofie.

Erica hatte sie nicht hereinkommen hören und fuhr erschrocken herum. »Was? Ach du, ich habe dich gar nicht gehört«, sagte sie etwas konfus.

Sofie hob ihre Hand ans Herz. »Ich schwöre, ich habe angeklopft.«

Erica lachte und stand vom Schreibtisch auf. Wie eine Pantherin kam sie langsam auf Sofie zu. Sie ließ sie keine Sekunde aus dem Blick und tauchte in die Dunkelheit ihrer Augen ein.

Sofie lief ein Schauer durch den Körper. Das Schlucken fiel ihr schwer, als sie sich in Ericas strahlenden Augen verlor. Sie hielt immer noch die Tasse Kaffee in ihren Händen, als Erica dicht vor ihr stehenblieb. Langsam atmete sie Ericas Duft ein und befeuchtete ihre Lippen mit der Zunge. Ericas Atem streifte ihr Gesicht – und dann trafen sich ihre Lippen.

Sofie seufzte erleichtert auf. Sie hatte befürchtet, daß Erica vielleicht abweisend reagieren würde. Langsam lösten sie sich wieder und Sofie hauchte: »Dein Kaffee.«

»Oh, danke. Das ist aber lieb von dir. Möchtest du dich setzen?« fragte Erica.

»Leider habe ich überhaupt keine Zeit«, sagte Sofie mit Bedauern. »Ich muß gleich wieder los. Heute ist mein Big Boss da, aber vielleicht komme ich später noch mal vorbei. Wenn es etwas ruhiger ist. Ach ja, und ...«, sie hielt den schwarzen Seidenstring vor Ericas Gesicht, »ich glaube, der gehört dir«, schmunzelte sie.

Erica grinste. »Wo kommt der denn her? Den habe ich ja noch gar nicht vermißt. Heute habe ich auch eine Menge zu tun. Ich werde meinen Tag wohl auf dem Zimmer verbringen. Komm einfach vorbei, wenn es bei dir paßt. Ich freue mich auf dich.« Sie stellte die Tasse auf den Tisch, zog Sofie in ihre Arme und sagte verführerisch: »Ich würde gern auch die heutige Nacht mit dir verbringen. Meinst du, du kannst es einrichten?«

»Ich werde sehen, was sich machen läßt«, sagte Sofie zärtlich.

Ein letzter Kuß, und Sofie verließ lächelnd das Zimmer.

Vor der Tür traf sie auf Lena. Diese sah sie überrascht an.

»Gab es schon wieder Probleme mit dem Drachen?«

Sofie winkte ab und lachte. »Ach was, sie ist harmlos wie ein Kätzchen.«

Lena runzelte die Stirn und begleitete Sofie zum Empfang. Sie nahmen die Treppe, weil der Aufzug noch nicht funktionierte. Aber die Handwerker waren bereits fleißig dabei, ihn wieder fahrtüchtig zu machen.

Auf dem Weg nach unten sagte Lena: »Heute morgen, so gegen sechs Uhr, habe ich den Drachen pfeifend vor ihrer Tür gesehen. Ich frage mich, wo sie wohl so früh gewesen ist.«

Sofie zuckte leicht zusammen. »Was stellst du dir nur für Fragen?« erwiderte sie gereizt. »Das geht uns doch nichts an. Seit wann kümmern wir uns darum, was unsere Gäste treiben?«

Lena blieb überrascht stehen. »Sag mal, wer hat dich denn getreten? Warum schnauzt du mich so an? Oder bist du mit dem falschen Fuß aufgestanden? Aber selbst wenn, so kenne ich dich ja gar nicht.«

Auch Sofie blieb jetzt stehen und drehte sich um, dann sagte sie etwas zerknirscht: »Ja, du hast recht. Es tut mir leid. Aber diese ganze Sache mit dem Verkauf, und van Geiken will heute morgen kommen ... ich bin wohl etwas durch den Wind.«

Lena schaute Sofie in die Augen. »Sofie, du weißt, du kannst immer zu mir kommen. Wenn es mir möglich ist, werde ich dich gern unterstützen. Außerdem sollten wir mal wieder etwas zusammen unternehmen. Du vergräbst dich ja nur noch in Arbeit.«

Sofie lachte bitter auf. »Ha, wer weiß, vielleicht habe ich demnächst eine ganze Menge Zeit! Aber du hast recht, wir sollten mal wieder einen Frauenabend veranstalten. Wie damals, als wir noch in der WG zusammengewohnt haben.«

Lena lachte bei der Erinnerung. »Ja, aber bitte nicht genauso wie damals, das war schrecklich. Viel zu viel Schokolade und Wein. Und dann war uns immer schlecht, und es gab nur eine Toilette.«

Sofie fiel in Lenas Lachen mit ein, und sie gingen Arm in Arm die restlichen Stufen hinunter.

»Ach Lena, du bist wirklich meine beste Freundin, was würde ich nur ohne dich machen?« lachte Sofie. *Und doch traue ich mich nicht, mit ihr über Erica zu reden,* grübelte sie auf dem Weg zum Empfang.

»Und du meine«, sagte Lena gerührt.

Nachdem Sofie gegangen war, setzte Erica sich wieder an den Schreibtisch. Sie raufte sich die Haare und fluchte leise. »Was habe ich mir nur dabei gedacht? Verdammt noch mal!«

Sie loggte sich mit ihrem Namen in den Hauptrechner ein und suchte den Ordner mit den Personalakten des *Prinzess*-Hotels. Doch bevor sie dazu kam, erschien eine Kurznachricht auf dem Bildschirm. In Telegramm-Manier stand dort: *Stop, sofort Kontakt mit M.* Erica sah überrascht auf den Monitor. M. war ihr oberster Boss, Richard Morgan.

»Was ist denn jetzt schon wieder los, und wieso soll ich mitten in der Nacht anrufen?« fragte sie den Telefonhörer. Dann wählte sie die ihr bekannte Nummer und dachte: *Na ja, ist ja nicht meine Nachtruhe, die gestört wird.*

Am anderen Ende der Leitung wurde abgehoben, und M. meldete sich etwas verschlafen.

»Erica hier, was ist los? Warum soll ich anrufen?« fragte sie ungeduldig.

»Ah, ja Erica, schön, schön. Wie weit bist du mit den Beurteilungen?«

Erica verdrehte die Augen. »Was glaubst du?« erwiderte sie ironisch. »Nach nur einem Tag? Ich fange gerade erst an.«

Er lachte laut auf. »Ja, ja, schon gut, nicht gleich beißen. Ich möchte, daß du den Auftrag erst einmal abbrichst und die nächste Maschine nach Hause nimmst. Es gibt einige wichtige Änderungen, was die Hotelkette anbelangt. Näheres erfährst du, wenn du in meinem Büro bist.«

»Ja, aber ...«, wollte sie einwenden, doch M. fiel ihr ins Wort.

»Kein Aber, die nächste Maschine ist deine, und jetzt laß mich schlafen.« Mit diesen Worten legte er auf.

Erica starrte den Hörer an und atmete tief durch. *Was mache ich denn jetzt nur? Sofie! Ach verdammt. Vielleicht ist es auch besser so, daß ich heute noch abreisen muß,* dachte sie gereizt. Dann nahm sie wieder den Telefonhörer auf und wählte den Empfang. »Hier Erica Faust. Ich brauche heute noch einen Flug nach New York. Ist es möglich, daß Sie sich darum kümmern?«

Lena sagte freundlich: »Selbstverständlich. Business Class?«

Erica schloß kurz die Augen. »Ja, erkundigen Sie sich, wann die nächste und wann die letzte Maschine geht.«

Lena verdrehte die Augen und zeigte dem Telefonhörer die Zunge. *Ein Danke oder Bitte hätte es ja auch getan,* dachte sie wütend.

Doch bevor sie auflegte, hörte sie ein »Danke für die Mühe« von Erica.

Das veranlaßte Lena dazu überrascht zu sagen: »Aber bitte, gern geschehen. Ich melde mich, sobald ich die Abflugzeiten habe.«

Erica legte auf und ging geradewegs ins Schlafzimmer. Sie holte ihre Tasche und fing an ihre Kleider einzupacken.

Ein Piepton vom Rechner signalisierte, daß eine neue Nachricht eingegangen war. Leicht genervt ging sie zum Schreibtisch und überflog die Nachricht. Sie war von M.

Einen guten Rückflug. Wenn du zu Hause bist, schlaf dich erst einmal aus und komm dann ins Büro. Gruß M.

Erica schaute grimmig auf den Bildschirm. »Ach ja, ausgeschlafen soll ich sein? Na, das trifft sich gut. Dann nehme ich nicht die nächste, sondern die letzte Maschine.« *Sofie,* dachte sie wieder. *Vielleicht habe ich ja die Möglichkeit, dich noch einmal zu küssen, bevor ich fliege. Wer weiß, wann ich wiederkomme und ob überhaupt.* Sie ging zurück ins Schlafzimmer und packte weiter.

Als sie alles verstaut hatte, rief sie den Zimmerservice und bestellte sich einen leichten Salat und Brot.

Lena starrte noch eine Weile den Hörer an und sagte dann zu Sven: »Der Drachen hat sich bei mir für die Mühe bedankt. Kannst du dir das vorstellen? Sie hat wirklich *Danke* gesagt.«

Sven lachte, sagte aber nichts weiter, da gerade neue Gäste ankamen.

Lena rief am Flughafen an und bekam zwei Flüge zur Auswahl. Sie rief bei Erica an. »Hallo Frau Faust, ich habe die Abflugzeiten, es gibt zwei Maschinen. Die eine geht bereits um dreizehn Uhr und die letzte um achtzehn Uhr. Welchen Flug soll ich für Sie buchen?«

»Den um sechs«, murrte Erica. Und dann fragte sie: »Kann ich Frau Berger sprechen?«

»Tut mir leid, aber Frau Berger ist in einer Besprechung«, sagte Lena bedauernd. »Kann ich Ihnen vielleicht weiterhelfen?«

Statt die Frage zu beantworten, fragte Erica: »Wie lange wird die Besprechung dauern?«

Lena verdrehte wieder die Augen. »Das weiß ich leider nicht. Kann ich ihr etwas ausrichten?«

Erica rieb sich über die Augen und versuchte ruhig zu bleiben, doch gelang es ihr nicht ganz. Ihre Stimme nahm einen sehr ironischen Unterton an. »Etwas ausrichten? Ja, meine Liebe, das können Sie. Ich würde Frau Berger gern noch sprechen, bevor ich abreise. Meinen Sie, Sie bekommen das hin?«

Lena schluckte eine bissige Bemerkung hinunter und versuchte in neutralem Ton zu antworten. »Ja, aber natürlich doch. Haben Sie sonst noch einen Wunsch?«

Doch Erica legte ohne ein weiteres Wort auf. Sie war genervt und gereizt wie ein verwundetes Tier. »Verflucht, was ist denn mit mir los?« fragte sie sich und schüttelte den Kopf. »Ich bin ja richtig bissig. Und das nur, weil Sofie keine Zeit hat. Das muß jetzt aber aufhören. So was ist mir ja schon Jahre nicht mehr passiert. Sofie, Sofie, was hast du nur mit mir gemacht?«

Sofie saß jetzt schon drei Stunden mit Arthur van Geiken und drei weiteren Männern aus der Chefetage im Besprechungsraum, zuerst nur als unbeteiligte Zuhörerin, doch als die Gespräche lauter und sich beinahe die Köpfe eingeschlagen wurden, stand sie auf und erhob leicht ihre Stimme. »Meine Herren, wir sind doch nicht in der Schule. Vielleicht hätte einer der Herren mal die Güte, mir zu erklären, wie es zu diesem Verkauf gekommen ist. Am meisten interessiert mich, warum ich überhaupt nicht informiert wurde.« Bei diesem Satz wandte sie ihren Blick zu van Geiken.

Die Männer verstummten und schauten ebenfalls alle auf van Geiken.

Er stand auf und ging zum Fenster. »Sehen Sie Sofie, leider geht es unseren Häusern nicht so gut«, begann er mit seiner sonoren Stimme. »Hier in Hamburg läuft es noch recht passabel, aber in den anderen Städten ...« Er machte eine kunstvolle Pause und blickte in die Runde. Sein Blick blieb wieder bei Sofie hängen. »In den anderen Städten läuft es schlechter – oder besser gesagt, gar nicht mehr. Das Hotel in Berlin ist völlig unwirtschaftlich geworden. Es muß mehr investiert werden als herauskommt. Das Hotel in Frankfurt ist in einer ähnlichen Lage. Das Hotel in Mainz – da läuft es noch ein wenig besser. Hamburg und Köln sind profitabel.« Er hob die Hände. »Aber leider übernimmt keiner eine Hotelkette, wenn diese Kette nur aus schlechtem

Kapital besteht und zudem auch noch unterbrochen wird. Ich habe den Herren hier bereits einen Vorschlag unterbreitet, aber sie wollen ja nicht auf mich hören. Wie Sie wissen, habe ich die Mehrheit an den Anteilen, und wenn wir auch heute nicht übereinkommen können, sehe ich für mich keine andere Möglichkeit, als sofort zu verkaufen.«

»Diese Firma aus New York wird fünfzig Prozent unserer Mitarbeiter entlassen und –«, rief ein anderer am Tisch.

Van Geiken unterbrach ihn schroff. »Fünfzig Prozent, na und? Wann waren Sie das letzte Mal in unserem Haus in Berlin oder Frankfurt oder Mainz? Ich war zuletzt in Berlin und war entsetzt, wie wenig Ahnung die dort von dem Begriff Dienstleistung haben.«

Als die Stimmen wieder lauter wurden, schlug van Geiken mit der Faust auf den Tisch und brüllte: »Das reicht jetzt, meine Herren! Machen Sie mir ein lukratives Angebot, und ich werde darüber nachdenken. Sie haben eine Viertelstunde Zeit. Ich werde jetzt mit Sofie an die Bar gehen, und wenn wir zurück sind, möchte ich Ihr Angebot haben. Andernfalls werde ich mich mit New York in Verbindung setzen.« Damit schritt er auf die Tür zu und sah Sofie auffordernd an.

Sofie erhob sich ebenfalls und verließ mit ihm den Besprechungssaal.

Im Aufzug entschuldigte er sich. »Ich weiß, ich hätte mit Ihnen sprechen sollen, Sofie, jedenfalls hatte ich es Ihnen damals versprochen. Aber glauben Sie mir, daß es mir nicht möglich war. Darum möchte ich auch jetzt kurz mit Ihnen allein sprechen.«

Sofie nickte. » Ist es in den anderen Städten wirklich so aussichtslos?«

Bevor er antworten konnte, hielt der Aufzug, und sie stiegen aus. Aus den Augenwinkeln konnte Sofie sehen, wie Lena genervt den Hörer auflegte und dachte nur, *bitte, laß nichts Schlimmes passiert sein.* Der Weg zur Bar führte am Empfang entlang, und Sofie nutzte die Gelegenheit, um kurz zu fragen, ob alles in Ordnung sei.

Lena blickte von Sofie zu van Geiken. »Ja, alles bestens. Ach ja, und der Gast aus der Rosensuite wird heute schon abreisen.«

Sofie zuckte zusammen und starrte Lena an, die registrierte, daß die Bemerkung Sofie nicht kaltließ. Doch Sofie sagte mit einem freundlichen Lächeln: »So, gibt es einen bestimmten Grund dafür?«

»Nein, aber sie wollte dich sprechen. Ich habe versprochen, dich darüber zu informieren.«

»Ja danke, das hast du ja hiermit getan. Wann reist sie ab?« fragte Sofie.

»Ihr Flug geht um sechs.«

»Ah ja.« An van Geiken gewandt sagte sie: »Ich muß mich dann noch um einen Gast kümmern. Es sind einige Schwierigkeiten aufgetreten, und ich möchte, daß sie unser Haus in guter Erinnerung behält. Vielleicht kann ich gleich bei ihr vorbeigehen. Bevor ich wieder in den Besprechungsraum komme?«

Van Geiken brummte: »Ja natürlich, aber jetzt kommen Sie erst mal mit mir. Wir haben noch etwas zu besprechen.« Dann ging er weiter zur Bar.

»Laß sie nicht fahren, bevor ich mit ihr gesprochen habe«, flüsterte Sofie Lena zu. »Es ist mir egal, wie du es anstellst, aber halt sie auf!«

Lena blickte ihr ratlos hinterher. Was geht hier vor? Sind denn jetzt alle verrückt geworden?

Erica saß an ihrem Schreibtisch und trommelte nervös auf die Tischplatte. »Verdammt, warum kommt Sofie nicht?«

fluchte sie leise. »So lange kann sie doch nicht in einer Besprechung sein. Jetzt warte ich schon fast vier Stunden.«

Sie stand auf und verließ ihr Zimmer. Auf dem Weg zum Aufzug überlegte sie, was sie jetzt tun sollte. Sie konnte ja nicht einfach am Empfang darauf bestehen, daß Sofie sofort aus ihrer Besprechung kam, nur damit sie ihr sagen konnte, wie leid es ihr tat, daß sie abreisen mußte.

Als sie am Empfang ankam, sah sie sich um, aber von Sofie keine Spur. *O nein, mit diesem Heini werde ich nicht sprechen*, dachte sie, als sie Sven am Empfangstresen stehen sah. Sie atmete tief durch, um sich nicht noch weiter aufzuregen. Sie drehte sich um und verließ das Hotel.

Lena sah noch, wie sich die Tür hinter ihr schloß, und sprang vom Stuhl auf. Sie hastete wie der Blitz hinter Erica her. Leicht außer Atem stolperte sie auf die Straße, aber von Erica war nichts mehr zu sehen.

Als sie wieder in die Halle kam, sah Sven sie völlig verdattert an. »Was ist denn mit dir los? Was rennst du denn, als wäre ein Zombie hinter dir her?«

»Ach, ich sollte doch den Drachen aus der Rosensuite aufhalten, weil Sofie noch mit ihr reden muß«, erwiderte Lena immer noch etwas atemlos. »Und eben habe ich gesehen, daß sie das Hotel verläßt.«

»Und, hast du sie noch eingeholt? Bei dem Sprint hätte es klappen können«, grinste Sven frech.

»Ach, sei still, schau lieber nach, ob sie schon ausgecheckt hat.« Lena wies streng auf den Computer.

Sven lachte. »Nein, das wüßte ich. Bei mir war sie nicht und bei dir ja anscheinend auch nicht. Also hat sie nicht ausgecheckt. Ist doch logisch.«

»Ach ja, und was, wenn sie das gestern abend schon gemacht hat?« fragte Lena gefährlich leise.

Sven hob beschwichtigend die Hand. »He, ist ja gut, ich schaue schon nach. Ha, siehst du, ich habe es ja gesagt, sie hat noch nicht ausgecheckt.«

Lena atmete erleichtert auf. »Gottseidank, dann muß sie ja noch mal hereinkommen.« Erschöpft von der kleinen Kraftanstrengung ließ sie sich auf ihren Stuhl fallen und nahm sich ein Stück Schokolade.

Sven grinste.

»Ist nur, um den Schock zu verkraften«, sagte Lena leicht säuerlich.

»Ja, ist klar«, lachte er.

Sofie folgte van Geiken in die Bar. An einem kleinen Nischentisch setzten sie sich. Van Geiken winkte dem Kellner und bestellte für sich einen Whisky und für Sofie einen Martini.

Nachdem die Getränke gebracht worden waren, fing er unvermittelt an zu reden. »Ich habe mir etwas überlegt, aber dafür brauche ich Ihre Hilfe. Ich hoffe jedenfalls auch auf Ihre Zustimmung.«

Sofie schaute ihn interessiert an.

»Sie haben hier ja wirklich alles im Griff«, fuhr van Geiken fort. »Können Sie sich noch daran erinnern, wie katastrophal es damals in Köln war?«

»Wie könnte ich das vergessen?« Sofie lachte leicht auf. »Es war ein einprägsames Erlebnis. Ich habe viel gelernt dadurch.«

»Ja genau.« Van Geiken nickte. »Sie wissen ja, daß ich nicht um den heißen Brei herumreden mag. Also meine Frage an Sie, können Sie sich vorstellen, für eine gewisse Zeit nach Berlin zu gehen, um dort für Ordnung zu sorgen? Dafür zu sorgen, daß der Laden wieder läuft? Ich weiß, es ist keine einfache Aufgabe, und es gehört eine Menge Mut und Stärke dazu, aber ich bin davon überzeugt, daß Sie es schaffen können. Also was sagen Sie?«

Sofie starrte ihn an, als würde er von einem anderen Planeten stammen.

»Ich weiß, es kommt alles sehr plötzlich«, fuhr van Geiken

entschuldigend fort, »aber entweder wir versuchen es in dieser Form, oder ich verkaufe sofort und habe keine Möglichkeit, Forderungen zu stellen. Leider bleibt mir keine andere Wahl. Sofie, ich werde auf jeden Fall verkaufen müssen, weil es sonst meinen Ruin bedeutet. Aber ich würde gern verhandeln, und mit einer Kette aus lauter unwirtschaftlichen Hotels ist das nicht möglich.«

Langsam nickte Sofie. »Bis wann muß ich mich entschieden haben?«

Er sah auf die Uhr und sagte: »Bis gestern.«

Sofie lachte gezwungen auf. »Das ist nicht witzig.«

Er erhob sich. »Nein, das ist nicht witzig. Mir steht auch nicht der Sinn nach Lachen, aber wenn wir jetzt wieder hochgehen, möchte ich den Herren meinen Vorschlag unterbreiten. Ich mache jede Wette, daß denen nichts eingefallen ist. Also Sofie, kann ich mit Ihnen rechnen?«

Sofie zog eine Augenbraue hoch. »Ab wann?« fragte sie professionell. »Und habe ich völlig freie Hand, auch bezüglich der Mitarbeiter? Kann ich mir eine Unterstützung mitnehmen?«

Er klatschte erfreut in die Hände. »Alles, was Sie brauchen. Sie haben völlig freie Hand. Bis auf den Manager, der hat einen Sondervertrag mit mir. Aber wenn es Probleme gibt, rufen Sie mich an. Ich werde mich dann persönlich darum kümmern. Versuchen Sie die Kosten so gering wie möglich zu halten. Und losgehen sollte es, sobald Sie einen Ersatz für sich gefunden haben, der in Ihrer Abwesenheit das Haus leiten kann. Die Zeit läuft gegen uns, das heißt, Sie müssen spätestens in einem halben Jahr Erfolge erzielt haben. Ansonsten bleibt es bei der Unwirtschaftlichkeit. Ich habe mit New York einen Aufschub von einem halben Jahr ausgehandelt. Sie waren einverstanden.«

Sofie rieb sich über die Augen und sah ihn dann lange an. »Ich werde es versuchen. Ob es mir gelingt, das Hotel wetterfest zu machen, kann ich an dieser Stelle nicht versprechen. Aber ich werde mich darauf einlassen.«

Er reichte ihr seine breite, behaarte Hand und lächelte sie dankbar an. »Na, dann lassen Sie uns mal wieder in die Höhle der Löwen gehen.«

Erica lief vor dem Hotel auf und ab und grübelte über Sofie nach. So etwas wie mit Sofie war ihr noch nie passiert. *Ich kenne diese Frau überhaupt nicht und mache mich ihretwegen schon so verrückt. Das ist ja zum Haareausraufen.*

Jetzt brauche ich erst mal einen Drink, sonst drehe ich noch völlig am Teller. Sie öffnete mit Schwung die Tür und ging mit schnellen Schritten auf die Bar zu. Mit ihren kurzen, schwarzen Haaren und ihrer aufrechten Haltung wirkte sie sehr selbstbewußt. Ihr Blick wirkte gereizt, was sie unbeugsam und hart erscheinen ließ. Um nicht mit ihr zusammenzustoßen, machten die anderen Gäste einen Bogen um sie.

Am Eingang zur Bar prallte sie jedoch mit jemand zusammen, der herauskam. »Verdammt, können Sie nicht aufpassen?« schimpfte Erica auch schon los. Sie war zu mißgelaunt, um höflich zu sein.

Sofie schmunzelte. »Nun, im Gegensatz zu Ihnen laufe ich nicht mit geschlossenen Augen durch eine Tür. Ich hoffe, Sie haben sich nicht verletzt.«

Van Geiken unterdrückte ein Lachen und ging zwei Schritte weiter.

Erica hob überrascht den Kopf und blickte in Sofies schöne Augen. »Oh, heute ist nicht mein Tag, wie ich feststellen muß. Tut mir leid, daß ich Sie angeschnauzt habe.«

Sofie zwinkerte ihr zu. »Das ist aber gut, daß wir uns hier treffen. Meine Mitarbeiterin hat ausrichten lassen, daß Sie mich sprechen wollten. Wenn es Ihnen recht ist, bin ich in etwa einer halben Stunde bei Ihnen.«

Erica schaute auf die Uhr und dann wieder zu Sofie. »Ja, das wird gehen. Ich bin in meinem Zimmer.«

Sofie verabschiedete sich und ging mit van Geiken zum

Aufzug.

»Donnerwetter Mädchen, Sie trauen sich ja ganz schön was. Gratuliere, diese Frau frißt Ihnen aus der Hand.«

Wenn du wüßtest, grinste Sofie in sich hinein, dann würdest du mir wahrscheinlich die Kündigung in die Hand drücken statt mich zu loben.

Erica schaute Sofie hinterher, ging dann in die Bar und bestellte sich einen Irish Coffee. Mit dem Glas in der Hand überlegte sie, warum sie eigentlich noch hier war und nicht die Maschine um eins genommen hatte.

So etwas wäre ihr vor einigen Monaten nicht passiert. Sie war sehr ehrgeizig und gewissenhaft. Doch seit sie in Hamburg war, war sie alles andere als gewissenhaft. *O ja, ich verfolge gewissenhaft die Befriedigung meiner Triebe, aber das war es dann auch schon. Wird Zeit zu gehen,* dachte sie.

Auf dem Weg zum Aufzug ließ sie die Lobby auf sich wirken. *Was für eine nette Idee mit dem Brunnen,* ging es ihr durch den Kopf. Sie drehte sich langsam einmal um die eigene Achse und blieb mit dem Blick auf Lena stehen. Sie fixierte sie kurz und dachte: *Erfreulicherweise scheint diese Person nicht unfähig zu sein. Sie macht ihren Job gut. Muß ich mir notieren.*

Dann stieg sie in den Aufzug und fuhr nach oben. Sie schloß gerade ihre Tür auf, als sie schnelle Schritte auf dem Gang hörte. Sie drehte sich nicht um, sie wußte auch so, daß es Sofie war, die den Gang entlangkam. Sie ging hinein, ließ die Tür offenstehen und trat ans Fenster.

Sofie klopfte leise an den Türrahmen und kam herein. Erica schaute immer noch aus dem Fenster und wartete, bis die Tür ins Schloß gefallen war. Dann drehte sie sich langsam um und sah Sofie auf sich zukommen.

Kurz vor dem Schreibtisch blieb sie stehen und schaute Erica mit einem Lächeln an. In ihren Augen spiegelte sich Unsicherheit. Sie sagten beide kein Wort.

Erica hatte das Gefühl, bereits etwas verloren zu haben,

auch wenn sie es gar nicht richtig besessen hatte. Sie schluckte und kam um den Schreibtisch herum. Dicht vor Sofie blieb sie stehen. Immer noch sprachen sie kein Wort. Erica hob die Hand und strich Sofie zärtlich eine Haarsträhne aus der Stirn.

Sofie flüsterte leise: »Warum reist du so kurzfristig ab?«

Erica sagte immer noch nichts, statt dessen nahm sie Sofies ebenmäßiges Gesicht in beide Hände und zog sie zu sich. Zärtlich küßte sie ihren Mund und strich mit ihrer Zunge über Sofies geschlossene Lippen.

Sofie trat einen Schritt zurück und wiederholte ihre Frage. »Warum reist du so kurzfristig ab?«

Erica fuhr sich mit einer Hand durch die Haare. Sie räusperte sich. »Ich habe einen Job, der verlangt, daß ich manchmal kurzfristig Dinge umstoße, wenn es erforderlich ist. Heute morgen bekam ich eine Nachricht von meinem Boss, und der Befehl lautete, mit dem nächsten Flieger nach Hause zu kommen.«

»Der nächste Flieger? Ging denn keiner vor sechs?« fragte Sofie verwundert.

Erica lachte auf. »Doch, natürlich, es ging schon einer um eins.«

»Und wieso bist du dann um drei Uhr noch hier?«

»Was für eine Frage.« Erica fuhr sich erneut durch die Haare und schaute Sofie verzweifelt an. »Ich hätte mich nicht von dir verabschieden können.«

Sofie wurde nervös, und das gefiel ihr überhaupt nicht, darum wurde ihr Ton eine kleine Spur spöttisch, als sie fragte: »Und was wäre daran so schlimm gewesen?«

»Herrgott noch mal, Sofie!« Erica trat erneut auf Sofie zu. Ganz nah an ihrem Gesicht flüsterte sie: »Dann hätte ich dich nicht mehr küssen können.« Damit umschloß sie Sofies Lippen mit ihrem Mund. Mit ihrer Zunge drängte sie gewaltsam Sofies Lippen auseinander. Es war nur ein kurzer Kampf der Münder, bis sich Sofie völlig in diesen Kuß hineinfallen ließ.

Erica drängte Sofie bis an die Wand und umschloß eine Brust mit ihrer Hand. Sofie stöhnte auf und wollte sich zurückziehen, doch Erica hielt sie mit ihrem Körper gefangen. Ohne von ihrem Mund zu lassen, streichelte sie Sofies Brust weiter und glitt mit ihrer anderen Hand an Sofie hinunter. Sie streifte ihre Mitte und spürte einen Schauer durch Sofies Körper gehen. Erica füllte ihren Mund ganz aus und raubte ihr fast den Atem.

Als sie selbst auch kaum noch Luft bekam, löste sie sich langsam von Sofies Lippen. Sie wanderte mit ihrem Mund an Sofies Hals entlang und knabberte an ihrem Ohrläppchen. Ihre Hand wechselte zur anderen Brust und strich begierig über die hart gewordene Brustwarze. Als Sofie ihren Unterleib gegen Ericas Hand schob, ging ihr Atem deutlich schneller. »Sofie«, flüsterte Erica dicht an ihrem Ohr – und noch einmal: »O Sofie . . .«

Sofies Hand wanderte hinunter und drückte Ericas Hand fester auf ihre Mitte. Erica lachte rauh auf und griff ihr unter den Rock. Zielstrebig fuhr sie an Sofies nacktem Oberschenkel hinauf bis zu ihrem Slip und strich am Rand entlang. Sie drang erneut mit ihrer Zunge in Sofies Mund, gleichzeitig schob sie ihren Finger unter den Slip und berührte ihre Schamlippen.

Sofie keuchte und wand sich unter der Berührung. Mit einer schnellen Bewegung tauchte Erica unter Sofies Rock und zog ihr den Slip aus. Sie spreizte mit ihren Fingern Sofies Schamlippen und drang mit der Zunge in sie ein. Sofie schrie leise auf und vergrub ihre Hand in Ericas Haaren.

»Oh, o Gott, Erica . . .«, stöhnte sie.

Erica leckte genüßlich über ihre Perle und spürte, wie sie härter und dicker wurde. Sie seufzte und umschloß sie mit ihren Lippen. Als sie anfing an ihr zu saugen, hörte sie Sofie abgehackt stöhnen und nach Luft schnappen.

Das machte sie noch wilder, sie stieß nun mit zwei Fingern in Sofies weit geöffnete Lustgrotte. *O Sofie,* dachte sie voller Wollust, *ein Wasserfall ist nichts gegen dich.* Begierig leckte sie Sofies Saft wie Nektar auf. Sofies Atem ging nur noch stoßweise, dann wurde sie ganz steif und kam mit einem dumpfen Schrei.

Erica spürte das Pulsieren an ihrer Zunge und ihren Fingern. Sie gab ihr noch einen Kuß auf die Perle und erhob sich wieder. Sofies Beine hatten alle Kraft verloren. Mit Ericas Unterstützung schaffte sie es bis zum Sofa. Ermattet ließ sie sich in die Kissen fallen.

Erica beugte sich über sie, sah ihr zärtlich in die Augen, und Sofie lächelte sie verträumt an.

»Wie kann das sein? Nach so einer kurzen Zeit, die wir uns erst kennen? Bist du eine Hexe und hast mich verzaubert?« fragte Erica sanft.

Sofie gab ihr einen Kuß auf die Nasenspitze. »Nein, nicht ich bin die Hexe«, erwiderte sie lächelnd. »Das bist wohl eher du. Sobald du mich mit deinen blauen Augen ansiehst, habe ich keinen Verstand mehr.«

»Ach ja, keinen Verstand ... *mehr* –?« Erica betonte das Wort *mehr* leicht süffisant.

»Oh, warte du ...«, kicherte Sofie. Doch bevor sie weitersprechen konnte, küßte Erica sie zärtlich. Sofie schlang die Arme um Ericas Hals und zog sie enger an sich. Plötzlich ging ihr Pieper los, und sie lächelte bedauernd in Ericas glänzende Augen. »Kann ich dein Telefon mal benutzen?«

Erica reichte ihr den Hörer.

Sofies Stimme gehorchte ihr nicht ganz, als sie leicht krächzend fragte: »Sofie hier, was ist los?«

Lena war überrascht, als sie die Nummer der Rosensuite las und Sofie am Apparat hatte. »Bist du noch bei ihr?«

Sofie verdrehte die Augen. »Ja. Was gibt es denn Wichtiges?«

Erica begann Sofies Bluse zu öffnen und streichelte leicht über ihre Brüste. Sofie stöhnte innerlich auf. Ihr Atem beschleunigte sich, und sie bekam nicht ganz mit, was Lena sagte.

»Also dann lasse ich das Flugticket jetzt nach oben bringen. Ist das in Ordnung?« fragte Lena.

Erica hatte begonnen an ihren Brustwarzen zu saugen, und Sofie stöhnte leise auf: »Ja« und dann »Nein!«

Lena starrte den Hörer an und fragte unsicher. »He, alles in Ordnung? Was denn nun, ja oder nein?«

Sofie versuchte Erica wegzuschieben, sie konnte kaum einen klaren Gedanken fassen und sah sie streng an. Erica entfernte sich Millimeter von ihr, und Sofie atmete erleichtert auf. »Tut mir leid, ich war mit meinen Gedanken gerade woanders.«

Erica grinste sie schief an, und Sofie drohte ihr mit dem Finger.

»Was hattest du gesagt? Ach ja, van Geiken ist weg. Alles klar. Und nein, du brauchst das Ticket nicht hochschicken zu lassen. Frau Faust möchte nicht gestört werden. Sie holt sich das Ticket später am Empfang ab.«

Erica hob ihren Blick und hauchte ihr ins andere Ohr. »Ach ja? Woher weißt du das?«

Sofie legte sofort ihre Hand auf die Muschel und zischte. »Psst!«

»Hallo Sofie, was ist denn los? Du bist so komisch. Soll ich hochkommen?«

O Gott, nur das nicht, dachte Sofie erschrocken. Sie sagte laut und fest: »Nein, es ist alles in Ordnung. Ach, und Lena – ich bin für die nächste Stunde nicht erreichbar. Könntest du bitte dafür sorgen, daß alles glattgeht?«

»Ja, ist okay. Ich denke, du bist mir später eine Erklärung schuldig«, drohte Lena noch, bevor sie auflegte.

»Bist du denn verrückt geworden?« fuhr Sofie Erica liebevoll an.

»Ja, das bin ich, seit ich dich kenne«, erwiderte Erica ebenso liebevoll.

Sofie lag halbnackt auf dem Sofa und sah zu Erica auf, die zur Tür ging und abschloß.

»Bevor du dich wieder in meine Nähe wagst ...«, säuselte Sofie, »möchte ich, daß du dich ausziehst.«

Ericas verführerisches Lachen ging ihr durch und durch, und sie erschauerte. Langsam bewegte sich Erica auf sie zu. Mit jeder Bewegung öffnete sie ihre Bluse ein wenig mehr, immer einen Knopf nach dem anderen, ohne Sofie aus den Augen zu lassen. Bei diesem Schauspiel beschleunigte sich Sofies Atem, als wäre sie beim Marathon.

Als Erica vor dem Sofa stand, trug sie nur noch ihren Slip und BH.

Sofie starrte sie gebannt an und beobachtete das Spiel der Muskeln, als Erica hinter sich griff, um ihren BH zu öffnen. Sie sprang auf. »Warte, laß mich das machen«, sagte sie bestimmt. Sie stand ganz dicht vor Erica und streifte ihre Lippen zärtlich mit ihrem Mund. Sie griff hinter sie und öffnete gekonnt den Verschluß.

Doch sie zog ihr den BH nicht aus, sondern glitt mit ihrem Mund an Ericas Hals entlang, knabberte kurz an ihrem Ohrläppchen und blies ein wenig Luft in die Ohrmuschel. Sie hielt sich dort aber nicht auf und glitt weiter an ihrem Hals hinunter. Zärtlich biß sie ihr in die Schulter und leckte mit der Zunge darüber.

Als sie den Träger erreichte, schob sie ihn langsam, immer begleitet von kleinen Küssen, über die starken Oberarme. Erica zog ihren Arm aus der Schlaufe, aber Sofie hielt den BH noch fest, damit sie das Spiel auf der anderen Seite fortführen konnte. Langsam nahm sie den BH weg und umschloß statt dessen Ericas Brüste mit ihren zarten weiblichen Händen.

Erica stöhnte auf und schloß die Augen. Zärtlich küßte Sofie ihre Augenlider und ihre Nase, dann ihren Mund. Mit der Zunge strich sie über die geschlossenen Lippen. Sie hielt sich nirgendwo auf, sondern wanderte weiter zu Ericas

Brüsten. Dort ersetzte sie ihre linke Hand durch ihren Mund und leckte über die Brustwarze, bis sie hart hervorstand. Dann wechselte sie die Seite und tat dasselbe mit der anderen Brust.

Erica schnappte nach Luft. »Mein Gott, Sofie, du machst mich verrückt! Bitte, quäl mich nicht so ...«, stöhnte sie kraftlos auf.

Sofie lachte leicht, drehte Erica um und drängte sie zurück, bis sie auf dem Sofa landete. Sie kniete sich vor Erica. »Ich möchte dich gern anschauen, komm und öffne deine Beine für mich.«

Erica stöhnte gequält auf. »Bitte Sofie, laß mich nicht mehr so lange warten, ich kann nicht mehr.« Ihre eigene Stimme klang ihr ganz fremd in den Ohren.

Leicht spreizte sie ihre Beine, und Sofie glitt dazwischen. »Du bist so wunderschön«, murmelte sie, bevor sie mit ihrer Zunge in Ericas Nässe tauchte. »Hmm, du schmeckst wie Champagner«, seufzte sie dann genüßlich.

Erica vergaß Zeit und Raum und bewegte sich immer heftiger.

Sofie drang mit zwei Fingern in sie ein, und Erica kam mit einem lauten Schrei. Es fühlte sich an wie ein Vulkanausbruch. Sofie hatte Mühe, sie auf dem Sofa zu halten, und fuhr wieder und wieder über ihre Perle, deren Größe sich verdreifacht hatte.

»Sofie!« rief Erica laut und kam ein weiteres Mal. »Mein Gott, Sofie, bitte, ich kann nicht mehr. Komm hoch und küß mich«, fügte sie erschöpft hinzu.

Ihre Finger immer noch in Erica bewegte Sofie sich langsam nach oben. Als sie sich in die Augen schauen konnten, zog sie ihre Finger langsam heraus. Doch bevor sie ganz aus Erica herausgeglitten waren, schob sie die Finger langsam wieder hinein. Erica stöhnte immer lauter. Sofie bewegte ihre Finger immer schneller, hinein und hinaus.

Erica sah sie mit glühenden Augen an und bewegte sich im

gleichen Rhythmus mit Sofies Fingern. »Ja, o ja ...«, stöhnte sie, und Sofie wisperte: »Ja, meine Süße, komm zu mir, zeig mir, wie sehr es dir gefällt.«

»O Gott, ja, Sofie, jaaaaaaaaa!« Erica kam mit einem animalischen Schrei. Sie zitterte am ganzen Körper und zog Sofie in ihre starken Arme. Fest umschlungen hauchte sie ihr einen Kuß aufs Haar. »Sofie, Sofie, was machst du nur mit mir?« fragte sie langsam zu Atem kommend.

Sofie kuschelte sich in Ericas Arme. »Werden wir uns wiedersehen?« fragte sie leise.

Erica drückte sie noch fester an sich. »Bestimmt«, erwiderte sie zärtlich. »Aber ich kann dir nicht sagen, wann.«

»Hm«, seufzte Sofie, »das mußt du auch nicht. Aber schön zu wissen, daß wir es werden.«

Erica lachte rauh und gab ihr einen Kuß auf die Stirn. Immer noch ging ihr Atem unregelmäßig.

Das Telefon klingelte, und Erica nahm ab. »Ja«, brummte sie in den Hörer. »Ja, ist gut. Bestellen Sie ein Taxi, ich komme gleich runter.« Dann legte sie auf und sah Sofie bedauernd an. »Meine süße Sofie«, flüsterte sie. »Leider muß ich jetzt los. Mein Flieger geht in einer Stunde.«

Doch keine von beiden rührte sich. Sie lagen eng umschlungen da und sahen sich an. Dann räusperte sich Sofie und gab Erica einen Kuß auf den Mund. »Schön, daß ich dir begegnet bin«, sagte sie lächelnd.

Erica erhob sich und reichte ihr die Hand. Sie zog sie noch einmal in ihre Arme. »Daß du mich ja nicht vergißt!« flüsterte sie sanft, aber mit schelmisch warnendem Unterton.

Sofie strich zart über ihre Augenbraue. »Und wehe, du kommst nicht wieder«, erwiderte sie im gleichen Tonfall.

Sie suchten ihre Kleidung zusammen und zogen sich rasch an.

Die Zeit wurde knapp, und Sofie versuchte gerade, im Badezimmerspiegel ihre Haare wieder zu ordnen, als Erica sich neben sie stellte. »Ich gehe schon mal runter und lasse nach dir rufen«, sagte sie zärtlich, »damit keiner auf dumme Gedanken kommt.«

Sofie lächelte sie an. »Ist gut, ich warte noch ein paar Minuten.« Als Erica die Zimmertür öffnete, konnte sie sich jedoch nicht beherrschen. »Warte«, rief sie.

Sofort schloß Erica die Tür wieder und drehte sich zu ihr um.

Mit schnellen Schritten war Sofie bei ihr, und Erica umfing sie mit ihren Armen.

»Wie kann ich dich einfach gehen lassen, ohne dir noch einen Kuß zu geben?« hauchte sie.

»Ach Sofie«, flüsterte Erica mit erstickter Stimme. Ihre Lippen trafen sich zu einem unendlich langen Kuß. Zärtlich strich Erica ihr noch einmal übers Gesicht, so als wollte sie jede Einzelheit festhalten. Dann nahm sie ihren Koffer und verließ das Zimmer.

Sofie lief die eine Etage hoch zu ihrem Büro. Kaum hatte sie die Tür geöffnet, hörte sie auch schon das Telefon klingeln. Sie atmete tief durch und sagte mit ruhiger Stimme: »Berger.«

Lena atmete erleichtert auf. »Gottseidank, du bist da.«

Sofie grinste. »Wo sollte ich sonst sein?« erwiderte sie.

»Frau Faust möchte dich sprechen. Sie reist jetzt ab. Könntest du runterkommen?«

Sofie schmunzelte, da sie Lena anhörte, daß es ihr schwerfiel, in neutralem Ton zu sprechen. »Natürlich, ich komme sofort«, sagte sie und legte auf.

Im Aufzug versuchte sie sich soweit zu sammeln, daß man ihr keine Gefühlsregung anmerken konnte. *Hoffentlich fixiert mich Lena nicht wieder mit diesem durchdringenden Blick*, murmelte sie vor sich hin, als sie aus dem Aufzug stieg. Sie sah Erica am Empfang stehen, und ihr Herz machte einen Sprung. Egal, wie sehr sie sich auch bemühte, aber den Glanz in ihren Augen, den konnte sie nicht wegzaubern. Er war einfach da, sie merkte es ja selbst.

Ach, was soll's. Sie trat schnell auf den Empfang zu und blickte Erica in die Augen. Das, was sie sah, ließ sie leicht straucheln. Innerhalb weniger Sekunden verdunkelten sich Ericas Augen, und sie erkannte so viel Zärtlichkeit in ihnen, daß sie schwer schlucken mußte. »Hallo«, sagte sie zittrig, dann räusperte sie sich und versuchte erneut zu sprechen, doch Erica kam ihr zuvor.

»Mein Taxi ist da, würden Sie mich noch zum Wagen begleiten? Ich würde Ihnen gern noch etwas sagen.«

»Aber natürlich«, erwiderte Sofie beherrscht. »Kann ich Ihnen die Tasche abnehmen?«

Erica sah sie zweifelnd an, doch dann gab sie ihr die Tasche, und sie verließen gemeinsam das Hotel. Vor der Tür sagte Erica: »Es fällt mir verdammt schwer, dich jetzt nicht zu küssen.« Sie seufzte. »Sofie, meine süße Sofie. Möchtest du mich wirklich wiedersehen?«

Sofie schluckte. »Ich würde dich am liebsten gar nicht fahren lassen«, sagte sie leise. »Ja, ich will dich wiedersehen. Vielleicht können wir ja mal telefonieren?«

Erica nahm ihr die Tasche ab und berührte zärtlich ihre Hand. Sie blickte ihr tief in die Augen. »Ich rufe dich an, sobald ich in New York bin. Erreiche ich dich im Hotel – oder lieber woanders?«

»Im Hotel. Ich muß noch einiges erledigen und werde heute noch mal hier schlafen.« Sofie sah Erica zärtlich an und hielt ihr die Autotür auf. »Du mußt los, sonst ist der Flieger weg.«

»Ja, da hast du wohl recht.« Zögernd stieg Erica ins Auto. Mit einem verlangenden Blick streifte sie Sofies Augen.

Sofie beugte sich unvermittelt ins Innere des Wagens und verschloß Ericas Lippen mit ihren. Mit bebender Stimme sagte sie: »Du wirst mir fehlen.« Genauso schnell, wie sie ins Wageninnere eingetaucht war, stand sie wieder aufrecht. Sie lächelte in Ericas überraschtes Gesicht und schloß die

Tür.

Das Taxi fuhr los, und sie sah, wie Erica sich umdrehte und verabschiedend eine Hand hob.

Auch sie winkte kurz, straffte dann ihre Schultern und ging zurück ins Hotel.

Sofie sah, daß Lena ein großes Fragezeichen im Gesicht hatte, und lächelte vor sich hin. »Sven, Sie können sicherlich mal für eine Weile den Empfang allein machen. Und du, Lena, kommst bitte mal mit mir mit«, sagte Sofie, als sie auf den Empfang zuging.

Ohne anzuhalten ging sie weiter zum Aufzug, und Lena lief hinter ihr her. »Warum rennst du denn so?« fragte sie etwas aus der Puste, als sie am Aufzug ankam.

Sofie antwortete nicht sofort, sondern wartete, bis sie im Aufzug waren. »Wir müssen miteinander reden.«

»Warum wollte der Drachen, daß du mit vor die Tür kommst?« fragte Lena neugierig.

»Sie hat sich für die freundliche Bedienung und Unterbringung bedankt«, erwiderte Sofie

Lena schnaubte verächtlich. »Ha, das glaubst du ja selbst nicht. Was war da zwischen euch? Es hat richtig geknistert.«

Sofie schmunzelte. »Kein Kommentar. Es gibt wichtigere Dinge, die wir besprechen müssen.«

Im Büro nahm Sofie das Telefon in die Hand und bestellte beim Zimmerservice eine Kleinigkeit zu essen. Sie hatte außer Kaffee den ganzen Tag noch nichts zu sich genommen. Jetzt war ihr ein wenig flau.

Während sie auf die Verpflegung warteten, berichtete Sofie Lena über den Verkauf und über das, was sie mit van Geiken vereinbart hatte.

»Und ab wann sollst du nach Berlin?« fragte Lena. »Wie willst du das hinbekommen, daß die Zahlen steigen?«

»Tja, nach Berlin soll ich, wenn ich einen Ersatz für mich gefunden habe, der diesen Laden hier vernünftig führen kann.« Lena sah sie erwartungsvoll an, und Sofie sprach weiter: »Aber leider habe ich bisher noch niemanden im Auge, den ich für geeignet halte.«

Beleidigt sagte Lena: »Na danke, dann weiß ich ja, was du von mir hältst.«

Sofie sah Lena überrascht an, doch dann begriff sie, warum Lena so reagierte. Sie hatte ihr ja noch nicht erzählt, daß sie mit nach Berlin sollte. Sie schüttelte lachend den Kopf. »Ach Lena, wenn es danach ginge, dich mit dieser Aufgabe zu betrauen, dann wäre es ein leichtes für mich. Du bist doch sowieso meine rechte und manchmal auch meine linke Hand. Leider kann ich dir diesen Posten nicht anbieten. So gern ich es auch tun würde.«

»Ach, und warum nicht? Bin ich nicht gut genug?« fragte Lena schnippisch.

Bevor Sofie antworten konnte, klopfte es an der Tür. Ihr Imbiß war gerade gekommen. Sie bedankte sich und langte herzhaft zu. »Hmm, diese Pasteten sind ein Gedicht. Magst du auch?« sagte sie zwischen zwei Bissen.

»Nein, danke«, kam es gereizt von Lena.

Mit einem unschuldigen Lächeln sagte Sofie: »Na komm schon, Lena, mach nicht so ein Gesicht, ich brauche dich in Berlin.«

»Was?« Lena schnappte nach Luft. »Wo brauchst du mich? In Berlin? Wie ... was soll das heißen? Soll das heißen, daß –?« Sie stotterte nur noch.

Sofie lachte. »Ja, wenn du willst.«

Lena sprang auf und fiel Sofie um den Hals. »Wirklich? Du willst, daß ich mitkomme?«

»Ja, das will ich. Und wenn du nicht willst, bist du gefeuert. Ich kann das nicht ohne dich schaffen. Ich brauche dich da. Wirklich«, sagte Sofie nun ernst. »Das Ganze wird so in etwa ein halbes Jahr gehen. Bis dahin müssen wir Erfolg haben.«

Lena lief durch das Büro wie ein aufgescheuchtes Hühnchen. Sofie lachte über den Elan, den Lena an den Tag legen konnte.

Das Telefon klingelte.

Lena nahm ab und meldete sich überschwenglich. »*Prinzess*-Hotel.« Sie hörte kurz zu, dann blickte sie erstaunt Sofie an. »Einen kleinen Moment bitte, ich stelle durch.« Sie hielt Sofie den Hörer entgegen.

»Wer ist das?« fragte Sofie, doch Lena zuckte nur mit den Schultern. »Ja, Berger hier«, meldete Sofie sich. Als sie Ericas rauchige Stimme hörte, lief ihr ein Schauer über die Haut. Sofie war sich der Anwesenheit von Lena nur zu bewußt und versuchte neutral zu klingen, was ihr aber nicht gelang. »Haben Sie etwas vergessen?« fragte sie.

An Lena gewandt sagte sie: »Würdest du mich kurz alleinlassen?«

Lena ging auf die Tür zu, überlegte es sich aber anders und setzte sich in den Sessel.

Verdammt noch mal, was mache ich denn jetzt? dachte Sofie. Sie wußte, noch einmal konnte sie Lena nicht bitten zu gehen, ohne daß sie eins und eins hätte zusammenzählen können. *Was soll's, ist ja jetzt sowieso egal. Lena ist nicht dumm und hat schon einiges mitbekommen.* Sie drehte sich zum Fenster um. Leise sagte sie: »Es ist schön, dich zu hören. Hat die Maschine Verspätung?« Sie lauschte Ericas anregender Stimme, die so erotisch klang, als würde sie in ihren Armen liegen. Im Hintergrund hörte sie, wie durch den Lautsprecher Ericas Flug aufgerufen wurde. »Ich wünsche dir einen guten Flug«, flüsterte sie. »Ich denke an dich.« Dann legte sie auf. Sie vermied es Lena anzusehen und fragte so, als wäre nichts geschehen: »Was glaubst du, wem könnte ich die Aufgabe übertragen, das Hotel zu managen?«

»Sofie? Schau mich doch bitte mal an«, sagte Lena.

Sofie blickte ihr in die Augen. »Was ist? Wir haben hier eine Aufgabe zu erledigen, und ich brauche deine Mitarbeit. Würde es dir sehr viel ausmachen, mir ein paar Antworten zu geben?«

Lena sah sie ernst an. »Nein, es macht mir nichts aus, dir ein paar Antworten zu geben. Und wie steht es mit dir? Möchtest du mir nicht vielleicht auch ein paar Antworten geben?«

Es wurde Sofie klar, daß sie nicht darum herumkommen würde, Lena von Erica zu erzählen. *Aber, verdammt noch mal, den Zeitpunkt, wann ich darüber sprechen möchte, entscheide ich,* dachte sie wütend. Laut sagte sie: »Okay, ich verspreche, ich werde dir alle Fragen beantworten, aber erst, wenn wir das andere geklärt haben. Einverstanden?«

Lena nickte und schlug die Beine übereinander. »Gut, also wo fangen wir an?«

»Ich denke, wir sollten erst einmal schauen, wer überhaupt für diesen Posten geeignet ist. Nimm dir doch bitte mal einen Block und Stift und notier alle Namen, die dir einfallen. Ich werde das gleiche machen, und dann schauen wir uns die Listen mal an.«

»Wie soll es in Berlin laufen?« wollte Lena wissen.

»Dazu kommen wir später, wenn wir jemanden für mich als Ersatz gefunden haben. Wir brauchen uns keine Gedanken über Berlin zu machen, solange wir hier nicht wegkönnen.« Sofie setzte sich an den Schreibtisch und überlegte, wer in Frage kommen könnte.

Nach einer halben Stunde verglichen sie die Listen. Sofie nickte. »Also dann, so wie es aussieht, haben wir die gleichen Einfälle. Wer ist denn nun dein Favorit?«

Lena schaute auf ihre Liste. »Ich denke, Herbert Smorowsky, er ist immer pünktlich, beschwert sich nie über zu viel Arbeit, ist stets freundlich und hilfsbereit. Seine Leute mögen ihn sehr, er ist immer fair und führt seine Mitarbeiter gut. Und er war in den letzten vier Jahren nur zweimal krank.«

Sofie nickte und griff zum Telefon. »Berger hier. Herr Smorowsky, kommen Sie doch bitte mal zu mir ins Büro.«

Dann legte sie auf und sah Lena an. »Du hast recht, er war auch mein Favorit.«

Nach ein paar Minuten betrat Smorowsky mit einer kleinen Verbeugung das Büro. »Sie wollten mich sprechen, Frau Berger?«

Sofie lächelte, »Ja, kommen Sie doch bitte und nehmen Sie Platz. Möchten Sie einen Kaffee?«

»O ja, danke gern«, sagte er überrascht.

»Lena, kannst du bitte noch eine Tasse holen?«

Lena nickte.

»Wenn ich mich recht erinnere, haben Sie kurz nach der Eröffnung des Hotels hier angefangen«, begann Sofie.

Smorowsky nickte. Da er nicht wußte, um was es ging, fühlte er sich unbehaglich, was man ihm ansah.

»Ich bin mit Ihrer Arbeit sehr zufrieden«, fuhr Sofie fort. »Sie leiten den Service hervorragend.«

Erleichterung breitete sich über Smorowskys Gesicht aus. Er neigte leicht den Kopf. »Vielen Dank. Das freut mich sehr.«

Sofie lächelte und sprach weiter. »Warum ich Sie heute hergebeten habe, ist eine etwas heikle Angelegenheit. Das, was ich Ihnen jetzt erzähle, muß in diesem Raum bleiben.«

Er nickte ernst, und Sofie fuhr fort: »Herr van Geiken war heute hier und teilte mir mit, daß die Hotelkette verkauft werden soll. Um einem Verkauf eventuell entgegenzuwirken, betreute er mich mit einer Aufgabe, die ich allerdings nur annehmen kann, wenn ich einen adäquaten Ersatz für meine Stelle in diesem Hotel vorweisen kann, und ich würde Sie gern fragen, ob Sie sich vorstellen könnten, für die Dauer von etwa einem halben Jahr dieses Hotel als Manager zu führen. Selbstverständlich hätten Sie die Möglichkeit, mich jederzeit telefonisch zu erreichen.«

Smorowskys Augen flackerten, seine Haut überzog sich leicht rosa.

Bevor er etwas sagen konnte, winkte Sofie ab. »Sie brauchen sich nicht sofort entscheiden. Schlafen Sie einfach eine Nacht darüber und sagen mir morgen früh Bescheid.«

Smorowsky räusperte sich und sagte mit dunkler Stimme: »Ich fühle mich geehrt. Selbstverständlich würde ich mich freuen, wenn ich diesen Posten übernehmen könnte. Für diese Entscheidung benötige ich keine Überdenkungsnacht.«

Sofie lächelte erfreut. »Ich gebe Ihnen ein paar Unterlagen mit. Die können Sie sich bitte mal anschauen, und wenn Sie morgen früh immer noch der Meinung sind, daß Sie den Posten übernehmen möchten, würde ich mich sehr freuen. Ich erwarte Sie dann um neun Uhr in meinem Büro. Dann besprechen wir auch den weiteren Verlauf.«

»Sehr wohl, Frau Berger.« Er stand auf, verbeugte sich leicht und verließ das Büro.

Lena schmunzelte. »Mein Gott, das ist noch einer von der ganz alten Garde. Ihm merkt man an, daß ihm seine Arbeit Spaß macht.«

Sofie streckte sich und gähnte hinter vorgehaltener Hand.

Lena fragte neugierig: »Müde? Wenig Schlaf gehabt?«

»Du kannst es nicht lassen, oder?« Sofie schmunzelte. »Los, komm, ich habe Hunger, laß uns ins Restaurant gehen. Dieser Imbiß war ja nur etwas für den hohlen Zahn. Danach müssen wir mal schauen, was wir mit Berlin machen. Vor allen Dingen, wo und wie wir anfangen. Aber bevor wir gehen, rufe ich bei van Geiken an.« Schon griff sie zum Telefon und wählte seine Nummer.

»Van Geiken«, meldete er sich mit seiner sonoren Stimme.

Sofie lächelte, er war fast wie ein Onkel für sie, und er behandelte sie auch immer wie ein Familienmitglied. »Berger hier. Guten Abend.«

»Sofie, meine Liebe, wie schön. Und – wie weit sind Sie mit der Planung?«

Sofie lächelte noch mehr, dieser Mann war die Ungeduld in Person. Nichts ging ihm schnell genug. »Ja, ich habe schon ein paar Planungen vorgenommen. Ich denke, meine Vertretung wird Smorowsky übernehmen. Aber jetzt muß ich von Ihnen noch wissen, was ist mit Berlin? Der Manager, weiß er Bescheid? Weiß er, daß ich nach Berlin komme, um den Laden umzuschmeißen? Wird er mit mir zusammenarbeiten oder gegen mich? Wir sprachen heute morgen davon, daß ich Verfügungsgewalt habe, wie genau sieht die aus?«

»Sofie, Sofie, langsam, immer eine Frage nach der anderen, Sie wissen doch, ich bin nicht mehr der Jüngste«, unterbrach van Geiken Sofies Fragensturm lachend. »Zu Ihren Fragen: Nein, er weiß noch nicht Bescheid. Auch nicht, daß Sie kommen und den Laden umschmeißen, wie Sie so schön sagen. Aber er wird noch von mir persönlich davon unterrichtet. Ich hoffe, er wird mit Ihnen arbeiten. Sie stehen in direktem Kontakt zu mir, ich möchte zu hundert Prozent informiert sein. Sollte es Schwierigkeiten geben, komme ich persönlich nach Berlin und drücke ihm die Kündigung in die Hand. Sie stehen über allen Mitarbeitern in Berlin, auch über dem Manager. Haben Sie sonst noch Fragen?«

»Ja, wie ist es mit dem Personal, kann ich es austauschen, wenn ich es für notwendig halte?«

»Wie gesagt, Sie haben völlig freie Hand. Wann können Sie fahren?«

»Jetzt werden Sie nicht so ungeduldig. Ich brauche noch ein bis zwei Wochen, ich denke, dann bin ich soweit.«

Er lachte und sagte: »Ich gebe Ihnen eine Woche. Nächsten Samstag rufen Sie mich von Berlin aus an.«

»Ich versuche es bis dahin zu schaffen.«

»Sie schaffen das schon. Gute Nacht, Sofie.«

»Gute Nacht, Arthur.«

Sofie legte auf und schaute Lena kopfschüttelnd an. »Wir haben bis Freitag nächste Woche Zeit, alles zu regeln.«

»Ach herrje, wie sollen wir das denn schaffen? Wo sollen wir in der Zeit wohnen? Hast du schon mal darüber nachgedacht?« fragte Lena.

Sofie fuhr sich mit der Hand über die Augen und zog eine Augenbraue hoch. »Hm«, machte sie, »ich kann nicht denken, ich muß jetzt erst mal etwas essen. Los, komm, laß uns runtergehen.«

Nachdem sie im Restaurant saßen und das Essen gekommen war, überlegte Sofie laut: »Die müßten auch ein Penthouse haben. Wenn der Manager nicht darin wohnt, dann sollte es leerstehen.« Sie schnitt ein Stück von ihrem Steak ab und verspeiste es genüßlich. »Weißt du was, ich werde gleich mal in Berlin anrufen und nachfragen.«

Lena verzog den Mund.

»Was? Warum sollte ich nicht anrufen?« Sofie beschäftigte sich gleichzeitig mit den Kroketten.

» Du hast selbst gesagt, daß die in Berlin noch nichts wissen. Was, wenn van Geiken noch nicht angerufen hat?« fragte Lena vorsichtig.

»Doch, das hat er mit Sicherheit bereits erledigt. Aber gut, dann rufe ich eben nicht heute an, sondern morgen früh.« Sofie legte das Besteck auf den Teller und rieb sich über den Bauch. »Jetzt noch ein kleines Eis, und ich bin satt«, lachte sie.

Der Kellner kam und nahm die Bestellung auf. Kurz darauf erschien er erneut, aber mit dem Telefon, und sagte leise: »Herr van Geiken für Sie, Frau Berger.«

»Berger«, sagte Sofie mit einem Lächeln in der Stimme.

»Sofie? Ich habe mit Berlin telefoniert. Der Manager ist informiert, und die Penthousewohnung wird für Sie und Ihre Begleitung bereitstehen. Sie haben mir allerdings nicht gesagt, wer es sein wird.«

Sofie schmunzelte. »Danke, Arthur. Lena wird mich begleiten. Wir arbeiten schon sehr lange zusammen und sind ein gutes Team.«

»Ach ja, stimmt, gut, gut. Setzen Sie sich bitte morgen mit dem Manager in Verbindung und besprechen Sie alles weitere mit ihm. Er heißt, warten sie mal, ach ja, da ist es, Korte, Felix Korte. Er erwartet Ihren Anruf. Und – Sofie?«

»Ja?«

»Danke.« Dann legte er auf.

Der Kellner brachte das Dessert, und Sofie gab ihm das Telefon wieder mit. Lena sah sie fragend an und wartete darauf, daß Sofie etwas sagte. Aber Sofie nahm ihren Löffel und probierte das Eis. Sie schloß die Augen und ließ es sich auf der Zunge zergehen. »Hmm, schmeckt das köstlich. Wir machen das beste Eis in ganz Hamburg«, schwärmte sie.

Sie öffnete ihre Augen und begegnete Lenas fragendem Blick. Sie lachte. »Für die Dauer unseres Aufenthalts werden wir die Penthousewohnung beziehen. Van Geiken hat schon alles geregelt. Morgen setze ich mich mit dem Manager, Felix Korte, in Verbindung und dann schauen wir weiter.«

»Wann wirst du mit deiner Familie darüber sprechen, daß du für eine Weile nicht in Hamburg sein wirst?« fragte Lena.

»Ich denke, ich werde morgen abend mit ihnen reden. Ich bin sowieso zum Essen eingeladen, dabei kann ich es ja kundtun. Und wie sieht es bei dir aus? Wirst du mit deiner Mutter klarkommen? Oder soll ich mitkommen, wenn du es ihr sagst?«

Lena lachte grimmig. »Nein, danke, das schaffe ich schon. Ganz ehrlich, ich bin so froh, daß ich endlich mal hier wegkomme. Die macht mich mit ihrer Fürsorge sowieso immer ganz verrückt. Aber wenigstens hat sie aufgehört, mich verheiraten zu wollen.«

Sofies Gesicht überzog ein schelmisches Lächeln. »Aber Lena, warum bist du denn so böse? Es waren doch immer sehr nette Herren dabei. Okay, ich gebe zu, es waren ältere nette Herren. Aber was machen schon zwanzig bis dreißig Jahre Altersunterschied aus?«

»Oh, du Biest. Na warte, für dich fällt mir auch noch was ein!« rief Lena drohend.

»Komm, laß uns nach oben fahren, wir haben noch eine

Menge zu klären«, zwinkerte Sofie.

Auf dem Weg nach oben fragte Lena: »Sag mal, Sofie, was hältst du davon, wenn wir heute hier übernachten, dann können wir ohne Eile alles regeln.«

»Ja, gute Idee, dann können wir unseren gemeinsamen Abend ja auf heute verlegen und uns noch eine leckere Flasche Champagner gönnen«, sagte Sofie spontan.

Mittlerweile war es elf Uhr nachts. Sofie rieb sich den Nacken und stand vom Schreibtisch auf. »Ich kann nicht mehr. Laß uns schlafen gehen. Morgen planen wir weiter.« Sie erhob sich, und auch Lena streckte sich und gähnte herzhaft. Sie sagte noch am Empfang Bescheid, daß sie die Nacht in der Penthousewohnung verbringen würden, dann verließen sie das Büro.

Eine Flasche Champagner stand bereits in einem Kühlbehälter auf dem Tisch, und Lena schenkte für Sofie und sich zwei Gläser ein.

Erschöpft ließ Sofie sich mit dem Glas aufs Sofa sinken.

Lena tat es ihr gleich. Sie erhob ihr Glas. »Auf eine erfolgreiche Arbeit.«

»Ja, wollen wir hoffen, daß wir Erfolg haben werden.«

Sie stießen mit den Gläsern an und tranken einen Schluck. Sofie schloß die Augen und hatte plötzlich das Gefühl, Ericas Duft wahrzunehmen. *Erica. Wie schade, daß du nicht hier bist. Der Champagner kribbelt auf meiner Zunge wie ein Kuß von dir!* träumte Sofie.

Lena betrachtete das Gesicht ihrer Freundin und bemerkte, wie sich ein zärtlicher Zug um ihre Lippen legte. Sie kannte Sofie schon lange und hatte sie bisher nur einmal in ähnlichem Zustand gesehen. *Sie ist verliebt,* schoß es Lena plötzlich wie ein Blitz durch den Kopf. *In den Drachen? Das kann doch nicht sein!* Sie verschluckte sich am Champagner und fing an zu husten.

Sofie öffnete ihre Augen und klopfte Lena auf den Rücken.

Schmunzelnd fragte sie: »He, was ist denn los? Zu hastig getrunken? Ist doch noch genug da.«

Mit vor Husten heiserer Stimme krächzte Lena: »Kannst aufhören, auf meinem Rücken rumzuklopfen. Es geht schon wieder.«

Sofie stand lachend auf, nahm sich die Flasche Champagner und ihr Glas und ging zum Schlafzimmer. Sie schaute über die Schulter zurück und rief: »Na, was ist, kommst du auch ins Bett?«

Lena stand ebenfalls auf, nahm ihr Glas und folgte Sofie ins Schlafzimmer.

Sofie schälte sich aus ihrem Kostüm und legte sich mit BH und Höschen aufs Bett. Unauffällig roch sie am Kissen und stellte einerseits erleichtert fest, daß das Bett frisch bezogen war, aber andererseits dachte sie: *Schade. Ich hätte jetzt gern Ericas Duft eingeatmet und dann von ihr geträumt.*

Lena stand vor dem Bett und betrachtete Sofie aufmerksam. Sie ist wirklich unglaublich hübsch und so schlank, da ist kein Gramm zuviel dran. Was findet sie nur an Frauen? Die Männer liegen ihr zu Füßen. Wenn einer mit ihr ausgehen will, sagt sie immer nur charmant ›nein danke‹. Mich dagegen sieht keiner erst an, dachte sie traurig. Mein einziger Trost ist Schokolade. Bei diesem Gedanken mußte sie laut lachen.

Sofie zog eine Augenbraue hoch. »Du lachst jetzt nicht über mich, oder?«

»Nein. Ich dachte nur gerade, wie hübsch du bist. Und daß alle Männer dir zu Füßen liegen. Und mir nur eine einzige Sache bleibt: Schokolade.«

Jetzt mußte auch Sofie laut lachen. »Komm schon her und laß uns die Flasche leeren.« Sie klopfte neben sich aufs Bett. »Wie du weißt, kannst du alle Männer der Welt für dich in Anspruch nehmen. Ich habe kein Interesse.«

»Ja, ich weiß, aber mich will keiner. Die wollen immer nur dich. Ach Sofie, wie kommt es, ich meine ... daß du keine Männer willst?«

Sofie sah Lena ernst an. »Warum will ich keine Männer? Nun ja, aus den Gründen, die ich dir schon tausendmal genannt habe. Sie können mir nicht das geben, was ich bei einer Frau finde.« Sie lächelte in sich hinein, da sie gerade an Erica denken mußte.

»Warum diese Frau?« fragte Lena, als sie sich neben Sofie setzte. »Sie ist ein Drachen und war unhöflich und anmaßend. Bisher hattest du immer Geschmack. Jedenfalls, was die Umgangsformen der einzelnen Damen anbelangte.«

»Lena«, sagte Sofie streng. »Wie kannst du so reden? Du kennst sie doch gar nicht.« Sie schloß die Augen. *Na toll, jetzt habe ich mich selbst verraten.*

Als sie Lena wieder ansah, grinste diese vergnügt. »Hab ich's doch gewußt. Du und der Drachen! Sofie, Sofie, wo soll das nur mit dir enden? Los, jetzt komm und erzähl endlich mal. Was ist passiert – und vor allen Dingen wie? Am Anfang hat sie dich doch völlig ignoriert.«

Sofie stöhnte verzweifelt auf. »Ach Lena, was soll ich da erzählen? Es gibt nichts zu erzählen.«

Bevor Lena weiterfragen konnte, klingelte das Telefon. Sofie sah Lena entsetzt an, und diese grinste nur wissend.

Als Sofie nicht abnehmen wollte, nahm Lena den Hörer in die Hand, Sofie griff sofort danach und hauchte etwas atemlos »Ja« in den Hörer.

Lena grinste sie unverschämt an, und Sofie wurde rot, als sie Ericas rauchige Stimme hörte. »Guten Abend, meine Süße, ich hoffe, ich habe dich nicht geweckt«, klang es durch die Leitung. Sofie schluckte und starrte auf Lena.

Sie bedeutete ihr, daß sie gehen sollte, aber Lena legte sich entspannt zurück und nahm sich noch etwas Champagner. Das Telefon hatte leider kein so langes Kabel, somit konnte Sofie das Schlafzimmer auch nicht verlassen.

Sie fügte sich ins Unvermeidliche und drehte Lena den Rücken zu, als sie leise antwortete. »Nein, hast du nicht. Ich trinke gerade ein Glas Champagner und mußte an dich denken.«

»Sofie, ich …«

»Was?«

»Ach nichts. Ist schon gut. Wie geht es dir?«

»He, komm schon, weich nicht aus. Was wolltest du sagen?«

Ericas Stimme vibrierte direkt in Sofies Ohr. »Es ist verrückt, aber ich vermisse dich. Ich habe den ganzen Flug nur an dich denken müssen.«

»Oh«, machte Sofie und schluckte schwer. »Mir geht es auch so. Ich bin zwar nicht geflogen, aber jede freie Minute mußte ich an dich denken.«

»Meine süße Sofie. Wenn ich meine Augen schließe, dann spüre ich deine Lippen auf meinen. Deine Hände auf meinem Körper, deine Zunge in mir«, hauchte Erica mit erotisch klingender Stimme.

O Gott, stöhnte Sofie innerlich auf. Mit Ericas Stimme an ihrem Ohr vergaß sie, daß Lena neben ihr lag. »Erica«, hauchte sie. Millionen von Schmetterlingen breiteten sich in ihrem Bauch aus. »Es war so wunderschön mit dir. Der Champagner kribbelt auf der Zunge, so wie es deine Küsse getan haben.«

»O Sofie«, stöhnte Erica auf.

Sofie spürte, daß Lena aufstand. Sie drehte sich um und sah, wie sie ins Bad ging. Dann schmunzelte sie. *Dachte ich's mir doch, das Zuhören wird ihr zu heiß.* Jetzt konnte sie sich auch entspannen und hauchte: »Erica, du warst so wundervoll, so zärtlich, wenn ich an dich denke, kribbelt mein ganzer Körper, und kleine Blitze schlagen in meinen Unterleib ein.«

»O Sofie«, stöhnte Erica wieder, »bitte hör auf. Ich kann es nicht ertragen, wenn du so erotisch mit mir sprichst und ich dich nicht anfassen kann.«

Sofie sagte leise lachend: »Du hast angefangen, und wie du

weißt, kann ich mich gut rächen.« Dann hauchte sie weiter: »Ich würde dich jetzt gern spüren, dich schmecken. Mit meiner Zunge tief in dich dringen.«

Sie hörte, wie Ericas Atem sich beschleunigte, und lächelte sanft. Leise sagte sie: »Ich kann dich sehen, ich kann sehen, wie deine Adern am Hals schlagen, wie sich deine Brust hebt und senkt. Und wenn ich mit meiner Zunge über meine Lippen fahre, kann ich dich sogar schmecken.«

»O Gott, Sofie!« rief Erica erstickt. »Sofie, du machst mich ganz verrückt.«

Sofie hörte, wie die Dusche abgestellt wurde. Lena wird bestimmt gleich wiederkommen. Und Telefonsex mit Lena neben mir ... nee, besser nicht. Bei dem Gedanken mußte sie schmunzeln.

Zärtlich hauchte sie: »Meine süße Erica, so leid es mir tut, und du darfst mir glauben, es tut mir verdammt leid, aber ich bin nicht allein, Lena ist hier, und wir müssen noch ein paar Dinge durchgehen. Sie war bis gerade im Bad, aber ich glaube, sie kommt jeden Moment wieder rein.«

»So, Dinge durchgehen?« fragte Erica skeptisch.

Sofie lachte laut auf. »Ach komm schon, Süße, du mußt nicht eifersüchtig sein. Lena ist meine beste Freundin.«

»Na gut. Dann werde ich dir mal glauben«, sagte Erica mit einem Schmunzeln. »Nur ... nach dem, was du mir gerade angetan hast, kannst du mir bitte auch verraten, wie ich schlafen soll?«

Sofie lachte. »Genauso wie ich.« Dann hauchte sie: »Mit einem feuchten Traum.«

»Oh, du Biest. Beim nächsten Telefonat wirst du allein sein, sonst kann ich für nichts garantieren«, drohte Erica halb im Scherz, halb im Ernst. »Denk an mich und schlaf schön«, raunte sie Sofie noch ins Ohr.

Sofie hauchte einen Kuß auf den Hörer. Bevor sie auflegte, vernahm sie das rauchige Lachen von Erica.

Lena kam gerade wieder ins Schlafzimmer, als Sofie den Hörer auflegte. Sie sprang aufs Bett. »So, und jetzt erzählst du mir *alles*. Ist das klar? Keine Ausflüchte mehr. Und komm mir nicht mit ›wir müssen noch wegen Berlin etwas klären‹, das hat Zeit bis morgen. Ich will jetzt alles wissen Von A bis Z.«

»Alles? Von A bis Z? Komm schon, Lena, das ist nicht dein Ernst!«

»O doch, das ist es. Alles, hörst du?«

»Ich wüßte nicht, warum ich dir alles erzählen sollte. Es geht dich doch nichts an. Oder?«

Empört rief Lena: »Das ist jetzt nicht dein Ernst? Seit wann verheimlichst du mir solche Dinge?«

Sofie lachte: »Du hast ja recht. Du warst und bist die einzige, der ich alles erzähle. Aber auch nur, weil du mir auch alles beichtest. Aber in diesem Fall ist es nicht so einfach. Ach Lena, was soll ich dir erzählen? Du würdest mich ja sowieso nicht verstehen. Du magst sie nicht und hast dir schon ein Urteil über sie gebildet.«

»Na hör mal, so, wie die sich aufgeführt hat, ist das ja wohl auch kein Wunder. Aber das ändert ja nichts an der Tatsache, daß ich so ein Glänzen in deinen Augen schon ewig nicht mehr gesehen habe. Und wenn es mit dieser Frau zusammenhängt, dann will ich natürlich alles wissen.«

Sofie seufzte resigniert auf. »Okay, ich werde dir alles erzählen, aber erst, wenn du noch eine Flasche Champagner besorgst und ich geduscht habe.« Sie sprang aus dem Bett und verschwand im Bad.

Unter der Dusche lehnte sie sich an die Wand und träumte davon, daß Erica hinter ihr wäre und sie zärtlich streichelte. Eine Sehnsucht, die sie lange nicht mehr gespürt hatte, ergriff von ihr Besitz. Leise flüsterte sie: »Ach Erica, warum kannst du jetzt nicht hier sein?« *Was ist nur mit mir los? Mein Herz fühlt sich so schwer an. Dabei kenne ich dich nicht länger als zwei Tage. Und doch habe ich das Gefühl, dich schon ewig zu ken-*

nen. Sie hörte Lena im Zimmer hantieren und stellte die Dusche ab. *Na, dann mal los. Ab in die Höhle der Löwin,* grinste sie, nachdem sie sich einen Pyjama angezogen hatten.

Um sechs Uhr klingelte der Wecker. Sofie hatte gerade einmal drei Stunden geschlafen und fühlte sich wie gerädert.

»Lena, aufwachen. Es wird Zeit«, weckte sie ihre Freundin sanft. Lena brummelte etwas und zog sich die Decke über den Kopf. Sofie grinste. Lena war keine Frühaufsteherin, obwohl sie immer pünktlich zum Dienst kam. Aber nach einem Champagnerabend war sie immer doppelt erledigt.

Sofie sprang aus dem Bett und machte ein paar Gymnastikübungen, um wach zu werden. Dann nahm sie das Telefon und bestellte ein kleines Frühstück für zwei.

»He, Schlafmütze, aufwachen! Der Kaffee kommt gleich«, rief sie vergnügt.

»Laß mich«, brummte Lena.

Sofie zog ihr die Decke weg und lief lachend ins Bad.

»He!« rief Lena gereizt. Doch Sofie war schon fort. Kurz darauf klopfte es an der Tür, und Lena zwang sich aufzustehen. »Guten Morgen«, grüßte sie den Zimmerservice verschlafen.

»Morgen, Lena. Noch lange gearbeitet? Hier Kaffee zur Stärkung.«

»Danke«, brummte sie.

»Guten Morgen, Frau Berger«, rief er, als er Sofie aus dem Bad kommen sah.

»Guten Morgen. Oh, der Kaffee ist schon da. Danke.« Sofie nahm sich eine Tasse und ging zum Tisch. Als sie wieder allein waren, sagte Sofie: »Komm Lena, laß uns frühstücken und dann dort weitermachen, wo wir gestern aufgehört haben.«

»Mit Champagner, am frühen Morgen?« stöhnte Lena.

Sofie lachte »Nein, mit Berlin.«

Lena stapfte ins Bad und kam nach ein paar Minuten erfrischt wieder zurück. Sie setzte sich und langte nach den Brötchen. »Hm, es geht doch nichts über ein reichhaltiges Frühstück«, schwärmte sie.

Sofie aß ein Croissant mit Honig und lächelte Lena an. »Das war ja nicht viel Schlaf letzte Nacht. Aber dafür wird es heute wohl nicht ganz so spät.«

»Hm«, machte Lena mit vollem Mund. Nachdem Lena den letzten Bissen heruntergeschluckt hat, fragte sie: »Wie geht es dir heute morgen?«

Sofie schaute sie überrascht an. »Wie meinst du das?«

»Na ja, ich meine ... Ach komm schon, Sofie, du bist verliebt, und diese Liebe ist in Amerika. Ist ja wohl nicht gleich um die Ecke, oder?«

»Oh, das meinst du. Ja, wie soll es mir damit gehen? Ich weiß nicht. Aber wer sagt, daß ich verliebt bin? Ich habe das nicht gesagt.«

»Das brauchst du auch nicht. Das habe ich dir angesehen, als du von ihr erzählt hast.«

»Echt? O Schreck! Was sieht man mir noch an?«

Jetzt lachte Lena laut auf und sagte provozierend: »Nun, man sieht und merkt dir an, wenn du geil bist.«

Sofie wurde feuerrot und starrte entsetzt in Lenas Gesicht.

»Das war Spaß«, lachte Lena noch mehr. »Ich sehe dir an, daß du verliebt bist, weil ich dich schon sehr lange kenne. Und ich möchte nicht, daß du leidest. Das ist alles.«

»Oh, du bist ein Miststück«, lachte Sofie. Nachdenklich sah sie Lena an. »Wenn es Verliebtheit ist, jemanden schrecklich zu vermissen, dann hast du wohl recht. Ich vermisse sie. Sehr sogar.«

Lena stand auf und nahm Sofie liebevoll in den Arm. »Na,

komm schon, es wird sicherlich alles gut werden.«

Sofie war nicht der Mensch, der sich hängenließ, und straffte ihre Schultern. »Genau. So, und nun ran an den Speck. Ich muß ins Büro, Felix Korte anrufen und mir mal ein erstes Bild vom Hotel machen. Mal sehen, was er zu berichten hat. Wir sehen uns später.« Mit diesen Worten stand Sofie auf und ging in ihr Büro.

Lena schüttelte den Kopf. Diese Frau ... Ach, was soll's, ich sollte auch mal lieber an die Arbeit gehen. Sie schafft das schon. Stark genug ist sie allemal.

Die nächsten Tage vergingen voller Hektik, es blieb kaum Zeit zum Grübeln. Mittwoch schlief Sofie das erste Mal wieder in ihrem eigenen Bett.

Um kurz nach Mitternacht ließ sie sich in die Kissen fallen. Erschöpft schloß sie die Augen. Doch sie fand keinen Schlaf, weil die Erinnerungen an Erica sie überrannten. Sie seufzte und rieb sich über die Augen. *Verdammt, ich bin doch so müde, wieso kann ich nicht einschlafen? Erica, was wirst du wohl gerade machen?*

Seit Sonntag hatte sie nichts mehr von Erica gehört und selbst auch keine Zeit gefunden, bei ihr anzurufen. Sie starrte an die Decke, und wie durch Zauberhand tauchte Erica vor ihr auf. Allerdings war ihr Gesicht mittlerweile leicht verschwommen und ihr Duft kaum noch zu riechen. Nur ihre Stimme, die war immer noch stark in Sofies Erinnerung.

Sofie stöhnte auf und machte die Nachttischlampe an. »Verflucht noch mal. So geht's doch nicht weiter. Ich brauche meinen Schlaf. Wie soll ich morgen überleben? Die letzten Nächte waren schon so kurz!« rief sie genervt aus.

Sie wußte, daß sie keinen Schlaf finden würde, solange sie

nicht mit Erica gesprochen hatte. Also nahm sie sich das Telefon und wählte ihre Nummer. Sie hatte sie bereits auswendig gelernt und lächelte, als das Freizeichen erklang. *Was sie jetzt wohl gerade macht? Wie spät ist es eigentlich in New York?* überlegte sie noch.

Dann hörte sie diese rauchige Stimme, wie immer leicht genervt, und schmunzelte. Sie konnte sich jetzt Ericas Gesicht wieder ganz deutlich vorstellen.

»Hallo?« fragte Erica gereizt.

»Hallo Süße«, flüsterte Sofie.

»Sofie?« rief Erica erfreut. »Hast du telepathische Fähigkeiten? Ich habe gerade an dich gedacht.«

»Ich mußte auch an dich denken. Ich liege im Bett und kann nicht schlafen. Wie geht es dir?«

»Hm, du liegst im Bett?« raunte Erica in den Hörer.

Sofie lachte. »Du bist unverbesserlich. Ja, ich liege im Bett, es ist ja auch schon mitten in der Nacht.«

»Warte mal kurz«, sagte Erica. Sofie hörte ein Geraschel und Schritte, dann war Erica wieder da. »So, da bin ich wieder. Ich habe nur die Bürotür zugemacht. Wo waren wir stehengeblieben? Ach ja, du liegst im Bett . . .«

»Erica . . .«, schalt Sofie sie liebevoll.

»Was hast du an?« fragte Erica.

Sofie schluckte. »Nichts«, antwortete sie.

»Oh, das klingt gut. Stell dir vor, ich wäre jetzt bei dir. Was würdest du tun?«

»Ich würde dich ausziehen und küssen«, hauchte Sofie.

»Ja, das würde mir gefallen. O Sofie, wie kann das sein, daß ich dich so vermisse? Mein Bett ist kalt, und meine Brüste schmerzen, wenn ich an dich denke«, raunte ihr Erica zu.

»Ich habe keine Ahnung, wie das sein kann, aber, meine Süße, mir geht es genauso. Wieso mußt du auch am anderen Ende der Welt leben?« fragte Sofie schmachtend.

Erica lachte. »Ich wußte ja nicht, daß in Hamburg eine so wundervolle Frau lebt. Sonst wäre ich doch nicht nach New

York gezogen.«

Sofie lachte auch. »Nun, das will ich mal glauben.« Sie zögerte. »Du, Erica, hast du was zum Schreiben?«

»Ja, ich sitze im Büro, wenn nicht hier, wo sonst?«

»Ja. Stimmt«, lachte Sofie.

»Okay, also schreib dir doch bitte mal eine Nummer auf.« Sie gab ihr die Nummer. »Das ist das *Prinzess*-Hotel in Berlin. Dort kannst du mich ab Samstag für etwa sechs Monate erreichen.«

»Oh, du gehst aus Hamburg weg?«

»Nein, nicht ganz, nur für eine kurze Zeit. Ich muß mich um das Hotel in Berlin kümmern. Nun ja, und ich dachte, wenn du mich vielleicht noch mal anrufen magst . . .«

»Natürlich mag ich dich anrufen. Ab wann sagtest du?«

»Ab Samstagabend.«

»Fährst du allein?«

»Nein, Lena wird mich begleiten. Ach ja, und wir werden für die Dauer zusammen wohnen. Also erschreck dich nicht, es könnte sein, daß du sie vielleicht auch mal am Telefon haben wirst.«

»Weiß sie von uns?«

»Was meinst du?«

»Du weißt schon.«

»Nein, ich weiß nicht«, schmunzelte Sofie.

»Sofie . . .«, sagte Erica gefährlich leise.

Sofie lachte. »Ja, sie weiß von uns. Und kann es nicht verstehen. Weil sie dich für einen Drachen hält.«

Erica lachte schallend. »Na, das klingt doch nett.«

»Erica?«

»Ja, Süße.«

»Es tut gut, dich zu hören.«

»Hm, ja, das tut es. O Sofie, wenn ich jetzt bei dir wäre, dann würde ich dich ganz zärtlich streicheln. Mit meiner Zunge würde ich dich verwöhnen.«

»Oh Erica«, stöhnte Sofie auf.

»Wenn ich mir vorstelle, daß du hier vor mir auf dem Schreibtisch sitzt, deine Beine leicht geöffnet ...«

»Oh Erica, bitte, du machst mich ganz verrückt.«

Mit erregter Stimme sagte Erica: »Ja, ich mich auch. Wenn ich mir vorstelle, dich auf meinem Schreibtisch zu sehen, mit gespreizten Beinen ... ohne Slip ... o Sofie ... welch ein Gedicht.«

Sofies Atem beschleunigte sich, und ihre Hände wanderten unruhig über die Bettdecke. »Oh Erica, ich möchte dich jetzt gern spüren, dich schmecken und tief in dir versinken«, hauchte sie voller Erregung.

»Ja«, hauchte auch Erica, mühsam beherrscht. Dann räusperte sie sich und flüsterte: »Es tut mir leid, meine Süße, aber ich muß dieses Telefonat jetzt beenden. Ich habe gleich eine Besprechung. Aber vorher muß ich mich noch trockenlegen.«

Sofie schmunzelte. »Wenn ich jetzt bei dir wäre, könnte ich dich ...«

»O Sofie«, stöhnte Erica auf. »Bitte, mach es mir nicht so schwer.«

»Nein Süße, mache ich nicht. Ich denke an dich«, hauchte Sofie zärtlich.

»Ich denke auch an dich. Ich melde mich die Tage bei dir. Mach's gut, Sofie.«

»Du auch. Tschüß.«

»Schlaf gut.«

Es klickte in der Leitung, und Sofie legte verträumt den Hörer auf. *Ach Erica ...*

Ihre Hände glitten unter die Bettdecke. Mit geschlossenen Augen streichelte sie zärtlich ihre Schenkel. Mit einem Aufseufzen glitt sie zwischen ihre Beine und flüsterte: »Oh Erica ... hmm ... wenn du jetzt da wärst, wäre es noch viel schöner.« Nachdem sie sich zum Höhepunkt gebracht hatte, schlief sie mit einem entspannten Gesichtsausdruck ein.

Erica fuhr sich mit der Hand durch die Haare und atmete mehrfach tief durch, um sich zu beruhigen. Mit einem Lächeln strich sie über den Telefonhörer. In diesem Moment klingelte es erneut, und sie zuckte leicht zusammen.

»Faust«, meldete sie sich. Dieses Mal nicht ganz so genervt wie zuvor.

»Hoppla, so freundlich?« lachte Morgan.

»Oh, tut mir leid, daß ich dich erschreckt habe«, konterte Erica. »Was kann ich für dich tun?«

»Nun meine Liebe, ich werde bei dem Meeting dabeisein und möchte, daß du es um eine Stunde nach hinten verschiebst.«

»Um eine Stunde? Dir ist schon klar, daß dann alle weiteren Termine ebenfalls verschoben werden müssen?« fragte Erica vorsichtig.

»Ich denke, du wirst alle Termine auf einen anderen Tag verlegen müssen. Komm bitte gleich mal in mein Büro.« Morgan legte auf.

»Verflucht, was denkt der sich eigentlich immer dabei? Wie soll ich so kurzfristig vier Termine verlegen?« fluchte Erica vor sich hin.

Sie drückte auf die Gegensprechanlage. »Jenny?«

»Ja?«

»Streichen Sie alle Termine für heute. Und der Termin wegen Amsterdam wird um eine Stunde nach hinten verlegt. Morgan wird im Meeting anwesend sein. Bitte informieren Sie die anderen. Danke.«

»Ja, aber ...«, begann die Sekretärin.

»Es gibt kein Aber. Tun Sie es einfach. Order von ganz oben«, fuhr ihr Erica dazwischen. War sie zuvor noch bester Laune, so verschlechterte diese sich in Sekundenschnelle. »Ich bin bei Morgan. Ich weiß nicht, wie lange ich weg bin«, informierte sie ihre Sekretärin beim Hinausgehen.

Gereizt betrat sie Morgans Büro. Seine Sekretärin hielt sie kurz auf. »Frau Faust, Herr Morgan bittet Sie einen Moment zu warten. Er hat noch ein Telefongespräch.«

Wie eine Tigerin lief Erica auf und ab. »Als hätte ich nichts Besseres zu tun«, fluchte sie leise.

In diesem Moment öffnete sich die Bürotür und Morgan kam heraus. »Ah, da bist du ja. Komm rein«, sagte er.

Erica ging auf die Fensterfront zu und blickte über die Dächer von New York. *Ich glaube, ich werde das alles hier doch vermissen,* schoß es ihr durch den Kopf. Dann schüttelte sie diese trüben Gedanken ab und drehte sich um.

Morgan stand hinter ihr und schien sie zu beobachten. »Nun, meine Liebe, du hast mir vor einigen Tagen offenbart, daß du gern wieder zurück nach Deutschland möchtest«, begann Morgan das Gespräch und deutete auf eine Sitzgruppe am Fenster. »Komm, setz dich zu mir.« Er ging auf die Sitzgruppe zu und nahm Platz.

Erica setzte sich ihm gegenüber und schlug ihre Beine übereinander. Abwartend sah sie ihn an.

»Willst du mir nun vielleicht doch verraten, warum?« fragte Morgan freundlich.

»Ich denke nicht, daß es dich etwas angeht. Aber bitte, wenn du es unbedingt hören möchtest. Ich habe Heimweh«, sagte Erica gereizt.

»Na komm schon, Tiger, was ist mit dir los?« lachte Morgan über ihre schnippische Art. »Ich habe deiner Mutter am Sterbebett versprochen, mich um dich zu kümmern, als wärst du mein Kind.«

»Ja, ich weiß, und dafür bin ich dir auch sehr dankbar. Aber mittlerweile bin ich eine erwachsene Frau und möchte meine eigenen Wege gehen.« Erica war immer noch gereizt.

»Selbstverständlich bist du erwachsen. Ich möchte dir ja auch keine Steine in den Weg legen. Ich würde nur gern wissen, warum so plötzlich? Kaum bist du aus Hamburg zurück, offenbarst du mir, daß du zurück nach Deutschland möchtest. Wenn ich es nicht besser wüßte, würde ich meinen, daß du verliebt bist.« Morgan sah Erica fragend an. Sie wollte schon lospoltern, als er beschwichtigend die Hände hob. »Na komm schon, Erica, bleib auf dem Teppich. Mach mir doch wenigstens eine Andeutung, was los ist.«

Resigniert senkte Erica den Kopf. Es war nicht ihre Art, über Gefühle zu sprechen, und schon gar nicht mit ihrem Onkel, aber wie es schien, würde er nicht lockerlassen. Sie straffte ihre Schultern. »Nun gut. Als ich in Hamburg war, habe ich eine Frau kennengelernt. Ich würde sie gern wiedersehen. Was schwerlich geht, solange ich hier in New York lebe. Das zum einen, und zum anderen möchte wirklich gern wieder nach Hause. Ich bin jetzt lange genug weggewesen. Wir hatten eine Abmachung, als ich vor Jahren hierherkam. Du erinnerst dich hoffentlich.«

»Ja, ich erinnere mich. Ich habe dir versprochen, dir zu helfen, sobald du wieder fortmöchtest. Aber so plötzlich? Erica, das ist doch nicht deine Art. Ich war so froh, dich wieder hierzuhaben, nach dem Desaster in Holland. Ach, was soll's? Was willst du in Deutschland machen?« Er rieb sich das Kinn und sah sie fragend an.

»Ich habe mir darüber noch keine Gedanken gemacht, aber ich denke, ich werde etwas Adäquates finden«, sagte Erica vage.

»Hm ...« Er nickte und lehnte sich in den Sitz zurück. Lange sah er sie stumm an, dann stand er auf und ging zum Fenster. Mit dem Rücken zu Erica sagte er: »Als meine Schwester vor langer Zeit ankam und erzählte, sie würde mit einem Deutschen nach Hamburg gehen, ist es mir sehr schwergefallen, sie gehen zu lassen. Ich habe alles mögliche versucht sie davon zu überzeugen, daß es ein Fehler wäre. Später dann, als du geboren wurdest und ich dich das erste Mal in den Armen hielt, fand ich, daß sie es genau richtig gemacht hatte.

Ich wollte sie unterstützen, finanziell und emotional. Aber sie lehnte beides mit den Worten ab: ›Ich habe einen Mann, der für mich und unser Kind sorgt‹. Ich war sauer und verletzt. Sie war doch meine einzige Schwester und dann auch noch so weit weg. Als dein Vater kurz nach deiner Geburt durch diesen Autounfall starb, hatte ich so gehofft, daß meine Schwester mit ihrer kleinen Tochter zurück nach Amerika kommen würde. Aber sie war einfach zu stur.

An ihrem Sterbebett habe ich ihr versprochen, mich um dich zu kümmern und dir alles Notwendige zukommen zu lassen. Ich habe lange über deinen Entschluß, nach Deutschland zu gehen, nachgedacht und möchte nicht, daß du etwas *Adäquates* findest.« Er drehte sich zu ihr um und hielt ihren Blick fest. »Ich möchte dich fragen, ob du dir vorstellen könntest, die Hotelkette in Deutschland beziehungsweise Europa zu übernehmen?«

Erica sprang förmlich aus dem Stuhl und starrte ihn an. »Wie meinst du das?« fragte sie skeptisch.

»Mir wäre es lieb, wenn sie von einer kompetenten Person geführt werden würde. Ganz ehrlich, ich könnte mir niemand anderen vorstellen, der dieser Aufgabe gewachsen sein könnte«, erwiderte Morgan ruhig.

Erica krauste ihre Lippen, blieb aber stumm und sah ihn an.

»Nun gut, meine Liebe, ich gebe zu, daß ich nicht uneigennützig bei dieser Sache bin. Aber du bist nun mal meine einzige Nichte, und ich liebe dich, als wärst du meine Tochter. Ich würde dich gern noch eine Weile an mich binden. Ich kann mir nicht vorstellen, dich einfach so gehen zu lassen. Also, was sagst du?« fragte er leicht nervös. Kannte er doch Ericas Sturheit und ihren Drang nach Unabhängigkeit. Mit verschränkten Armen hinter dem Rücken wartete er auf eine Antwort.

»Wie genau hast du dir das vorgestellt?« fragte Erica mit rauher Stimme.

»Ich weiß nicht. Ich habe es mir nicht vorgestellt. Die Idee kam mir gestern abend, nachdem ich die Bilanzen aus Amsterdam durchgesehen hatte«, sagte er grinsend.

Erica sah ihn an und schüttelte den Kopf. »Du machst Witze. Die Bilanzen von Amsterdam sind nicht gerade klasse. Was haben die mit meiner Rückkehr nach Deutschland zu tun?«

»Wann gedachtest du New York zu verlassen?« Lächelnd sah Morgan sie an.

»Ganz sicher nicht in den nächsten Tagen«, erwiderte Erica etwas konfus.

»Gut, lassen wir es erst einmal dabei. Es gibt noch Wichtigeres zu besprechen. Ich habe mir wie gesagt die Bilanzen aus Amsterdam angesehen und bin etwas ins Stocken geraten. Ich gehe davon aus, daß das Meeting heute etwas damit zu tun haben wird?« Fragend sah Morgan Erica an.

Grundsätzlich konnte Erica genauso schnell umschalten, wie es ihr Onkel tat. Doch in diesem Fall brauchte sie einige Sekunden länger, um zu verstehen, was er gesagt hatte. »Okay, noch mal ganz kurz zum Verstehen. Ich soll die Hotelkette übernehmen? Wie soll das aussehen? Können wir bitte erst einmal eine Sache beenden und uns dann der nächsten widmen?«

»Also gut. Wenn wir die Hotelkette von van Geiken übernehmen, hätten wir fünf Häuser in Deutschland. Zwei Häuser haben wir bereits in Belgien und demnächst eventuell auch zwei in Amsterdam. Was allerdings aufgrund der Bilanzen fraglich ist. Ob wir letztendlich auch die Kette von van Geiken übernehmen werden, hängt noch von anderen Kriterien ab. Er bat mich um Aufschub von einem halben Jahr«, erklärte Morgan.

»Warum einen Aufschub?«

»Nun, anhand der Bilanzen aus Hamburg und Köln sieht es toll aus für diese Hotelkette, aber wenn wir uns die Bilanzen aus Frankfurt, Mainz und Berlin anschauen, sieht es eher trostlos aus. Ich werde dir die Bilanzen später per E-Mail schicken, dann kannst du sehen, was ich meine. Also sollte ich mich mit van Geiken einigen können, hätten wir in Europa sieben Hotels. Ich hätte gern eine Vertrauensperson in Europa, die sich in dringenden Fällen um alles weitere kümmern könnte, ohne daß jemand aus Amerika nach Europa reisen müßte. Also, was sagst du? Wirst du wenigstens mal darüber nachdenken?« fragte Morgan nervös.

»Ja, ich werde darüber nachdenken. Es klingt ja schon ganz vernünftig«, grummelte Erica.

»So, und was ist jetzt mit Amsterdam? Die Bilanzen stinken zum Himmel, und deshalb habe ich für heute das Meeting einberufen«, schwenkte Erica um.

Morgan lachte donnernd auf. »Du bist mir schon eine. Aber gut, ich denke, du wirst mir deine Entscheidung zeitnah mitteilen.«

Erica grinste verwegen. »Ja, das werde ich sicherlich tun. Können wir denn nun zum Meeting gehen?«

»Nein, noch nicht. Ich habe mir etwas überlegt. Wie du ja so schön bemerkt hast, stinken die Bilanzen zum Himmel, und ich möchte, daß du dich vor Ort umschaust. Ich habe das Gefühl, die wollen uns absichtlich täuschen.« Morgan setzte sich an seinen Tisch und wartete auf eine Reaktion von Erica.

Sie sah ihn lange an und fragte dann: »Wann?«

Er räusperte sich und sagte: »Sofort.«

Erica verdrehte die Augen: »Warum überrascht mich das jetzt nicht? So etwas in der Art konnte ich mir ja schon denken.« Sie schüttelte anklagend den Kopf.

Morgan lachte. »Wenn du aus Amsterdam zurück bist, klären wir das andere. Jetzt erzähl mir mal etwas über Hamburg.«

»Da gibt es nicht viel zu erzählen«, sagte Erica und legte den Kopf etwas schief. Sie tippte sich mit dem Finger gegen die Lippe. »Ich war nur zwei Tage in Hamburg. Das einzige, was ich berichten kann, ist, daß dieses Hotel sehr kundenorientiert ist. Das Personal scheint gut geschult zu sein. Nun ja, und die Managerin ...« Ericas Blick glitt in die Ferne, und ein Lächeln stahl sich auf ihre Lippen. Dann räusperte sie sich: »Nun ja, die Managerin ist eine wirklich sehr beeindruckende Frau. Von den anderen Häusern weiß ich leider nichts, und viel Zeit, um mich näher umzuschauen, hatte ich, wie du weißt, nicht.«

»Aha, ich verstehe ... Diese Managerin ist also die besagte Dame, die du kennengelernt hast?« Morgan grinste sie an.

»Kein Kommentar«, sagte Erica ernst.

»Wirst du in deiner Beurteilung objektiv bleiben können, was die Hotelkette von van Geikens angeht?« fragte Morgan vorsichtig.

Ericas Gesicht glich einer Maske, als sie laut und deutlich antwortete: »Diese Frage habe ich nicht gehört.«

»Erica, Liebes, ich wollte dir nichts unterstellen. Ich würde mich freuen, wenn du mich nicht immer als Feind betrachten würdest. Ich bin in erster Linie dein Onkel und erst dann dein Boss. Wann begreifst du das endlich?« sagte er seufzend. Er stand auf und ging zu ihr hinüber. Väterlich legte er ihr einen Arm um die Schulter. »Komm, laß und jetzt damit aufhören. Natürlich vertraue ich dir, und ich hatte auch noch nie einen Grund, es nicht zu tun. Wir sollten nach dem Meeting noch mal über deine Reise nach Amsterdam sprechen. Wenn du zurück bist, werden wir wegen Hamburg weitersehen.«

Er verließ als erster das Büro, und Erica ging erneut zum Fenster. Sie lehnte ihre Stirn ans Glas. »Verdammt, verdammt, verdammt«, fluchte sie leise und blickte über die Dächer von New York. »Er hat ja recht, ich behandle ihn wie einen Feind. Dabei bin ich so froh, daß ich ihn habe. Wieso kann ich nur nicht über meinen Schatten springen?«

Genervt verließ sie wenig später auch das Büro und ging zum Sitzungssaal. Von der Tür aus hörte sie bereits laute

Stimmen und Gebrüll. Das konnte nur bedeuten, daß Morgan noch nicht da war. Sie atmete tief durch und öffnete mit Schwung die Tür.

»Aber hallo, meine Herrschaften, geht's noch ein wenig lauter?« fragte sie ironisch und nahm am Kopfende Platz.

»Was soll das, die Besprechung einfach um eine Stunde zu verschieben?« tönte der Marketingleiter aufgebracht.

Und schon prallten mehrere Fragen auf einmal auf Erica ein. Da es unmöglich war, auch nur eine der Fragen zu beantworten, lehnte sie sich entspannt zurück und lauschte kurz dem Lärm. Doch dann schlug sie mit der Faust auf den Tisch. »Verdammt noch mal. Reißen Sie sich zusammen. Was soll das Gebrüll? Wenn Sie Antworten auf Ihre Fragen möchten, dann bitte einer nach dem anderen.« An den Marketingleiter gewandt sagte sie: »Die Termin-Frage dürfen Sie gern Herrn Morgan persönlich stellen. Er ist auf dem Weg hierher. So, können wir nun in einer angemessenen Lautstärke anfangen?« Sie schaute in die Runde und erntete wütende Blicke.

Morgan lehnte an der Tür und sagte: »Sehr schön, du hast ja die Meute bereits beruhigt. Ich freue mich, daß Sie alle erschienen sind.« Er ging auf das andere Ende des Tisches zu, überlegte es sich aber anders und setzte sich neben Erica. »Nun, meine Damen und Herren, es gibt eine Planänderung, was diese Besprechung betrifft.« Er sah kurz zu Erica, und diese nickte zustimmend. »Die Bilanzen von Amsterdam stimmen vorn und hinten nicht. Ich habe sie mir angesehen.« Sein Blick wanderte zum Bilanzbuchhalter.

Der stotterte: »Ich weiß auch nicht, was da los ist. Ich habe die Bilanzen mehrfach geprüft, und immer wieder erscheinen rote Zahlen. Doch Amsterdam schickt ständig irgendwelche neuen Listen, mit denen ich nichts anfangen kann. Meines Erachtens liegt der Fehler im Marketingbereich. Es wird zuviel ausgegeben. Doch ich bekomme von Amsterdam keine nachvollziehbaren Rechnungen.«

Der Marketingleiter schloß sich dieser Erläuterung an. »In unserer Abteilung haben wir auch mehrfach versucht diese Rechnungen zu verstehen, aber das, was da angegeben ist, ist uns schleierhaft.«

Erica ergriff das Wort. »Genau das ist der Punkt, warum ich morgen nach Amsterdam fliegen werde. Alles, was ich in Erfahrung bringe, werde ich Ihnen via Internet übermitteln. Ich denke, damit werden Sie vernünftig arbeiten können. Ansonsten gibt es heute erst mal nichts weiter zu besprechen, da noch alles offen ist. Leider wissen wir zur Zeit auch noch nicht, ob wir Amsterdam überhaupt übernehmen werden. Wenn es sonst keine Fragen mehr gibt, werde ich mich nun verabschieden. Ich muß noch packen.«

Ein Raunen ging durch den Saal, aber niemand machte Anstalten laut auszusprechen, was er dachte.

»Bevor du das Büro verläßt, möchte ich dich noch kurz sprechen«, sagte Morgan. Er verließ mit Erica zusammen den Raum und ging zum Aufzug.

Erica wandte sich vom Aufzug ab und sagte: »Ich muß nachdenken und nehme die Treppe. Wir sehen uns später.«

Langsam schritt sie die zwei Stockwerke zu ihrem Büro hinunter und grübelte über das Angebot ihres Onkels nach. Es war schon sehr verlockend, eine eigene Hotelkette zu leiten. Und dann auch noch in Deutschland. Sie wußte, es würde nichts nützen, egal wie lange sie darüber nachdachte. Am Ende würde sie sich doch für die Hotelkette entscheiden. Sie hing viel zu sehr an diesem Unternehmen, auch wenn sie es sich manchmal nicht eingestehen wollte.

Eins war ihr jedoch klar, sie mußte so schnell wie möglich mit Sofie sprechen. Sie mußte ihr sagen, daß sie das Ungeheuer war, das eine Übernahme plante. *Wie sie wohl reagieren wird?* überlegte Erica. *Hoffentlich wirst du nicht zu enttäuscht sein!*

»Jenny, buchen Sie bitte einen Flug nach Amsterdam für morgen früh.« Erica betrat das Vorzimmer zu ihrem Büro.

»Amsterdam? Zu welcher Zeit?« fragte die Sekretärin.

Erica ging auf ihren Schreibtisch zu, und die Sekretärin folgte ihr mit einem Block. Erica überlegte kurz und sagte: »Nein, warten Sie. Schließen Sie bitte die Tür und setzen Sie sich.«

Nachdem Jenny Platz genommen hatte, blickte Erica sie nachdenklich an. »Buchen Sie einen Flug nach Hamburg und von Hamburg, am späten Abend, einen Flug nach Amsterdam. Ich habe in Hamburg noch etwas zu erledigen. Aber bitte, diese Flugunterbrechung bleibt unter uns.«

»Natürlich. Das versteht sich doch von selbst«, erwiderte die Sekretärin gekränkt.

Erica winkte ab. »Ist schon gut. Ich bin für die nächsten Tage in Amsterdam. Sie müssen bitte alle Termine verlegen oder auf die anderen Mitarbeiter verteilen. Wir bleiben wie immer in E-Mail-Kontakt. Ich packe jetzt meine Unterlagen zusammen und fahre nach Hause. Ach ja, und buchen Sie mir bitte ein Zimmer in Amsterdam.«

»Aber Sie haben doch die Wohnung vor Ort«, warf die Sekretärin verwundert ein.

Erica sah sie genervt an.

»Schon gut. Ich buche ein Zimmer.« Die Sekretärin schüttelte den Kopf und verließ das Büro.

»Ich muß mit dir reden Sofie. Unbedingt!« flüsterte Erica vor sich hin. »Und zwar so schnell wie möglich!«

Auch der Donnerstag raste wie der Wind an Sofie vorbei, und um neun Uhr abends stand sie am Empfang und sprach mit Sven und Lena.

»Und Lena, wie sieht es aus? Meinst du, Sven bekommt es hin?« Dabei zwinkerte sie Lena zu.

Empört sagte Sven: »Aber Frau Berger, warum sollte ich es nicht hinbekommen? So unfähig bin ich nun wirklich nicht.«

Sofie lachte. »Ja, davon habe ich gehört. Was glauben Sie, warum Lena Sie angelernt hat?«

Jetzt wurde er rot und sagte verlegen: »Oh, danke, ich wußte nicht, daß . . .«

Weiter kam er nicht, da Lena eingriff und provozierend sagte: »Na ja, wenn ich eine Wahl gehabt hätte, dann . . .« Den Rest ließ sie unausgesprochen.

Sven sah sie erschrocken an. Ihm war es sichtlich peinlich, daß Lena so etwas in der Gegenwart seiner Herzdame aussprach. Lena mußte schallend lachen.

Auch Sofie schmunzelte, auch wenn sie nicht genau wußte, was hier vorging. »Nun gut, Sven, ich verlasse mich auf Sie. Herr Smorowsky wird Ihr Vorgesetzter sein, und ich hoffe, daß Sie ihm genausoviel Respekt entgegenbringen werden wie mir.«

»Aber natürlich.« Sven nickte.

»Gut, dann wäre das für heute alles. Morgen früh um neun Uhr machen wir eine Dienstbesprechung mit dem gesamten Personal. Lena, hast du alle informiert?«

»Ja, habe ich. Ich habe allen persönlich Bescheid gesagt. In Anbetracht der Tatsache, daß nur wenig Zeit war.«

»Das ist schön. Dann dürfte ja nichts mehr schiefgehen. So, und jetzt ab in den Feierabend. Wir sehen uns morgen.«

»Gute Nacht, Frau Berger«, sagte Sven verträumt, und Lena kniff ihm in die Seite.

»Aua!« schrie er auf, und Sofie drehte sich noch mal zum Empfang um.

»Ist was?«

»Ähm, nein.«

»Na dann, gute Nacht. Wie sieht es aus, Lena, soll ich dich mitnehmen?«

»Ja, das wäre toll.«

»Also, dann bis gleich. Ich mache das Büro noch zu, dann fahren wir.«

Die Dienstbesprechung dauerte eine knappe Stunde. Aber dann waren alle Mitarbeiter darüber informiert, daß Herr Smorowsky ab Samstag die Führung des Hauses in Hamburg übernehmen würde.

»So, meine Herrschaften, wenn Sie sonst keine weiteren Fragen mehr haben, dann würde ich sagen, geht jeder wieder an seine Arbeit«, beendete Sofie die Besprechung.

Als alle aufbrachen, rief Sofie: »Herr Smorowsky, warten Sie bitte. Lassen Sie uns ins Büro gehen, und ich zeige Ihnen noch die jeweiligen Programme für die Urlaubsplanung, die Anwesenheit und die Wochenplanung. Ich denke, dann haben wir alles grob abgedeckt. Sollte etwas sein, dann wissen Sie ja, wo ich zu erreichen bin.«

Im Büro setzten sie sich an den Rechner, und Sofie zeigte ihm alle notwendigen Dateien.

»Kommen Sie, setzen Sie sich am besten hierher, und ich schaue Ihnen zu. Es geht wahrscheinlich einfacher, wenn Sie selbst herumklicken können«, sagte Sofie und bot ihm ihren Schreibtischstuhl an. Etwas unentschlossen stand er da. Sofie ging einen Schritt zur Seite. »Na, kommen Sie schon. Ab morgen ist das hier sowieso Ihr Platz.«

»Ja, sehr wohl«, sagte er zurückhaltend.

Sofie schüttelte innerlich den Kopf. *Diese Ehrfurcht muß er sich abgewöhnen, sonst kommt er in dieser Position nicht weiter.* Laut sagte sie: »Herr Smorowsky, Sie sind ab sofort der Boss hier. Daran sollten Sie denken. Nicht Sie fragen, ob Sie irgend etwas machen können, sondern die Leute werden zu Ihnen kommen. Ist Ihnen das bewußt? Sie werden Entscheidungen treffen müssen.«

»Selbstverständlich. Das ist mir durchaus bewußt, Frau Berger.«

»Gut. Wir sind die letzten zwei Tage ja verschiedene Dinge durchgegangen. Dann nehmen Sie bitte jetzt hier Platz und zeigen mir, wie Sie den Tag am Rechner beginnen werden. Wie Sie mit dem Personal und den Gästen umgehen, brauchen Sie mir nicht zu zeigen. Darüber habe ich mir vor Jahren schon ein Bild gemacht.«

Er nahm Platz und begann Sofie zu erklären und zu zeigen, was er mit den einzelnen Programmen machen würde. Er war ein intelligenter Mann mit einer schnellen Auffassungsgabe. Nach knapp drei Stunden hatte er soweit alle Programme durch.

»Ah, das ist gut. Schön. Jetzt machen wir eine kleine Pause, danach sehen wir uns die Wochenplanung noch mal an. Ich bin in fünf Minuten wieder da. Nehmen Sie sich schon mal etwas von dem Snack. Und wenn ich zurück bin, dürfen Sie mich mit Fragen bombardieren«, lächelte Sofie und ging kurz in den Waschraum.

Als Sofie ins Büro zurückkam, stand er sofort auf. *Die Höflichkeit in Person,* lächelte Sofie in sich hinein. Sie nahm sich auch erst einmal etwas zu essen und goß sich ein großes Glas Wasser ein. Mit gutem Appetit verschlang sie die Pizzateilchen.

»Hm, das war lecker«, lachte sie.

Smorowsky lächelte sie an. »Ja, das hat man gesehen.«

»Na, dann wollen wir mal weitermachen. Es wartet ja doch noch einiges auf uns.«

Sie waren beide in die Wochenplanung vertieft, als Sofie eine ihr bekannte Stimme vernahm.

»Komme ich ungelegen?«

Sie riß den Kopf hoch und starrte Erica fassungslos und überrascht an. »Erica«, rief sie erfreut. An ihren Mitarbeiter gewandt sagte sie beherrscht: »Herr Smorowsky, würden

Sie uns bitte einen Augenblick alleinlassen?«

Er erhob sich und verließ mit einer leichten Verbeugung das Büro.

Sofie sprang vom Stuhl hoch, Erica war mit zwei großen Schritten bei ihr und riß sie in ihre Arme. Der Kuß war wild und ungezügelt.

Als die Luft knapp wurde, sagte Erica erstickt: »Sofie, meine süße Sofie, endlich« und umschloß erneut Sofies Lippen mit ihren. Sie drang tief mit ihrer Zunge in Sofies Mund. Langsam drängte sie Sofie nach hinten, bis sie vom Schreibtisch aufgehalten wurden.

»Hm«, machte Sofie, und Erica gab ihren Mund frei. »Erica, was machst du hier? Du hast mir gar nicht gesagt, daß du herkommst.«

»Ich habe es bis gestern auch nicht gewußt«, lachte Erica rauh. »Ich bin auf dem Weg nach Amsterdam.« Leise flüsterte sie: »Ich mußte dich sehen, Sofie. Mein Chef wird brüllen, wenn er sieht, daß ich über Hamburg geflogen bin. Aber das ist mir egal.«

Sofie lachte. »Das ist nicht dein Ernst. Du fliegst nach Amsterdam und machst einen Zwischenstop in Hamburg? Ich wußte gar nicht, daß das auf dem Weg liegt. O Gott, Erica. Ich kann es gar nicht glauben.«

»Nun, ich kann es dir beweisen. Soll ich dich zwicken? Oder lieber küssen?«

»Küß mich«, hauchte Sofie.

Sie brauchte nicht zweimal zu bitten. Ericas Hände glitten an Sofies Körper hinunter, und Sofie stöhnte wohlig auf. Langsam löste sie sich von Erica und sagte mit zitternder Stimme: »Du machst mich ganz schön schwach. Weißt du das?«

»Du mich auch.« Erica lächelte.

»Ich muß noch etwas arbeiten, aber ich könnte mich in einer Stunde freimachen. Wie lange bleibst du?«

»Leider muß ich heute noch weiter.« Erica runzelte bedauernd die Stirn. »Mein Flug nach Amsterdam geht um neun.«

Sofie schmunzelte. »Na ja, alle Wege – oder viele Wege – führen von New York nach Amsterdam. Warum nicht auch über Hamburg.« Sie zog Erica an sich und küßte sie zärtlich auf den Mund. »Sag mal, Süße, wieso hat mich niemand vom Empfang angerufen und gesagt, daß du da bist?«

Erica grinste verschmitzt. »Nun, die haben mich nicht gesehen.«

»Du bist mir eine. Hör zu, ich muß mit dem Kollegen noch etwas klären. Ich verspreche, mich zu beeilen, dann nehme ich mir Zeit, bis dein Flug geht. Würdest du solange in der Bar auf mich warten?«

»Ja, aber laß mich nicht zu lange warten«, erwiderte Erica mit begehrendem Blick.

»Nein, ich beeile mich. Hm, du sagst, niemand hat dich gesehen? Warte mal.« Sie nahm das Telefon ab. »Lena? Ja ich bin's. Hör mal, ich schicke dir jetzt einen Gast runter. Ich möchte, daß du sie in die Bar begleitest. Bitte kümmere dich um sie, bis ich hier fertig bin.« Bevor Lena fragen konnte, um welchen Gast es sich handelte, hatte Sofie bereits aufgelegt und lachte vergnügt.

»He, du bist ja ein richtiges Biest.« Erica schmunzelte.

»O ja, ich weiß«, grinste Sofie.

»Warum hast du das getan? Ich brauche keine Unterhaltung.«

»Ich weiß, aber ich möchte nicht, daß du dich langweilst und vielleicht einfach wieder fährst, bevor ich da bin. Und außerdem hält Lena dich für einen Drachen.«

Erica lachte schallend auf. »Du bist kein Biest, du bist ein Miststück.«

»Ja, aber immer doch, gern«, erwiderte Sofie und flüsterte: »Erica, ich . . . ich habe dich vermißt. Dich, deine Küsse, deinen Körper, dein Lachen.«

»O Sofie . . .«

Eng umschlungen standen sie da. Erica knabberte zärtlich an Sofies Unterlippe. Sofie seufzte und drängte ihre Zunge in Ericas Mund. Erica zog sie noch enger an sich, ließ sich von Sofie küssen.

»Erica ...«, hauchte Sofie. »Erica, wir müssen aufhören, ich habe noch zu tun. Bitte, geh jetzt runter, sonst werfe ich noch alle Vernunft über Bord und vernasche dich auf der Stelle.«

Erica lachte. »Hm, welch eine nette Vorstellung.« Dann löste sie sich und ging zur Tür. »Laß mich nicht so lange warten, meine Süße.« Sie warf Sofie noch eine Kußhand zu und verließ das Büro.

Sofie atmete mehrmals tief durch und rief Smorowsky wieder herein.

***

Erica war nicht der Mensch, der irgendwo hereinkam, sie war plötzlich und unerwartet da. So empfanden es die meisten Menschen, denen Erica begegnete.

Genauso erging es Lena. Als sie von ihrem Computer hochblickte, stand Erica bereits am Empfang, ohne daß sie jemand vorher gesehen hatte.

Sven sah hoch und direkt in ein paar kühle, distanzierte Augen. »Was kann ich für Sie – Oh, Frau Faust, was für eine Überraschung.«

Lena sprang auf und starrte Erica an. »Was für eine Freude, daß Sie uns wieder beehren.« Es klang freundlich, aber mit einem ironischen Unterton, den sie nicht unterdrücken konnte.

»Sie übertreiben«, erwiderte Erica schmunzelnd.

»Ich gehe davon aus, daß Sie der Gast sind, den mir Sofie ans Herz gelegt hat?« fragte Lena ironisch.

»Nun, Sie müssen mich nicht unterhalten. Ich weiß, daß Sie mich nicht mögen. Ich kann durchaus allein in die Bar gehen.« Erica lächelte provokativ.

»Aber nein, selbstverständlich begleite ich Sie«, sagte Lena ebenso provokativ, jedoch mit einem mißglückten Lächeln.

Erica lachte auf und marschierte zur Bar.

Lena flüsterte Sven zu: »Ich bringe sie um.«

»Wen? Den Drachen?« fragte Sven leise.

»Nein, Sofie.« Lena verdrehte die Augen. Dann folgte sie Erica in die Bar. Mit einem freundlichen Lächeln setzte sie sich ihr gegenüber und fragte argwöhnisch: »Wie lange bleiben Sie dieses Mal in Hamburg?«

Erica sah sie lange an. »Sie halten mich für einen Drachen, habe ich gehört.«

Lena lief rot an und senkte beschämt den Kopf.

Erica lachte. »Aber das macht nichts. Das ist noch eine der netteren Bezeichnungen, die mir zuteil geworden sind. Ich bleibe nur wenige Stunden, keine Bange, ich werde Ihr Hotel nicht auf den Kopf stellen.«

»Sofie hätte Ihnen das nicht sagen dürfen«, wehrte sich Lena empört.

»Ja, vielleicht. Hören Sie, wir hatten keinen guten Start, wollen wir noch mal von vorn beginnen?« Mit diesen Worten reichte sie Lena ihre Hand.

Lena starrte sie an, als habe sie den Verstand verloren. »Das ist nicht Ihr Ernst?«

»Doch, das ist mein Ernst. Sie sind Lenas beste Freundin, und ganz ehrlich, ich möchte Sie nicht als Feindin haben. Wir müssen keine Freundinnen sein, aber vertragen können wir uns. Oder?«

»Ja ...«, stotterte Lena und ergriff die ihr dargebotene Hand.

Sofie war kaum in der Lage, sich auf ihre Arbeit zu konzentrieren und wirkte etwas konfus.

Smorowsky mußte sie mehrfach ansprechen, bevor sie reagierte. »Frau Berger? Frau Berger, ist alles in Ordnung?«

»Wie? Ja. Oh, es tut mir leid, ich war wohl in Gedanken.« *Mein Gott, das muß sofort aufhören. Was soll der Mann von mir denken?* dachte sie beschämt.

»Nun, Frau Berger, ich denke, daß ich es soweit verstanden habe. Ich werde Sie sicherlich das eine oder andere Mal kontaktieren müssen. Aber im großen und ganzen ...«, sagte er zuversichtlich.

»Ja. Ich denke auch, daß Sie es schaffen werden«, lachte Sofie ihn an. Es war doch länger geworden, als sie gehofft hatte. Sie schaute verstohlen auf die Uhr. *Dreizehn Uhr*, blinkte es ihr entgegen. Sie seufzte lautlos auf. »So, und nun sind Ihre Fragen dran«, sagte sie freundlich lächelnd. »Haben Sie sich ein paar Notizen gemacht?«

Er räusperte sich und zog ein gut beschriftetes Blatt Papier aus seiner Jackentasche.

Sofie stöhnte innerlich auf. O bitte, laß ihn nicht so viele Fragen haben. Laß uns ganz schnell fertigwerden.

Nach eineinhalb Stunden lächelte Sofie immer noch tapfer, war aber mittlerweile leicht gereizt. Nicht nur, daß sie so lange mit so profanen Dingen beschäftigt waren, die doch alle hätten auf einen anderen Tag verschoben werden können – jetzt, wo Erica extra aus Amerika gekommen war –, nein, zu allem Überfluß wurden sie mehrfach aus der Arbeit herausgeholt.

Als ein weiteres Mal das Telefon klingelte, meldete sie sich leicht gereizt und knapp. »Berger.«

»Wer ist denn da so genervt?« ertönte die Stimme ihres Bruders durch den Hörer.

Ein Lächeln stahl sich in ihr Gesicht. »Leo, das ist ja eine Überraschung. Aber leider ganz ungünstig. Bist du heute abend zu Hause?«

Er lachte. »Ja, bin ich. Okay, ich verstehe schon, ich soll auflegen. Aber ruf unbedingt an. Ich muß dich etwas Wichtiges fragen.«

»Mach ich. Bis heute abend.« Sie legte den Hörer auf und sah Smorowsky an. »Wie sieht es aus, meinen Sie, wir können für heute Schluß machen?« Er nickte, und sie ergänzte noch: »Morgen früh komme ich noch mal für einige Stunden her. Wenn es noch Fragen gibt, können wir die ja dann auch morgen noch klären.«

»Sehr wohl, Frau Berger«, sagte er und stand auf.

Doch Sofie überlegte kurz und rief: »Warten Sie. Ich möchte Sie bitten, sich ab sofort auf diesen Platz zu setzen. Ich muß für einige Stunden das Haus verlassen. Vielleicht ist das eine gute Übung für Sie.«

Er kam zurück zum Schreibtisch. »Ja, das wäre sicherlich gut. Dann machen wir es so.« Damit setzte er sich wieder an den Schreibtisch.

Sofie schmunzelte. »Also dann, ich denke, ich werde gegen zehn Uhr wieder hiersein. Heute werde ich noch einmal hier übernachten und direkt von hier nach Berlin reisen. Wenn jemand nach mir fragen sollte, dann notieren Sie sich bitte die Telefonnummer. Ich kümmere mich darum, wenn ich zurück bin.«

Sofie nahm ihre Tasche und verließ eilig das Büro. Sie war viel zu aufgeregt, um auf den Aufzug zu warten, und lief die fünf Etagen hinunter. Wie ein Wirbelwind sauste sie durch die Halle und betrat schwungvoll die Bar.

Sie ließ ihren Blick durch den Raum schweifen und traf unvermittelt auf strahlend blaue Augen. Ein warmes Gefühl machte sich in ihrem Bauch breit, mit wackligen Knien ging sie auf den Tisch zu, an dem Erica und Lena saßen.

»Hi«, hauchte sie. Ihre Stimme wollte ihr nicht gehorchen.

Lena sah sie überrascht an.

»Hi«, erwiderte Erica leise.

Jetzt mußte Lena sich das Lachen verkneifen und stand schnell auf. »So, jetzt wo die Chefin da ist, kann ich ja wieder an meine Arbeit gehen«, sagte sie und bemerkte schmunzelnd, daß keine von beiden irgend etwas mitbekommen hatte. »Hallo, jemand zu Hause?« fragte sie ironisch.

»Äh, ja, ja klar. Alles gut«, stotterte Sofie, und Lena lachte laut auf. Das holte beide in die Bar zurück, sie sahen Lena irritiert an.

Diese schüttelte nur den Kopf. »Okay, ich gehe dann«, und leiser fügte sie hinzu: »Das solltet ihr auch tun, und zwar sofort.« Mit diesen Worten drängte sie beide zum Ausgang.

Sofie sammelte sich und sagte an Lena gewandt: »Ich bin für ein paar Stunden außer Haus. Smorowsky vertritt mich. Kannst du ein Auge auf den Laden werfen?«

»Aber sicher doch. Macht euch einen schönen Nachmittag. Und jetzt geht, bevor noch irgendeiner mitbekommt, wie ihr euch anschmachtet.«

Erica wollte aufbegehren, sah aber, daß es zwecklos gewesen wäre. »Komm, sie hat recht, wir sollten gehen.« Ihre Stimme klang heiser, nicht so rauchig wie üblich. Die Erregung war unverkennbar.

Sofort kribbelte Sofies ganzer Körper. Sie nickte nur, da sie wußte, daß sie kein Wort herausbringen würde, und ging voran.

Sie gingen zum Treppenhaus und von dort in die Tiefgarage. Als sie an Sofies Auto ankamen, hatte sie das Gefühl, einen Marathon gelaufen zu sein, so schwer ging ihr Atem. Das Parkhaus war mit Kameras ausgestattet, und so mußten sie sich immer noch zurückhalten.

»Ich halte das nicht mehr lange aus, Sofie«, flüsterte Erica. »Ich möchte dich jetzt sofort küssen, dich schmecken. Ich begehre dich so sehr, daß es fast schon wehtut.«

»O Gott, Erica, bitte, mach's mir nicht so schwer. Glaubst du denn, mir ginge es anders?« keuchte Sofie atemlos.

Sie schoß mit dem Auto auf die Straße und mußte sich zwingen, das Tempolimit nicht zu überschreiten. Der Weg vom Hotel zu ihr nach Hause betrug normalerweise nur knapp zwanzig Minuten, aber heute zog er sich wie Kaugummi.

Erica hatte ihre Hand auf Sofies Oberschenkel gelegt. »Du siehst so sexy aus«, raunte sie ihr ins Ohr. Langsam strich sie mit ihrer Hand über Sofies Bein, und kurz vor dem Zentrum ihrer Lust stoppte sie.

»Bitte«, keuchte Sofie. »Bitte ... laß das ... ich kann nicht fahren, ... wenn du mich so berührst.«

»Warum hältst du dann nicht an und küßt mich erst mal?« fragte Erica mit ihrer rauchigen Stimme dicht an Sofies Ohr.

»Weil ich dir dann sofort die Kleider vom Leib reißen würde. Und die Polizei das sicherlich nicht gutheißen würde«, fauchte Sofie liebevoll.

Erica lachte laut auf. »Eine tolle Vorstellung!«

»Ja, lach du nur, aber ich warne dich –« Weiter kam Sofie nicht, da Erica wie zufällig ihre Scham berührte. Sofie stöhnte laut auf. »O Gott, Erica!«

Sie hatte Mühe, sich auf die Straße zu konzentrieren. *Bitte, lieber Gott, laß mich jetzt keinen Unfall bauen, wir sind in zwei Minuten bei mir.* Laut sagte sie: »Wir sind da, dort drüben wohne ich.« Sie zeigte auf ein Dreifamilienhaus aus rotem Backstein.

Geschickt lenkte sie den Wagen in eine Parklücke. Doch bevor sie ausstieg, atmete sie tief durch und sah Erica liebevoll an. Ein Schauer lief ihr über den Rücken, als sie Ericas verlangenden Blick auffing.

Sie war nicht in der Lage, das Auto zu verlassen. Sie starrte einfach nur auf Ericas Mund. Erica bewegte sich langsam auf sie zu und berührte ganz leicht Sofies Lippen mit ihren. Sofie hielt die Luft an und seufzte vernehmlich, bevor sie Erica an sich zog. Ihre Zungen trafen sich, und ein wildes Spiel begann.

Als eine Autotür zugeschlagen wurde, kehrten sie in die Realität zurück und bemühten sich ihre Fassung zurückzugewinnen.

»Komm«, flüsterte Sofie heiser vor Verlangen und stieg aus.

Erica folgte ihr mit schnellen Schritten.

In Sofies Dachgeschoßwohnung mit der großen Dachterrasse, für deren wunderbare Aussicht auf den Wald aber im Moment keine von beiden einen Blick hatte, drängte Erica Sofie sofort an die Wand. Hungrig fielen sie übereinander her.

Auf dem Weg ins Wohnzimmer verloren sie bereits die Hälfte ihrer Kleider.

Sofie drängte Erica ins Schlafzimmer, und sie fielen zusammen aufs Bett. Gierig saugte Erica sich an Sofies Mund fest, und Sofie stöhnte laut auf. Sie rissen sich die restlichen Kleidungsstücke vom Körper und wälzten sich auf dem Bett hin und her.

»O Gott, Sofie, ich kann nicht mehr«, stöhnte Erica verzweifelt und glitt mit ihrer Hand zwischen Sofies Beine. Als sie Sofies Nässe spürte, zog sie scharf die Luft ein und drang mit einem Finger tief in sie ein.

Ein spitzer Schrei kam aus Sofie Kehle, doch gleichzeitig drängte sie sich enger an Erica und bewegte sich im gleichen Rhythmus mit ihr. »Ja, o ja . . .«, stieß sie abgehackt hervor. Innerhalb weniger Minuten kam Sofie wie ein Orkan. Zu lange schon hatte sie davon geträumt. Sie konnte sich keine Zeit lassen.

Schwer atmend lag sie in Ericas Armen und sah in ihre hungrigen Augen. Lächelnd streichelte sie ihre Wange und hauchte einen zarten Kuß auf ihren Mund. »Erica«, flüsterte sie zärtlich. Dann zog sie ihr Gesicht näher zu sich und begann es zu küssen und zu streicheln.

Sanft drückte sie Erica von sich und legte sich auf sie. Sie fuhr mit ihrer Hand langsam über ihren Bauch, und Erica stöhnte laut auf. Ihr Atem wurde immer schneller. »Bitte Schatz, bitte, laß mich nicht warten, nimm mich schnell und hart«, flehte Erica verzweifelt.

Sofie lächelte. »Schnell und hart? Hm.« Sie blickte Erica tief in die Augen, dann drang sie mit ihrer Zunge in ihren Mund und gleichzeitig mit zwei Fingern in die heiße, nasse Grotte. Mit immer schneller werdenden Stößen brachte sie Erica zum Höhepunkt. Sie saugte sich an ihrem Mund fest und erstickte sie beinahe.

Erica keuchte, hechelte und stöhnte im Wechsel. Dann wurde sie ganz steif und kam mit einem langgezogenen, dumpfen Schrei.

Nachdem die erste Flut vorüber war, nahmen sie sich Zeit, jeden Zentimeter des Körpers der anderen zu streicheln, zu küssen und zu lecken.

Sofie rekelte sich wohlig in Ericas Armen und fuhr genüßlich über Ericas Brust. Erica seufzte entspannt und zog Sofie noch enger an sich.

»Wann ziehst du nach Berlin?« fragte Erica.

»Morgen.«

»Hm«, machte Erica. »Ich bin jetzt die nächsten zwei Wochen in Amsterdam. Wenn ich zurück in die Staaten fliege, könnte ich ja über Berlin fliegen.« Sie blickte Sofie tief in die Augen. »Was würdest du davon halten?«

»O Schatz, das wäre toll«, wisperte Sofie.

»Sofie, du bist so süß«, sagte Erica zärtlich und knabberte an Sofies Lippe. Sinnlich strich sie mit ihrer Zunge über Sofies Lippen, ohne Einlaß zu begehren. Sie waren beide sehr erschöpft und ihr Hunger aufeinander vorübergehend gestillt.

Als Sofie einen Blick auf den Wecker warf, erschrak sie. »Mein Gott, es ist schon halb acht«, stöhnte sie traurig auf.

»Ach Schatz«, lachte Erica. »In zwei Wochen sehen wir uns doch schon wieder.«

»Ja, und dann?« fragte Sofie. Gleichzeitig biß sie sich auf die Lippe. *O verdammt, genau das wollte ich nicht fragen.*

Erica zog sie enger an sich und flüsterte rauh: »Ich weiß es nicht. Gern würde ich dir etwas anderes sagen. Aber leider weiß ich es wirklich nicht.«

Sofie schluckte und schloß ihre Augen. Sie versuchte sich zu sammeln und spürte, wie sich Tränen ihren Weg bahnten. *Verdammt, du wirst doch jetzt nicht heulen, bitte laß das, es gibt überhaupt keinen Grund,* fluchte sie stumm.

Erica spürte, daß etwas nicht stimmte. »Was ist los?« fragte sie leise. »Bitte sei nicht traurig. Ich verspreche, ich werde mir etwas einfallen lassen.«

Sofie nickte stumm und hielt die Augen fest geschlossen.

»Schau mich an. Bitte«, sagte Erica bedrückt, und Sofie sah ihr direkt in die Augen. »O Schatz, bitte nicht weinen«, flüsterte Erica erstickt und zog Sofie eng an sich. Sie küßte ihre Augen, ihre Nase, ihre Wangen und zuletzt ihren Mund. Sie versanken in einen langen, sehnsuchtsvollen Kuß.

Nein, dachte Sofie, *ich sollte nicht heulen, Erica muß sich keine Sorgen um mich machen.* Innerlich straffte sie sich und löste sich langsam von Erica. »Wenn du den Flug nicht verpassen möchtest, dann sollten wir uns jetzt auf den Weg machen.« Sie bemühte sich um einen neutralen Ton in ihrer Stimme, und es gelang ihr einigermaßen, wie sie selbst fand.

Erica jedoch sah sie zweifelnd an, sagte aber nichts und stand auf.

»Erica«, hauchte Sofie, und Erica drehte sich langsam zu ihr um. »Komm her und küß mich noch einmal.«

Sie lachte und beugte sich zu Sofie hinunter. Sofie legte ihre Arme um Ericas Hals und küßte sie zärtlich und liebevoll. Ericas Arme gaben nach, und sie landete auf Sofie. Lachend umschloß sie ihre Geliebte und drang tief in ihren Mund. Die Leidenschaft entflammte erneut, doch bevor ihre Hände auf Wanderschaft gehen konnten, ergriff die Vernunft wieder Besitz von Sofie.

Sie gab Erica mit einem Seufzer frei und stand nun ebenfalls auf. Sie suchten ihre Kleidung zusammen und zogen sich an. Allerdings nicht, ohne die andere dabei zu beobachten. Sofie sah das Begehren in Ericas Augen und stöhnte auf.

Mit einem schnellen Satz war sie bei Erica und zog sie in ihre Arme. Zärtlich sagte sie: »Meine Süße. So etwas wie mit dir ist mir noch nie passiert. Ich habe mich noch nie so sehr nach jemand gesehnt wie nach dir. Es ist völlig untypisch, daß ich so traurig bin, weil du gehst. Das verwirrt mich ein wenig.«

»Ja Schatz, mir geht es genauso. Seit ich dich kenne, kann ich kaum mehr klar denken. Meine Freizeit verbringe ich in Träumen mit dir.« Erica lächelte sie zärtlich an und sah ein Glitzern in Sofies Augen.

»Wir müssen los«, holte Sofie Erica aus ihren Gedanken.

Auf dem Weg zum Flughafen sprach keine ein Wort. Erica legte ihre Hand wieder auf Sofies Schenkel, und Sofie legte ihre Hand auf Ericas. Ihre Finger verflochten sich ineinander. Zwischendurch mußte Sofie schalten. Und das tat sie mit Ericas Hand zusammen.

Sofie fuhr auf einen Parkplatz an der Abflughalle und schaltete den Motor aus. Doch bevor sie sich rühren konnte, spürte sie schon Ericas Lippen auf ihren. »Hm, wie werde ich deine Lippen vermissen«, seufzte sie.

»Ja, ich auch«, raunte ihr Erica zu und zog sie an sich. Nach einem langen Kuß stiegen sie aus und betraten die Flughafenhalle.

Hier herrschte reges Treiben. Menschen hasteten von A nach B oder standen eng umschlungen zusammen. Bei einzelnen sah man Tränen, andere wiederum waren ausgelassen und fröhlich.

Sofie wußte nicht genau, wie sie sich fühlen sollte. Einerseits war sie traurig, was irgendwie nicht richtig schien, und andererseits war sie glücklich. Ein Widerspruch in sich. Sie schüttelte den Kopf und straffte die Schultern.

Nein, jetzt werde bloß nicht sentimental. Du tust ja gerade so, als würde dich deine Lebenspartnerin verlassen. So lange kennst du sie nun auch nicht, dachte sie stumm. Sie sah in Ericas blaue Augen und schluckte. Ja, so lange kenne ich sie wirklich nicht, dafür aber sehr gut und tief, ging es ihr weiter durch den Kopf.

»He, alles klar bei dir?« fragte Erica neckend. »Du siehst mich an, als würdest du mich das erste Mal betrachten.«

Sofie legte den Kopf schief und sagte grinsend: »Ja, wer weiß, vielleicht tue ich das gerade. Bisher schien immer alles wie weggeblasen, wenn du in meiner Nähe warst.«

Erica lachte auf und zog sie an sich.

Diese rauchige Stimme, mein Gott, sie macht mich völlig willenlos, seufzte Sofie. Ihre Gedanken überschlugen sich. Ihr Herz klopfte ganz schnell, als Erica sich langsam zu ihren Lippen neigte. Zärtlich strich sie mit ihrer Zunge über Sofies geschlossene Lippen und schob sie vorsichtig hinein.

Sofies Zunge begrüßte sie, und Erica stöhnte unwillkürlich auf. Sie zog Sofie noch enger an sich und raunte ihr zwischen zwei Küssen zu: »Ich würde dich jetzt gern schmecken. Meine Zunge in dir versenken und dich auskosten, bis du vor Wollust schreist.«

»O mein Gott, Erica«, keuchte Sofie. Sie spürte schon, wie sich die Nässe wieder zwischen ihren Beinen breitmachte, und das, obwohl Erica sie nicht einmal berührte.

Langsam lösten sie sich voneinander und gingen zum Abflugschalter. Sie hatten noch ein paar Minuten Zeit, bevor Erica einchecken mußte.

»Komm, laß uns noch ein paar Schritte gehen«, sagte Erica, und Sofie folgte ihr.

»Hast du schon eine Idee, wann du nach Berlin kommst?« fragte Sofie liebevoll.

»Nein, leider nicht. Es kann eine Woche dauern, es kann allerdings auch zwei Wochen dauern, bis ich meinen Job erledigt habe.«

Sofie zog ihre Augenbraue hoch. »Ist dir eigentlich klar, daß wir noch nie über irgend etwas Privates gesprochen haben? Ich meine, ich weiß noch nicht einmal, was du beruflich machst oder wo genau du in New York lebst.«

Erica nickte, doch bevor sie antworten konnte, hörte sie, wie jemand ihren Namen rief.

»Erica, Liebling. Das ist ja eine Überraschung. Ich wußte gar nicht, daß du in Hamburg bist!«

Sofie drehte sich zu dieser schrillen Stimme um, und ein Vamp mit rotbraunen, schulterlangen Haaren kam mit großen Schritten auf sie beide zu. Allerdings ignorierte sie Sofie und warf sich direkt in Ericas Arme.

Noch bevor Erica reagieren konnte, spürte sie die feuerroten Lippen auf ihren eigenen.

Sofie starrte sie fassungslos an.

Besitzergreifend legte diese Frau ihre Hände auf Ericas festen Po und zog sie noch enger an sich. Sie drang mit ihrer Zunge in Ericas Mund. Sie war mindestens einen halben Kopf größer als Erica und schien sich ihrer Wirkung auf die Umwelt sehr wohl bewußt zu sein.

Mit großer Anstrengung löste Erica sich von ihr und suchte mit ihrem Blick den von Sofie. Was sie sah, ließ sie erschrocken zusammenfahren. Sie stöhnte innerlich auf.

Sofie war immer noch fassungslos, doch so langsam kroch eine unbändige Wut in ihr hoch. »Willst du mich deiner ... dieser ... Frau ... nicht vorstellen?«

»Ich ...«, begann Erica.

Doch der Vamp kam ihr zuvor. »Ich bin Ericas Lebenspartnerin. Und wer sind Sie, Schätzchen?« Sie sah Sofie geringschätzig an und drehte sich ohne eine Antwort abzuwarten wieder zu Erica um und säuselte: »Schatz, du hast mir ja gar nicht gesagt, daß du in Europa bist.«

»Ich muß geschäftlich nach Amsterdam«, antwortete Erica automatisch und starrte immer noch auf Sofie.

»Oh, du wolltest mich überraschen. Schatz, das ist dir gelungen«, rief die Frau etwas zu laut.

»Nun, dann will ich dem Glück mal nicht im Wege stehen«, preßte Sofie mit unterdrückter Wut hervor. Sie drehte sich auf dem Absatz um und schritt erhobenen Hauptes zum Ausgang.

Erica versuchte verzweifelt sich aus den Fängen der Frau, die sie umarmte, zu befreien. »Sofie, bitte warte! Ich kann dir das erklären!«

Doch Sofie reagierte nicht und ging weiter.

»Verdammt noch mal, laß mich endlich los!« Erica blitzte die Frau, die sie immer noch festhielt, wütend an.

Die andere blickte sie erstaunt an und zog sie erneut in ihre Arme. »Erica, Schatz, es ist schon eine ganz Weile her, daß du dich gemeldet hast. Eigentlich sollte ich böse auf dich sein. Aber daß du auf dem Weg zu mir bist, stimmt mich doch wieder sanft wie ein Kätzchen.« Ihr Lachen klang hohl und unecht.

Erica gab ihr einen leichten Stoß. »Ich bin ganz sicher nicht auf dem Weg zu dir«, sagte sie wütend und lief Sofie hinterher. »Sofie, so warte doch!« Der Flug nach Amsterdam wurde bereits aufgerufen, aber das kümmerte Erica nicht weiter. Sie lief noch etwas schneller, um Sofie einzuholen und rief erneut: »Sofie, bitte bleib doch stehen!«

Sofie drehte sich abrupt um, und Erica prallte ungebremst in sie hinein. Beide strauchelten kurz, kamen aber schnell wieder auf die Füße.

»Sofie ... ich ... bitte ...«, stammelte Erica leicht konfus.

Sofie sah Erica an. Ihre Augen sprühten Lava, und sie versuchte ihren Zorn zu unterdrücken, aber ihrer Stimme gelang es nicht. Sie zitterte. »Wann wolltest du mir von deiner *Lebenspartnerin* erzählen? Du bist verheiratet!«

»Sofie. Bitte, so ist das nicht. Ich bin nicht mehr mit ihr zusammen. Das mußt du mir glauben.« Erica hob verzweifelt die Hände.

Sofie lachte freudlos auf. »Ja klar. Glaubst du, ich wäre blind und taub dazu? Für wie blöd hältst du mich?«

»Laß es mich doch erklären«, stieß Erica aufgebracht hervor.

»Ich denke nicht, daß es da noch etwas zu erklären gibt. Wenn du mich jetzt entschuldigen würdest, ich muß gehen, bevor ich mich übergeben muß.« Sofie drehte sich um und wollte losgehen. Da hielt Erica sie am Arm fest. Ruckartig drehte Sofie sich erneut zu Erica, und all ihre unterdrückte Wut, Enttäuschung und Verletztheit spiegelte sich in diesem einen Wort wider: »Verschwinde!«

Erica zuckte erschüttert zusammen, als sie in Sofies Augen sah. Sie ließ ihren Arm los. »Sofie, bitte glaub mir doch. Es ist nicht so, wie es aussieht«, flehte sie erneut.

Ericas Flug wurde nun schon zum dritten Mal ausgerufen. Sie mußte los und wollte doch nicht so einfach gehen, sah aber ein, daß es keinen Zweck hatte, weiter hier am Flughafen mit Sofie reden zu wollen. Sie mußte einen anderen Weg finden.

»Ich rufe dich an, sobald ich in Amsterdam bin. Bitte Sofie, gib mir die Möglichkeit, alles aufzuklären.« Ericas Augen baten Sofie um Verständnis.

Sofie schüttelte nur den Kopf und drehte sich um. Dieses Mal wurde sie nicht mehr aufgehalten.

Nach ein paar Schritten blickte sie über die Schulter zurück und sah, wie Erica zum Abflugschalter ging. Bei einer Sitzgruppe machte Sofie halt. Erschöpft ließ sich hineinfallen.

Mein Gott, sie ist verheiratet, und ich war nur ein Spielzeug. Wie dumm von mir. Warum habe ich sie nie gefragt, ob es da noch jemanden gibt? Ich bin ja selbst schuld. Dann sah sie, wie diese andere Frau sich bei Erica einhakte und mit ihr durch die Absperrung ging. Sie sehen so vertraut aus, sie sind wirklich ein Paar. Verdammt, warum? Erica, warum tust du mir das an? dachte sie resigniert.

Bevor sie durch die Sperre ging, blickte Erica noch einmal zurück und suchte die Halle nach Sofie ab. Aber Sofie hatte sich so gesetzt, daß sie von ihrer Position aus alles überblicken konnte, ohne gesehen zu werden.

Als Erica aus ihrem Blick verschwand, schlug sie die Hände vors Gesicht und weinte. Die Tränen wollten nicht versiegen. Als dann noch eine ältere Frau sie ansprach, ob denn alles in Ordnung sei, schluchzte sie laut auf und verließ fluchtartig das Flughafengebäude.

Dieses schmerzhafte Gefühl des Verlassenseins war ihr wohlbekannt. Sie saß noch lange, nachdem das Flugzeug abgehoben hatte, im Auto und starrte auf die Straße, ohne sich zu rühren. Ihr war, als hätte man ihr das Herz herausgerissen. Nur ganz langsam kam wieder Leben in sie, und sie sprach laut mit dem Armaturenbrett. »Jetzt stell dich mal nicht so an. Sie hat dir nie irgendwelche Versprechungen gemacht und ist genauso frei wie du. Also bitte, jetzt hör auf dich selbst zu bemitleiden und mach dich an die Arbeit.« Sie straffte sich und ließ den Motor aufheulen, dann sauste sie auf die Stadtautobahn in Richtung Hotel.

In der Tiefgarage blieb sie noch einen Moment sitzen, bevor sie sich auf den Weg zum Aufzug machte. Sie fuhr direkt hoch in die Penthousewohnung, um sich erst einmal etwas frischzumachen. *Lena muß ja nicht sofort mitbekommen, daß etwas nicht in Ordnung ist,* überlegte sie stumm. Sie huschte schnell aus dem Aufzug und schloß die Tür auf. Erleichtert atmete sie auf, als sie es geschafft hatte, ungehindert in die Wohnung zu gelangen.

Sie ging ins Bad und starrte ihr Spiegelbild an. Traurige, verquollene Augen starrten ihr entgegen. »Verdammtes

Miststück, wieso bin ich nur auf dich hereingefallen?« fluchte sie leise.

Sie spritzte sich reichlich kaltes Wasser ins Gesicht und trocknete es dann kräftig ab. Mehrmals atmete sie tief durch und machte eine kleine Sprechprobe. Dann sagte sie laut: »Ja, so geht es. Ich werde mich doch wegen so was nicht aus dem Tritt bringen lassen. Ich habe schon Härteres durchgemacht. Nicht alles im Leben war einfach, verbuchen wir diese Sachen eben unter *nicht einfach*.«

Mit großen Schritten ging sie zur Tür und öffnete diese schwungvoll. Herr Smorowsky, der gerade vorbeiging, erschrak, blieb stehen und starrte sie an.

»Oh, das tut mir leid, ich wollte Sie nicht erschrecken«, sagte Sofie, ebenfalls erschreckt.

»Ist ja nichts passiert«, sagte er. »Ich habe nur nicht damit gerechnet, daß jemand hier ist.«

»Ja, wie gesagt, es tut mir leid. Aber wenn Sie schon mal hier sind: War irgend etwas? Hat irgend jemand für mich angerufen?«

»Ja, Ihr Vater bat um Rückruf, egal wie spät es sei. Sonst war nichts weiter.«

»In Ordnung, danke. Dann sehen wir uns morgen früh, bevor ich nach Berlin abreise.«

»Ja, sehr wohl, Frau Berger. Dann wünsche ich eine gute Nacht.«

»Ja, danke, Ihnen auch eine gute Nacht. Bis morgen.« Was konnte ihr Vater nur wollen? Sie ging ins Büro und wählte seine Nummer. »Hi, Paps. Ich sollte dich anrufen? Was gibt's denn?« Sie legte einen übertrieben freudigen Klang in ihre Stimme. Er bekam Gott sei Dank nichts von ihrer Gefühlsverwirrung mit.

»Ach ja, Kind. Deine Mutter hat noch ein Paket für dich geschnürt.« Er lachte. »Du weißt ja, wie sie ist. Denk daran, daß du es noch holen kommst, bevor du nach Berlin abdampfst.«

»Ach Paps, das schaffe ich doch gar nicht mehr.« Sofie schüttelte den Kopf.

»Ich führe nur den Auftrag deiner Mutter aus«, erwiderte ihr Vater. »Also laß dir etwas einfallen, wenn du nicht willst, daß sie beleidigt ist.«

Sofie überlegte fieberhaft, wie sie es anstellen konnte, ihre Mutter nicht zu verärgern. Dann fiel ihr etwas ein. »Ich hab's Paps, nächste Woche kommt doch Leo nach Berlin. Er soll das Paket für mich mitbringen. Dann hat Mama noch ein wenig Zeit, um es zu stopfen.«

Ihr Vater lachte donnernd. »Du bist mir ein gerissenes Biest. Aber gut, ich glaube, so bekommen wir sie beruhigt. Fahr vorsichtig und paß gut auf dich auf. Und Kind, vergiß ja nicht anzurufen, ansonsten hast du spätestens in drei Wochen deine Mutter vor der Tür.«

»Ja, ist in Ordnung. Und Paps, gib Mama einen dicken Kuß von mir. Ich hab' euch lieb«, sagte Sofie liebevoll.

Sie verließ ihr Büro und lief schnell hinunter zum Empfang. »Macht ihr denn überhaupt keinen Feierabend?« begrüßte sie Sven und Lena betont fröhlich. Hoffentlich durchschaute Lena die Maskerade nicht. Sie warf Lena einen aufgeräumten Blick zu. »Komm Lena, laß uns zum Abschied noch einen gemeinsamen Drink nehmen. Und Sven, wenn Sie uns begleiten möchten, würde ich mich freuen.«

»Ja ... ja ... gern ... sehr ... gern«, stotterte Sven überrascht.

Lena verdrehte die Augen und Sofie lachte. Dieses Mal war es nicht gekünstelt.

Lena übergab den Empfang an den Nachtdienst, dann gingen alle drei in die Bar. Sie setzten sich an einen kleinen Tisch und bestellten ihre Getränke.

»Nun Sven, meinen Sie, Sie kommen mit den Aufgaben zurecht, die Lena Ihnen übertragen hat?« fragte Sofie.

»Aber sicher doch.« Sofie zog eine Augenbraue hoch, und er stotterte: »Ich meine, ... ja, ich denke schon. Es unterscheidet sich ja nicht wesentlich von meiner bisherigen Arbeit. Ich verspreche, daß ich alles sehr gewissenhaft erledigen werde.« Bei diesem Satz legte er sich die Hand aufs Herz wie zu einem Schwur.

Sofie mußte über seine Theatralik lächeln. »Ja, ich glaube, wir haben eine gute Wahl getroffen.«

Nach gut drei Stunden, es war bereits nach Mitternacht, verabschiedeten sie sich von Sven. Lena und Sofie fuhren hinauf in die Penthousewohnung. Sofie ging direkt ins Bad. Sie wollte vermeiden, Lena irgendwelche Fragen beantworten zu müssen. Unter der Dusche ließ sie das heiße Wasser über ihren Körper laufen und schloß die Augen. *O mein Gott, es fühlt sich beinahe so an, als würde Erica mich streicheln,* stöhnte sie lautlos auf.

»Erica, Erica, immer nur Erica«, schimpfte sie leise. Sie nahm die Bürste und rieb sich heftig damit über die Haut, um den innerlichen Schmerz zu verdrängen, aber es gelang ihr nicht. Sie legte den Kopf an die Wand und ließ ihren Tränen freien Lauf. Nach einer halben Ewigkeit verließ sie die Dusche und rubbelte sich kräftig trocken.

Beim Eincremen träumte sie davon, daß es Ericas Hände wären, die zärtlich über ihren Körper glitten. »Verdammt noch mal!« Diesmal schimpfte sie laut. Leiser füge sie hinzu: »Das muß sofort aufhören, ich bin ja kein ganzer Mensch mehr. Ich habe eine Menge zu tun, wenn ich meinen Job gut machen möchte. Und *du*, Erica, wirst mir nicht mehr dazwischenkommen« Sie streifte sich ihr Nachthemd über und ging in den Wohnraum.

Lena saß mit einem Buch auf dem Sofa und sah hoch, als Sofie den Raum betrat. »Was ist denn los?« fragte sie vorsichtig. »Mit wem hast du geredet?«

Sofie zuckte die Schultern. »Ich weiß nicht, was du meinst. Ich denke, es ist Zeit, schlafen zu gehen.«

»Sofie?« Lenas fragender Blick schien besorgt.

»Sei mir nicht böse, Lena, aber ich würde gern diese

Nacht alleinbleiben. Ich schlafe auf dem Sofa. Das Bad ist frei, du kannst jetzt rein«, sagte Sofie in einem Ton, der keine Widerrede zuließ.

Lena wußte, wann es besser war nicht mit Sofie zu diskutieren. Also erhob sie sich und ging ins Badezimmer.

Sofie holte alles Nötige aus dem Schlafzimmer und machte es sich auf dem Sofa bequem. Das Sofa war recht breit und eignete sich hervorragend als Schlafstätte. Sie ließ sich in die weichen Polster fallen und zog sich die Decke tief ins Gesicht. *Hoffentlich werde ich schlafen können. Und hoffentlich hören diese doofen Gedanken endlich auf,* dachte sie stumm und schloß die Augen.

Mit der Dunkelheit kamen die blauen Augen zurück, und Sofie riß ihre eigenen Augen wieder auf. Sie stöhnte genervt und setzte sich aufrecht hin. »Vielleicht sollte ich mir eine Flasche Champagner gönnen oder besser noch eine Flasche Whisky.«

Lena stand an der Tür und hatte sie gehört. Ironisch sagte sie: »Wenn du schon eine ganze Flasche Whisky brauchst, dann ist bestimmt alles in bester Ordnung.«

Sofie zuckte leicht zusammen, antwortete aber nicht darauf. Sie wollte nicht reden.

Lena verstand. »Nun gut, Sofie, ich werde dich jetzt in Ruhe lassen, aber –« Weiter kam sie nicht, da das Telefon klingelte. Lena nahm ab und reichte kurz darauf Sofie den Hörer.

»Ja, Berger«, sagte Sofie. Als sie Ericas Stimme erkannte, legte sie ohne Kommentar auf. »Würdest du bitte so nett sein und das Licht ausmachen? Ich möchte schlafen.«

Lena blickte sie entgeistert an, tat aber, worum sie gebeten wurde. »Gute Nacht«, sagte sie und verließ den Wohnraum. Als sie sich ins Bett legte, hörte sie von Sofie ein leises »Danke und gute Nacht«.

Dann war alles still.

Dreimal noch klingelte das Telefon, und jedesmal, wenn Erica sich gemeldet hatte, legte Sofie ohne Kommentar auf. Sie wollte keine Entschuldigungen und auch keine Erklärungen darüber, daß Erica in einer festen Beziehung lebte. Sie wollte auch nicht hören, daß sie eine nette Abwechslung gewesen war, nein, das hatte sie schon zu oft hören müssen.

»Nein, meine Liebe, nicht mit mir. Ich werde nie wieder zulassen, daß jemand mein Herz stiehlt und sich dann vom Acker macht. Du wirst mein Herz nicht bekommen. Gott sei Dank habe ich es noch früh genug bemerkt«, flüsterte sie leise in die Dunkelheit.

Ach ja, ist das so? Sie wird dein Herz nicht bekommen? Ich lache mich tot, sie hat es doch schon längst, sagte daraufhin die andere Stimme ihres Ichs in ihr.

»Nein«, stöhnte sie auf. Und noch mal: »Nein, sie hat mein Herz nicht. Ich kenne sie doch gar nicht, wie kann sie dann mein Herz schon haben?«

Und schon wieder folgte die andere Stimme. Ja, von der Zeit her kennst du sie nicht, aber vom Gefühl her kennst du sie schon immer. Sie hat dein Herz, finde dich damit ab.

»Nein, das werde ich nicht tun. Ich werde mich nicht damit abfinden. Ich werde mir mein Herz zurückholen«, sagte sie etwas lauter. »Sie hat es nicht verdient.«

Irgendwann im Morgengrauen glitt sie langsam in einen unruhigen Schlaf. Sie träumte von Händen, von Lippen und von Champagner. Von Erica, wie sie mit ihr auf einer Decke am See lag. Der Vamp kam, und Erica zeigte mit dem Finger auf Sofie und lachte voller Hohn. Sofie rief immer wieder: »Nein, bitte tu das nicht!«

Völlig verwirrt öffnete sie noch lange vor dem Weckerklingeln ihre Augen. Erschrocken zuckte sie zurück und keuchte: »Lena, ja bist du denn völlig verrückt geworden? Mich so zu erschrecken?«

Lena hob beschwichtigend ihre Hände. »Halt, halt, ich bin nur hier, weil du so laut geschrien hast. Du hast schlecht geträumt und hast im Schlaf gesprochen und gestöhnt. Ich wußte nicht, ob ich dich wecken sollte, und als ich es versuchte, bist du hochgeschreckt und hast mich angefaucht«, erklärte Lena etwas konsterniert. »Vielleicht würde es dir helfen, wenn du darüber sprechen würdest. Mein Angebot steht. So, und nun geh' ich wieder ins Bett.« Sie drehte sich um.

»Lena, warte. Ich ... es tut mir leid. Bitte, sei nicht böse, ich möchte heute nicht darüber sprechen, es tut einfach zu weh.« Sofie schluckte.

Lena nickte. »Ist schon okay, du weißt ja, wo du mich findest, wenn du reden möchtest. Nach der Telefonaktion gehe ich davon aus, daß es etwas mit Erica zu tun hat?«

Sofie sagte nichts, und Lena ging seufzend zurück ins Bett.

Die Nacht war nicht sehr erholsam. Sofie fühlte sich wie durch den Wolf gedreht. Der Vormittag verlief in der erwarteten Hektik. Es blieb keine Zeit zum Nachdenken, und das war auch gut so. Gegen Mittag kam sie zum Empfang. Sie hatte mit Lena vereinbart, daß sie sie zum Essen abholen würde. »Wo ist Lena?« fragte sie Sven, da sie Lena nicht entdecken konnte. Sven starrte sie an, und sie wiederholte etwas ungehalten: »Hallo Sven, wo ist Lena?«

»Oh, äh, ja, Lena ... ja, sie ist kurz zur Toilette«, stotterte er.

Sofie verdrehte die Augen, heute ging er ihr gewaltig auf den Geist. Sie schloß kurz die Augen und versuchte sich zu beruhigen. *Jetzt erst einmal tief durchatmen und dann freundlich ein Danke entgegnen. Er kann nichts dafür, daß du dich beschissen fühlst.* Sie drehte sich zum Restaurant um. »Danke. Sagen Sie ihr, daß ich im Restaurant auf sie warte.« Sie ging ins Restaurant und setzte sich in die hinterste Ecke.

Der Kellner kam und lächelte sie erfreut an. »Frau Berger, das ist aber schön, daß Sie uns noch einmal besuchen. Darf ich Ihnen die Karte bringen?«

Sofie lächelte freundlich, obwohl es ihr schwerfiel. »Ja gern, ich warte aber noch auf Lena.«

Einige Minuten später stieß Lena zu ihr. »Puh, was für ein Tag«, stöhnte sie und ließ sich auf einen Stuhl fallen.

»Ja, das ist wohl wahr, und er ist noch nicht vorbei«, erwiderte Sofie.

»Wann fahren wir los?« Lena studierte die Karte, die der Kellner gebracht hatte.

»Ich denke, so gegen vier. Dann müßten wir abends spätestens gegen acht dasein. Es sind ja nur knapp dreihundert Kilometer.«

Lena wurde einer Antwort enthoben, da der Kellner gerade an ihren Tisch kam. Sie gaben ihre Bestellungen auf.

»Ich glaube, so langsam beginnt doch das Lampenfieber«, grinste Lena.

Sofie versuchte ein Lächeln, aber es mißglückte ihr. »Ja, bei mir auch. Wollen wir mal hoffen, daß alles so läuft, wie wir uns das gedacht haben. Viel Zeit bleibt uns ja nicht.«

Nachdenklich blickte Lena auf den Tisch, dann wieder auf Sofie. »Meinst du, du kommst damit klar?«

Sofie sah Lena überrascht an. »Womit? Mit den Leuten dort? Warum nicht? Ich bin ja auch mit den Leuten hier klargekommen.«

Lena schüttelte den Kopf und zwang Sofie, ihr in die Augen zu sehen. »Du weißt, was ich meine. Meinst du, du hast deine Gefühle so im Griff, daß es deine Arbeit nicht belasten wird? Du hast dir da eine sehr große Verantwortung an Land gezogen. Wenn du dieses Baby retten willst, dann mußt du deine ganze Kraft in die Arbeit legen. Ist dir das klar?«

Sofie verzog das Gesicht. »Mein Gott, Lena, bist du in Psychologie geschult worden, oder was ist mit dir los? Klar weiß ich, daß ich mir keine Ablenkungen erlauben darf, wenn ich es schaffen möchte, diesen Kasten wieder an Land zu bringen. Mach dir mal keine Sorgen. Das bekomme ich schon hin. Schließlich bin ich kein kleines dummes Mädchen, das nicht weiß, wo es langgeht.«

Lena ließ sich nicht so leicht ins Bockshorn jagen. »Natürlich weiß ich, daß du was auf dem Kasten hast«, sagte sie, betrachtete Sofies Gesicht aber weiterhin zweifelnd. »Und ich bin davon überzeugt, wenn es einer schaffen kann, dann sicherlich du. Ich wollte ja nur . . . Ach, ist ja auch egal.«

Sofie sah Lena liebevoll an. »Das ist wirklich süß von dir. Danke, ich weiß es zu schätzen, dich als Freundin zu haben. Ganz sicher, das darfst du mir glauben.«

Lenas Wangen überzog eine leichte Röte. Sofies Kompliment machte sie verlegen.

»Frau Berger?« sprach der Kellner sie an.

Sofie sah auf. »Ja?«

»Ein Telefongespräch für Sie.« Er reichte ihr das Telefon und entfernte sich wieder.

Sofie flüsterte Lena zu: »Bestimmt van Geiken.« Sie meldete sich. »Ja bitte, Berger am Apparat.«

»Sofie, bitte . . .«, drang es durch die Leitung, »bitte, leg nicht wieder auf. Ich muß . . .«

Sofies Gesichtsausdruck verwandelte sich innerhalb von Sekunden in eine starre Maske. »Was willst du noch? Ich habe dir gesagt, daß ich keinen Bedarf habe, mir irgend etwas anzuhören.« Sie legte ohne eine Antwort abzuwarten auf.

Lena schaute sie an, sah die Qual in ihrem Gesicht und konnte es kaum ertragen, ihre Freundin so leiden zu sehen. »Sofie . . . sprich mit mir«, sagte sie fast flehend.

Sofie stand auf. »Ach weißt du, ich habe keinen Hunger. Ich werde weitermachen. In knapp zwei Stunden fahren wir.« Sie drehte sich um und verließ das Restaurant. Sie wartete nicht auf Lena, sondern ging mit ihrem schnellen Schritt zum Aufzug.

So schnell, wie Sofie verschwunden war, konnte Lena gar nicht reagieren. Als Lena an den Empfang kam, sah sie gerade noch, wie sich die Aufzugtür schloß. Sie schüttelte den Kopf und begab sich ebenfalls wieder an die Arbeit.

»He, was machst du schon wieder hier?« fragte Sven überrascht, als Lena sich zu ihm setzte.

»Ach, nichts weiter. Das Essen fällt heute aus. Ich bestell' mir nur ein Sandwich, und dann muß ich noch einiges erledigen. Wir fahren ja in knapp zwei Stunden«, gab Lena vage zur Antwort. Sie richtet ihre Aufmerksamkeit wieder auf den Computer.

»Mein Gott, warum läßt sie nicht locker? Warum macht mir das so zu schaffen, wenn ich ihre Stimme höre? Verdammt, was will sie noch von mir?« Sofie teilte ihre Verzweiflung nur mit der Aufzugwand. Sie hatte eigentlich in die Buchhaltung gewollt, aber kurz vorher änderte sie ihre Meinung und fuhr ins Penthouse hinauf. Am Fenster stehend versuchte sie sich zu sammeln, aber immer, wenn sie dachte, es wäre jetzt soweit, liefen ihr Tränen über die Wangen. Sie merkte sehr schnell, daß sie die Tränen nicht mehr unterdrücken konnte und ließ es einfach geschehen. Als der Tränenstrom langsam versiegte, ging sie ins Badezimmer und spritzte sich reichlich kaltes Wasser ins Gesicht. Ein Blick in den Spiegel zeigte ihr, daß ein wenig Wasser nicht helfen würde, die Spuren zu verwischen.

Sie griff nach ihrem Make-up und überdeckte alles Verdächtige, so gut sie konnte. Zum Schluß zog sie ihre Lippen nach. »Okay, auch wenn du mir gerade etwas fremd bist, so siehst du doch ganz passabel aus«, versicherte sie ihrem Spiegelbild.

Sie straffte ihre Schultern und ging in das Büro der Buchhaltung. Später wollte sie dann Smorowsky verabschieden.

Vertieft in die Buchhaltung vergaß sie für eine Weile alles und jeden, bis das Telefon klingelte. Hier in der Buchhaltung war sie nicht zuständig, also nahm sie nicht ab.

Die Buchhalterin nahm den Anruf an, sagte »Einen Moment, bitte« und reichte Sofie den Hörer. »Für Sie, Frau Berger«.

Zuerst wollte Sofie den Hörer nicht haben, aber was hätte sie der Buchhalterin sagen sollen? Also atmete sie tief durch und meldete sich, in der Hoffnung, daß es nicht wieder Erica war.

Sie atmete erleichtert aus, als sie ihren Bruder hörte. »Leo! Wie schön, daß du anrufst. Meinst du, Mama ist noch böse auf mich, daß ich so kurzfristig für eine Weile weg bin?«

Leo lachte fröhlich. »Glaub mir, auch wenn du ihr zwei Jahre vorher Bescheid gesagt hättest, würde sie sich so verhalten, wie sie es jetzt tut.«

Auch Sofie lachte. »Ja, da hast du wohl recht. Ich erinnere mich, als du zum Bund bist, da war es ja beinahe genauso.«

»Eben, und ich wollte noch nicht mal freiwillig weg.«

Sofie schaute auf die Uhr. »Warum rufst du an? Ich habe nicht viel Zeit, weil wir um vier losmüssen.«

»Ach ja, genau, ich wollte dich fragen, ob in deinem Hotel in Berlin noch ein Zimmer frei ist. Ich muß ab Dienstag zu einem Kongreß, und ich habe keine Lust, mir schon wieder ein Hotel suchen zu müssen. Da dachte ich, meine große Schwester könnte mir vielleicht dabei helfen«, schmeichelte er.

»Du bist ein Schleimer, mein Lieber, weißt du das?« neckte Sofie ihn.

»Na, aber hallo, ich darf doch wohl sehr bitten«, empörte sich Leo, aber das Lachen in seiner Stimme hob den Ernst wieder auf.

Leos Stimme löste immer liebevolle Gefühle in Sofie aus, aber heute konnte sie sich dem nicht widmen. »Hör mal, Leo, ich weiß nicht, ob da ein Zimmer frei ist, und ich weiß leider auch nicht, in welchem Zustand das Hotel ist«, sagte sie. »Es läuft zurzeit nicht gut, deswegen fahre ich hin. Der Service ist angeblich auch miserabel. Vielleicht wäre es besser, wenn du dir für deinen Aufenthalt in Berlin ein anderes Hotel suchen würdest. Bisher habe ich leider nur Negatives gehört.«

»He, große Schwester, was soll's, dann kann ich doch testen, wie der Service ist. So als Spitzel-Gast. Dafür berechnest du mir dann nicht so viel.« Sein Grinsen konnte man förmlich durch das Telefon hören.

Sofie gab nach. »Also gut, ich ruf' mal an und höre nach, ob was frei ist. Von wann bis wann?«

Leo schien wirklich erfreut. »Super, du bist die Beste. Also von Dienstag bis einschließlich Freitag.«

»Okay, ich kümmere mich darum. Jetzt habe ich noch zu tun, aber ich melde mich später bei dir. Versprochen. Mach's gut.« Dann legte sie auf. Viel Zeit hatte sie nun nicht mehr. Sie wollte aber unbedingt diese eine Buchung noch durchsehen.

Um kurz vor vier verabschiedeten Lena und Sofie sich vom Personal. Einige hatten sich im Eingangsbereich aufgestellt, um ihnen viel Erfolg zu wünschen.

Als sie endlich im Auto saßen, sagte Lena: »O Mann, ich hätte nicht gedacht, daß mich dieser Abschied so traurig machen könnte.« Verstohlen wischte sie sich eine Träne von der Wange.

Auch Sofie hatte Tränen in den Augen, als sie aus dem Parkhaus fuhren. »Ja, mir geht es auch so, aber wir sind nur für sechs Monate dort. Danach fahren wir wieder zurück in unseren alten Trott.« Aufmunternd klopfte sie Lena aufs Bein, als diese schniefte.

Doch dann atmete sie tief durch. »Wahrscheinlich werden wir sowieso keine Zeit zum Heimwehkriegen haben.«

»So ist es richtig. Immer positiv denken«, lachte Sofie.

Lena spielte am Radio herum, bis sie endlich einen Sender gefunden hatte, der ihrer Meinung nach einen wunderschönen Song spielte. Sofie seufzte, sagte aber nichts. Lena sah sie von der Seite prüfend an und suchte dann einen anderen Sender.

»Was, glaubst du, wird uns in Berlin erwarten?« fragte Lena nach einer Weile.

Sofie sah sie kurz von der Seite an und zuckte die Schultern. »Ich habe keine Ahnung. Wenn ich mich an das Gespräch mit diesem Korte erinnere, dann glaube ich, nichts Gutes. Aber lassen wir uns einfach überraschen.«

»Hoffentlich schaffen wir das alles so, wie man es von uns erwartet«, seufzte Lena. »Und hoffentlich werde ich dir wirklich eine Hilfe sein.«

»Komm schon, Lena, du warst mir in all den Jahren eine Hilfe, warum solltest du mir jetzt in dieser Situation keine sein können?« fragte Sofie und bog auf einen Rastplatz ab. Sie parkte ein und sah Lena aufmunternd an. »Wir schaffen das.« Sie stieg aus.

Lena schälte sich aus dem Auto und stöhnte auf. Sie streckte und reckte sich. »Das war auch höchste Zeit, ich bin schon ganz steif. Wie weit ist es noch?«

»Ich weiß nicht. Ich kann ja gleich mal ins Navigationssystem schauen«, sagte Sofie. »Aber erst mal ...« Sie ging schnell zur Toilette.

Sie erlöste Lena, indem sie rasch zurückkam, und Lena stürzte ebenfalls los.

Bevor Sofie in den Wagen stieg, dehnte sie ihren Rücken und ihre Arme und Beine. »Ich habe schon viel zu lange keinen Sport mehr getrieben«, sagte sie laut.

Lena war zwischenzeitlich wieder zurück und sagte anerkennend: »Wenn das so ist, dann sieht man es dir aber überhaupt nicht an. Du kannst essen, was du willst, und wiegst immer gleich viel. Aber ich, ich darf noch nicht einmal an einer Tafel Schokolade vorbeigehen – schwupps, habe ich drei Kilo drauf.«

Sofie lachte. »Wenn du dich sportlich betätigen würdest, dann –«

Lena fiel ihr ins Wort. »Hör bloß damit auf, du weißt ja, wie gern ich Sport habe. Mach du mal ruhig deinen Sport, und ich ... ich genieße die Schokolade.« Dabei schob sie sich grinsend einen Schokoriegel in den Mund.

Sofie schüttelte lachend den Kopf. »Du wirst dich nie ändern.«

Die restliche Fahrt verlief zum Teil schweigend, da jede ihren eigenen Gedanken nachhing. Zum wiederholten Male dachte Sofie an Erica, an das, was da auf dem Flughafen passiert war.

Und wieder stritten ihre zwei Stimmen sich miteinander. Die eine sagte: Was ist denn schon passiert? Eine Frau hat Erica geküßt, aber was hat Erica getan? Hat sie sie zurückgeküßt? Nein, hat sie nicht, sie hat nach dir gesehen und versucht sich zu lösen.

Ach ja, und warum hat sie es einfach zugelassen, warum hat sie sich nicht gewehrt? Sie hätte ihren Kopf wegdrehen können, und vor allem hätte sie ihren Mund nicht zu öffnen brauchen.

Jetzt wurde die erste Stimme etwas lauter. Ach ja, du hättest so einen Überraschungsangriff sicherlich viel besser im Griff gehabt, richtig?

Ja, genau, mir wäre das nicht passiert. Mich hätte keine fremde Frau einfach so küssen können.

Die andere Stimme lachte ironisch. Schon mal überlegt, daß diese Frau für Erica keine Fremde war?

Ja, verdammt, und genau das ist ja das schlimmste. Aber warum ruft sie mich ständig an? Was will sie denn noch von mir? Sie hat doch eine Frau.

Alles Denken brachte sie zu keinem Ergebnis. So langsam näherten sie sich auch der Ausfahrt. Ihr Navigationssystem begann zu sprechen und wies ihnen den Weg in die Stadt.

Lena hatte Sofie des öfteren heimlich angesehen. Aber immer, wenn Sofie kurz zu ihr schaute, tat sie so, als lauschte sie der Musik. *Ach Sofie, warum nur kannst du mir nicht anvertrauen, was mit dir los ist?* dachte Lena traurig.

»Sieh mal dort, Lena, wir sind da«, sagte Sofie in die Stille hinein.

»Donnerwetter, mitten in der Stadt.« Lena pfiff leise durch die Zähne. »Das sollte eigentlich ein guter Standort sein. Wie kann man an so einem Platz das Hotel herunterwirtschaften?«

Sehr imposant stand das Hotel auf dem Ku'damm. Es war nicht zu übersehen, und doch wirkte es, als ob ein Schatten über dem Haus läge.

»Ja, das frage ich mich auch«, nickte Sofie. »Na, dann wollen wir mal schauen, was uns erwartet. Bin auch mal gespannt, ob der Korte seinen Mitarbeitern berichtet hat, daß wir heute eintreffen. So richtig kann ich es mir nicht vorstellen.«

»Warum denkst du das?« fragte Lena.

»Na ja, er war so ... hm, irgendwie nicht ganz so ... tja, wie soll ich sagen? ... Nun, sagen wir mal, kooperativ.«

»Oje, das hast du mir bestimmt extra nicht erzählt«, stöhnte Lena auf.

Sofie mußte über die Theatralik in Lenas Stimme lachen. »Du könntest zum Theater gehen, weißt du das?«

Lena grinste sie breit an und nickte zustimmend. »Ja. Da hast du wohl recht. Und ich bleibe nur hier, damit du nicht so allein bist.« Dann rief sie: »Ah, schau, da drüben ist die Einfahrt zur Tiefgarage des Hotels. Jedenfalls steht das dort auf dem Schild.«

»Wo?« fragte Sofie suchend.

»Dort drüben, linkerhand«, zeigte Lena.

»Ah ja, ich sehe es jetzt auch.« Sofie setzte den Blinker und fuhr auf die Toreinfahrt zu. Wie erwartet war sie geschlossen. Aber es gab eine Gegensprechanlage. Sofie drückte den Knopf.

Sie warteten, aber nichts passierte. Ungeduldig trommelte Sofie mit den Fingern aufs Lenkrad und klingelte noch einmal. Auch dieses Mal tat sich nichts. Sofie hob die Augenbrauen und sah Lena an.

Lenas Mundwinkel verzogen sich ironisch. »Ist wohl der Anfang einer interessanten Aufgabe.«

Sofie schaltete den Motor aus. »Na, dann wollen wir doch mal schauen, wen wir hierfür verantwortlich machen können.« Ihr Gesichtsausdruck hatte sich verdüstert.

»Was hast du vor?« fragte Lena.

Sofie runzelte die Stirn. »Ich werde mal hineingehen und nachfragen, wie man in diese Tiefgarage kommt. Ich werde sagen, daß ich ein Zimmer benötige, mal sehen, wie mir geholfen wird.«

Lena klatschte in die Hände. »Aber nicht ohne mich, das muß ich mir anschauen!«

Beide verließen das Auto. Rasch näherten sie sich dem Eingang des Hotels. Doch bevor Sofie die Hotelhalle betrat, blieb sie kurz am Fenster stehen und beobachtete entsetzt, wie sich die Angestellten am Empfang herumlümmelten.

»O Gott, das wird ein hartes Stück Arbeit«, stöhnte sie und sah Lena skeptisch an.

Lena stimmte ihr zu. »O ja, das denke ich auch. Es wird bestimmt ein hartes Stückchen Arbeit.« Auch ihr Blick blieb an den offenbar keiner Beschäftigung nachgehenden Angestellten haften.

Sofie straffte ihre Schultern, betrat die Halle und ging zielstrebig auf den Empfang zu.

Ein Page saß auf dem Empfangstresen und kletterte nun langsam wieder herunter, nachdem ihn einer der beiden anderen Angestellten dazu aufgefordert hatte.

Sofie zog die rechte Augenbraue hoch und betrachtete die Angestellten genauer. Der Page hatte seine Ärmel hochgekrempelt und trug seine Jacke offen. Die beiden am Empfang trugen ebenfalls die anscheinend allgemeine Hauskleidung, sehr leger. Keine Krawatte und halboffenes Hemd. Ein Jackett hing lässig über einer Stuhllehne.

Einer der beiden rauchte eine Zigarette und grinste frech.

»Guten Abend, die Damen. Was können wir für Sie tun?« fragte er süffisant.

Sofie blickte ihn streng an. »Mein Name ist Berger. Wir haben die Suite gebucht«, sagte sie scharf.

Hätte der junge Mann sie gekannt, hätte er gewußt, daß bei diesem Tonfall mit Sofie nicht mehr zu spaßen war, aber er kannte sie nicht und grinste nur schief. »Welche Suite? Und wo haben Sie gebucht?« Er warf einen flüchtigen Blick in den Computer. »Ich kann Sie nicht finden.«

Lena mußte sich die Hand vor den Mund halten, um nicht loszulachen, und drehte sich schnell weg, damit die Männer das nicht mitbekamen. *So, wie ich Sofie kenne, wird es gleich mächtig knallen,* grinste sie in sich hinein. Sie beobachtete Sofie sehr interessiert, allerdings nahm sie auch wahr, daß die beiden Angestellten sich ebenfalls zu amüsieren schienen.

Sofie mußte sich zwingen, nicht laut zu werden, und lächelte übertrieben freundlich, während sie sich leicht über die Empfangstheke beugte. Sie ignorierte den Angestellten mit der Zigarette und schaute den anderen an. »Wie heißen Sie?« fragte sie gefährlich leise.

Der junge Mann schluckte und sah unsicher zu seinem Kollegen mit der Zigarette hinüber.

Sofies Lächeln verschwand. »Ich habe gehört, dieses Hotel sei ein Nichtraucher-Hotel. Habe ich da etwas falsch verstanden, oder gilt das nur für die Gäste?«

Der Raucher drückte etwas unsicher seine Zigarette aus und sah sie herausfordernd an.

Sofie wandte sich erneut gespielt liebenswürdig an den Nichtraucher. »Würden Sie mir nun Ihren Namen verraten?«

Er wippte unruhig mit dem rechten Fuß. »Kaiser.«

»Ah, Herr Kaiser. Ich dachte schon, Sie hätten überhaupt keinen Namen«, bemerkte Sofie ironisch, und an den anderen gewandt fragte sie: »Und Sie heißen?«

»Jahn«, erwiderte dieser unwillig.

»Wie schön, da haben die Herren also doch Namen. Dann werde ich mich Ihnen jetzt noch einmal vorstellen. Ich bin Sofie Berger. Und das ist meine Assistentin Lena Küppers. Wir kommen aus Hamburg. Und nach dieser langen Fahrt hätte ich gern mein Auto irgendwo geparkt. Wie, bitte, komme ich in die Tiefgarage?« Sie schaute sich kurz in der Halle um. »Und wo finde ich den Manager dieses Hotels?«

Lena konnte sich kaum noch beherrschen und hüstelte rasch. Sofie drehte sich zu ihr um und sah sie streng an, zwinkerte ihr aber heimlich zu.

»Wieso Tiefgarage?« fragte Kaiser.

Sofie wiederholte seine Frage gereizt. »Wieso Tiefgarage? Was glauben Sie? Ich würde gern meinen Hubschrauber irgendwo parken. Ich habe auf die Gegensprechanlage gedrückt, aber ich wurde von niemandem gehört.«

»Den Hubschrauber?« fragte Kaiser verwirrt.

Jahn ließ sich nicht so leicht irritieren und antwortete lässig: »Ach so, ja, die Anlage ist kaputt. Sie können da sowieso nicht parken, das Tor geht überhaupt nicht mehr auf. Sie müssen Ihr Auto in der Seitenstraße parken.«

Sofie fuhr sich mit der Hand über die Augen und sagte in einem strengen Ton, der keine Widerrede zuließ: »Interessant. Das wäre es also mit der Tiefgarage. Und wo ist der Manager?«

»Wieso? Was kann ich denn dafür, wenn das dämliche Tor klemmt?« erwiderte Jahn gereizt.

Sofie schlug mit der Hand auf den Tisch, und alle zuckten erschrocken zusammen, selbst Lena. Jetzt war Sofies Stimme nicht mehr freundlich. »Das reicht jetzt. Ich glaube das einfach nicht. Was glauben Sie, was Sie hier machen? Was ist Ihr Job? *Wie werde ich am schnellsten Kunden los*, oder wie? Sie rufen jetzt auf der Stelle den Manager!«

Etwas kleinlaut gab Kaiser zu: »Ich weiß nicht, wo er ist. Er wollte schon längst wieder hiersein.«

Sofie atmete tief durch. »Wissen Sie, wer ich bin?«

»Nö«, sagten beide wie aus einem Mund.

Sofies Lippen bildeten nur noch einen schmalen Strich. »Er hat ja wohl ein Handy?«

»Ähm, ja. Hat er.«

»Wie schön. Haben Sie die Nummer?« Sofie war kurz davor zu explodieren.

»Ja, irgendwo . . .«, sagte Jahn und steckte sich eine neue Zigarette in den Mund.

Jetzt herrschte Sofie die beiden richtig an. »Ja, verdammt noch mal, dann suchen Sie den Zettel und rufen Sie ihn an! Sofort! Und die Zigarette stecken sie wieder weg!«

»He, schon gut, ja? Bleiben Sie mal locker«, sagte Jahn und zündete das Feuerzeug an. Doch ein Blick in Sofies Augen veranlaßte ihn, das Feuerzeug sinken zu lassen und die Zigarette auf den Tisch zu legen.

Kaiser hielt sich im Hintergrund, er schien etwas mehr Respekt zu haben. Aus den Augenwinkeln sah Sofie, wie er sich seine Jacke überzog und sein Hemd zuknöpfte.

Auch Lena registrierte das und machte sich in Gedanken ein paar Notizen. Jahn ist der Aufmüpfige und Kaiser der, den man eventuell noch formen kann. Na, mal sehen, der Page, hm, das ist ein Schludrian, aber vielleicht geht das mit ihm auch noch.

Sofie sagte zu Kaiser: »Wären Sie bitte so freundlich und würden einen Techniker rufen, der das Tor öffnen kann?«

Er sah hilflos zu seinem Kollegen, und dieser schüttelte leicht den Kopf.

Diese Geste blieb Sofie nicht verborgen. Sie sah ihn streng an. »Jetzt sofort.«

Kaiser griff sich das Telefon, doch bevor er wählen konnte, sagte Jahn: »Wer sind Sie, daß Sie uns Befehle geben können? Ich habe Ihnen doch gesagt, das Tor ist defekt, und Sie müssen draußen parken.«

Also gut, was zuviel ist, ist zuviel, dachte Lena und mischte sich in das Gespräch. »So, meine Herren, das reicht jetzt.

Ich darf Ihnen Ihre neue Vorgesetzte, Frau Sofie Berger, vorstellen. Und wenn Sie noch einen Funken Verstand haben, dann sollten Sie tun, was Sie Ihnen gesagt hat.« Lenas erhobene Stimme klang gereizt.

Sofie drehte sich zu ihr um und sah sie überrascht an. Doch bevor sie etwas sagen konnte, winkte Lena ab. »Es reicht einfach, ich habe keine Lust mehr, möchte etwas trinken und mich setzen. Und außerdem würde ich gern mein Zimmer beziehen, ich bin müde.«

»Das kann ja jeder behaupten, ich weiß nix von einer neuen Chefin, und wenn es so wäre, wäre der Korte doch bestimmt hier. Oder wie siehst du das?« Jahn wandte sich an seinen Kollegen.

Dieser nickte etwas unsicher und sagte scheu: »Aber wenn es wahr ist? Ich rufe mal den Techniker an, damit er sich um das Tor kümmert.«

»Sehr weise, mein Freund«, sagte Sofie und zu Jahn: »Und Sie sollten jetzt Herrn Korte anrufen.«

Jahn nahm unwillig das Telefon in die Hand. Nach einigen Freizeichen nahm jemand ab, und er sagte: »Hi Chef. Sorry, wenn ich störe, aber hier stehen zwei Frauen, und die eine behauptet, sie wäre unsere neue Chefin.« Er lauschte einen kurzen Moment, und seine Gesichtsfarbe veränderte sich in wenigen Sekunden. »Ich glaube, der Name war Berger«, flüsterte er, aber immer noch laut genug, daß Sofie es mitbekam.

Sie beugte sich erneut über den Tresen und nahm Jahn den Hörer aus der Hand. Gefährlich ruhig sagte sie: »Berger hier. Ich gehe davon aus, daß Sie in den nächsten fünf Minuten hiersein werden. Andernfalls brauchen Sie gar nicht mehr zu kommen.« Dann legte sie auf und sah sich in der Halle um. Sehr einladend sah es hier nicht aus. Kein Wunder, daß die Gäste ausblieben. An Lena gewandt sagte sie: »Komm, wir gehen mal ins Restaurant.«

»Das ist geschlossen«, stotterte Kaiser nervös.

Sofie drehte sich abrupt um. »Wie – geschlossen?«

»Na ja, wir haben ja keine Gäste hier, und dann brauchten die Küchenleute nicht zu kommen, sie sind alle in Urlaub.«

»Was ist mit der Bar?« fragte Sofie.

»Ja, da ist jemand da«, sagte er scheu.

»Was ist mit den Zimmermädchen? Roomservice? Schwimmbad?« fragte Sofie. Obwohl sie die Antwort eigentlich kannte.

Wie zu erwarten, schüttelte er den Kopf.

Sofie atmete tief durch und ging in die Bar. Auch hier sah es nicht wirklich einladend aus. »Mein Gott, Lena, hättest du mit so etwas gerechnet? Das ist ja noch schlimmer, als ich es mir in meinen kühnsten Träumen ausgemalt habe. Ich werde das Hotel für einige Wochen schließen müssen, damit wir es wieder begehbar machen können. Aber einen Verlust werden wir dadurch sicherlich nicht einfahren.« Ihre Stimme triefte vor Ironie.

»Nein, ich habe mit allem gerechnet, aber ganz sicher nicht damit.« Sie bestellten sich einen Drink, und der Kellner brachte die Gläser mit einem freundlichen Lächeln an den Tisch.

Sofie sah Lena an und beide lachten, als der Kellner wieder zur Theke ging. »Ist das nicht verrückt? Der erste in diesem Hotel, der weiß, wie man seinen Job macht«, sagte Sofie ironisch.

Es dauerte länger als fünf Minuten, aber dann betrat der Manager, zumindest nahm Sofie an, daß er es war, die Bar und ging direkt auf den Tisch von Sofie und Lena zu. Er schien nicht besonders freundlich.

»Was fällt Ihnen ein, so mit mir zu reden? Und dann einfach den Hörer aufzulegen?« giftete er die Frauen an.

Sofie zog eine Augenbraue hoch und sah ihn abschätzend an. Dann setzte sie ein ironisches Lächeln auf und reichte ihm die Hand. »Herr Korte, nehme ich an. Wie nett, daß

Sie vorbeischauen«, sagte sie. »Ich bin Sofie Berger«, sie wies auf Lena, »meine Assistentin Lena Küppers.«

»Wie ich gehört habe, haben Sie meinen Mitarbeitern einen ganz schönen Schrecken eingejagt«, lächelte er herablassend.

Sofie faltete ihre Hände auf dem Tisch und sah ihn durchdringend an. »*Ihren* Mitarbeitern? Ich dachte, Herr van Geiken hätte Ihnen gesagt, wer hier für wen zuständig ist.« Ihre Worte peitschten regelrecht aus ihrem Mund.

Beim Klang ihrer Stimme zuckte er leicht zusammen, aber er blieb bei seiner arroganten Haltung. »Aber sicher hat er das. Sie sind ab sofort der Boss, und ich muß tun, was Frauchen sagt. Jedenfalls für die nächsten Monate.« Er setzte sich an den Tisch und bestellte einen Whisky.

Sofie atmete innerlich tief durch und sagte mit einem sarkastischen Lächeln: »Das ist schön, daß Sie das wissen. Dann wird es Ihnen sicherlich auch leichtfallen, alle Mitarbeiter des Hotels für morgen früh um zehn Uhr zu einer Dienstbesprechung einzuberufen.«

Er lachte ungläubig auf. »Wie soll das denn gehen? Die haben doch alle Urlaub. Woher soll ich denn wissen, ob die zu Hause sind? Außerdem ist morgen Sonntag.«

Sofie erhob sich und sah auf ihn hinunter. »Das, mein Lieber, ist nicht mein Problem. Morgen früh Punkt zehn Uhr. Jeder, der nicht kommt, ist entlassen. Und wenn Sie jetzt die Güte hätten, mich zu Ihrem Büro zu begleiten, wäre ich Ihnen sehr dankbar. Ich möchte mir einen ersten Eindruck verschaffen.«

Sie wandte sich an Lena. »Lena, du schnappst dir einen von den Jungs und läßt dir die Penthousewohnung zeigen. Ich hoffe, daß es dort nicht zu schmuddelig ist.«

Der Manager stand ebenfalls auf. »Was wollen Sie in meinem Büro?« fragte er verständnislos.

Sofie zog die Augenbraue hoch und sagte erstaunt: »Was glauben Sie? Ich möchte gern die Personalakten und die

Wochenpläne sehen, damit ich mir ein Bild über das Personal machen kann.«

Sie standen sich feindselig gegenüber, und Lena stellte sich zwischen die beiden. »Ich denke, Herr Korte, Sie haben eine klare Anweisung von Herrn van Geiken erhalten, und nun sollten Sie uns auch unsere Arbeit machen lassen. Ich gehe jetzt ins Penthouse und schaue mich ein wenig um.« Sie verließ die Bar und ging auf den Empfang zu.

»Was bildet diese Person sich ein, mir Befehle zu erteilen?« schnaufte Korte verächtlich.

Sofie reagierte nicht auf diese Frage. Sie drehte sich einfach um und verließ ebenfalls die Bar. Korte zögerte einen Moment, folgte ihr dann jedoch auf dem Fuße.

Sein Büro lag im Erdgeschoß, gleich gegenüber vom Empfang. Auch die Buchhaltung war im Erdgeschoß untergebracht und lag gleich neben dem Büro des Managers. Widerstrebend öffnete er die Tür und ließ Sofie eintreten.

Sofie blieb vor dem Schreibtisch stehen und wartete. Als er sich endlich hinter den Schreibtisch gesetzt hatte und den Rechner hochfuhr, setzte Sofie sich ebenfalls. Es standen zwei lederbezogene Stühle direkt vor dem Schreibtisch. Erstaunt bemerkte Sofie, daß sie ganz bequem waren.

Sie wartete, bis er ihr die Liste mit den Namen gegeben hatte. Insgesamt waren es dreißig Mitarbeiter, die dieses Hotel beschäftigte. Eine stolze Zahl bei nur knapp achtzig Betten auf drei Etagen. Das Hotel war wesentlich kleiner als das in Hamburg.

Sofie überflog die Listen. »Sie wollen mir nicht wirklich erklären, daß Sie sechsundzwanzig Mitarbeiter in den Urlaub geschickt haben, und das bei vollem Verdienstausgleich?« fragte sie drohend, aber auch ungläubig. So schlimm hatte sie es sich nicht vorgestellt.

Korte warf einen süffisanten Blick auf sie. »Ich bin der Manager, und das Hotel steht praktisch leer. Die Leute sollen sich auch einmal etwas gönnen.«

Auf unsere Rechnung? dachte Sofie. Sie beherrschte ihren Zorn, das würde im Moment nichts bringen. »Würden Sie jetzt bitte so freundlich sein und mir die Personalakten geben?« fuhr sie fort. »Und dann dürfen Sie sich ans Telefon begeben und *Ihre* Mitarbeiter darüber informieren, daß *ich* morgen früh um zehn alle hier versammelt haben möchte. Sollte jemand nicht kommen, dann – wie bereits erwähnt – bekommt er die Kündigung per Post. Kommt jemand absichtlich zu spät, bekommt er eine Abmahnung.«

Sie stand auf und wartete auf die Akten, doch er brauchte ein paar Minuten, bis er sich anschickte, die geforderten Unterlagen zu holen. Und Sofie sah mit Genugtuung, daß seine Arroganz so langsam schwand. Endlich reichte er ihr alle Akten und wollte etwas sagen, doch Sofie hob ihre Hand. »Bitte, ich glaube, für heute haben wir genug geredet. Ich werde jetzt die Akten studieren, und Sie haben ja auch einiges zu tun.« Sie verließ das Büro.

Als sie am Empfang vorbeikam, hörte sie, wie ein Techniker versuchte mit Jahn einige Fragen zu klären, was ihm aber nicht glückte. Sie bekam nur den letzten Satz mit.

»Was ist mit dem Tor?« fragte sie.

Der Mann drehte sich um und sah sie erstaunt an. Er kratzte sich am Kopf. »Na ja, ich habe es jetzt geschafft, daß es aufgeht. Das Auto davor könnte jetzt theoretisch reingefahren werden, aber drinnen ist es stockdunkel. Ich habe gefragt, ob man das Licht einschalten könnte, aber man sagte mir gerade, daß das nicht ginge.«

Sofie sah Jahn fragend an, und er stotterte: »Ja ... ich ... ich habe keine Ahnung, wo der Schalter dafür ist. Wir haben den ja schon lange nicht mehr benutzen müssen.«

Sofie knallte die Akten auf den Tresen und ging hinter den Empfang. Sie suchte mit ihren Augen die Wand ab und öffnete die kleine Tür über dem Schlüsselbrett. Es war der Sicherungskasten, wie sich herausstellte, und sie schob zwei Schalter nach oben. Dann sah sie den Techniker an. »Wären

Sie so freundlich und würden mein Auto in die Tiefgarage fahren und direkt am Aufzug parken? Der junge Mann wird Sie begleiten und das Gepäck mit nach oben bringen.«

Beim letzten Satz sah sie Jahn an, und er nickte schnell.

Der Techniker nahm die Schlüssel und verließ die Halle.

Sofie winkte dem Pagen, der immer noch unbeschäftigt herumstand. »Kommen Sie mal her. Wie lange sind Sie schon hier beschäftigt?«

Er kam zögernd näher. »Seit zwei Jahren.« Seine Stimme klang unsicher.

»Aha. Sie halten hier bitte die Stellung, bis der Kollege wieder da ist. Ich denke, das dürfte keine zu große Aufgabe für Sie sein. Jetzt erzählen Sie mir bitte noch, wie ich zum Penthouse komme.« Sofies befehlsgewohnte Stimme ließ den Pagen zusammenzucken.

»Na ja, das Penthouse ist eigentlich eher eine Suite mit zwei Zimmern. Und es ist im dritten Stock links vom Aufzug«, gab er schüchtern Auskunft.

Sofie nickte und ging hinüber zum Aufzug. Bevor sie jedoch darin verschwand, sah sie sich noch einmal um und rief: »Ordnen Sie Ihre Kleidung!«

Augenblicklich zupfte der Page an seinem Hemd.

Als Sofie den Aufzug verließ, kamen gerade Lena und Kaiser aus einem Zimmer. Lena wies hinter sich. »Unsere Wohnung ist gleich hier vorn. Ist eine nette Suite. Also, Penthouse kann man das nun wirklich nicht nennen. Aber es war alles soweit in Ordnung. Ach ja, und Klarissa, eins von den Zimmermädchen, kam vorhin vorbei, weil sie nicht mehr zu Hause bleiben wollte. Sie ist gerade im Zimmer und richtet es für uns her.«

»Gut, in Ordnung.« *Wenigstens etwas, das funktioniert,* dachte Sofie. »Du schaust dich noch ein wenig um und machst dir Notizen von den Mängeln? Ich gehe jetzt erst mal die Personalakten durch.« Sie nickte Lena zu und begab sich in das sogenannte Penthouse.

Das Zimmermädchen schaute scheu lächelnd hoch, als Sofie eintrat. »Ich bin gleich fertig.«

Sofie ging zum Schreibtisch. »Sie wissen, wer ich bin?« fragte sie und blätterte die Akten durch, bis sie Klarissas gefunden hatte.

»Ja, Frau Lena hat es mir gerade gesagt. Ich hoffe, es ist alles zu Ihrer Zufriedenheit«, sagte das Mädchen scheu.

Sofie überflog das Blatt und konnte auf den ersten Blick nichts Negatives finden. Sie nickte vor sich hin. »Ja, danke, ich denke schon. Ach ja, und morgen früh um zehn Uhr machen wir eine außerordentliche Dienstbesprechung. Das ist eine Pflichtveranstaltung. Ich gehe davon aus, daß Sie anwesend sein werden.«

»Ja, selbstverständlich«, sagte Klarissa. Sie verabschiedete sich und verließ das Zimmer.

Zwei Stunden später seufzte Sofie auf und rieb sich müde die Augen. Es war ein anstrengender Tag gewesen, das konnte man wohl sagen. Sie ließ ihren Kopf kreisen, weil ihre Schultern so verspannt waren. Dann nahm sie den Telefonhörer und rief am Empfang an. Nach mehrmaligem Läuten meldete sich Jahn, und Sofie bat ihn knapp, etwas zu essen zu besorgen. Sie legte gleich wieder auf.

Als sie auf dem Weg ins Bad war, kam Lena ins Zimmer und stöhnte laut auf. »O Mann, bin ich fertig! Jetzt brauche ich erst mal was zu essen. Wie sieht es mit dir aus?«

Sofie lachte. »Das dachte ich mir schon, ich habe uns etwas bestellen lassen. Ich gehe schnell unter die Dusche, und dann ist das Bad für dich frei. Ach, und Lena, hast du schon gesehen? Diese Suite hat zwei Schlafzimmer. Ich nehme das rechte. Ich hoffe, du bist damit einverstanden.«

Lena ließ sich aufs Sofa fallen. »Ja klar. Kein Problem. Und laß dir ruhig Zeit beim Duschen, ich verspeise dein Essen dann gleich mit. Ich könnte einen Bären futtern, so einen Hunger habe ich mittlerweile.«

»Untersteh dich«, rief Sofie drohend und verschwand im

Bad. Sie drehte das Wasser an. Der warme Strahl ließ sie ein wenig entspannen, und sie schloß die Augen. Doch das war wohl keine so gute Idee gewesen, denn sofort kamen die Bilder von Erica wieder hoch. Sie hatte sie so gut verstecken können. Den ganzen Tag über hatte sie viel zu viel zu tun gehabt und war deshalb sicher gewesen, doch jetzt, wo ihr Körper und Geist zur Ruhe kamen, kehrten auch alle Erinnerungen zurück. Alle schönen Momente und leider auch die weniger schönen. Sie stöhnte auf. »Ach Erica, warum nur? Es hätte so wunderbar gepaßt.«

Sie war frustriert, enttäuscht und verletzt, doch auch ein anderes Gefühl machte sich in ihr breit. Die Sehnsucht nach Erica, nach ihrem Körper, ihren Händen, ihren Lippen. *Hoffentlich hört das bald wieder auf,* dachte sie stumm, und leise flüsterte sie: »Warum tut das nur so weh? Dabei kenne ich sie doch noch gar nicht so lange, das soll mal eine verstehen.«

Sie spürte, wie ihr die Tränen über die Wangen liefen. Sie war machtlos dagegen, sie konnte sie nicht aufhalten. Egal, wie oft sie sich einredete, daß es Schlimmeres gab, es änderte nichts an ihrem Gefühl.

Nach einer Weile verließ sie die Dusche und kehrte in den Wohnraum zurück. Das Essen wurde gerade gebracht, und Lenas Augen leuchteten, als sie es auf den Tisch stellte.

Sofie lachte laut auf, als Lena sich über das Essen hermachte, als habe sie schon Tage nichts mehr zu essen gehabt. Sie schaufelte sich die Nudeln in den Mund und versuchte mit vollem Mund zu reden, sah aber sehr schnell ein, daß außer einem »Umpf« nichts dabei herauskommen würde. Also schluckte sie erst einmal alles herunter. »Ich habe schon gedacht, mein Kreislauf gibt den Geist auf, das war höchste Eisenbahn.« Dann stopfte sie sich die nächste Gabel in den Mund.

Sofie amüsierte sich über Lena und wollte schon etwas sagen, als ihr Magen anfing zu knurren. Lena sah erschrocken auf und beide fingen gleichzeitig an zu lachen. Dann machte sich auch Sofie über ihr Essen her.

»Mann, bin ich müde und satt«, seufzte Lena nach zehn Minuten selig.

»Ja, ich auch«, sagte Sofie und gähnte herzhaft.

Lena streckte sich und stand dann auf. »Ich glaube, ich gehe jetzt erst einmal unter die Dusche.«

Sofie nickte. »Ja, mach das, ich gehe schon mal ins Bett. Morgen wird bestimmt ein harter Tag.«

»Ganz bestimmt«, meinte Lena und verschwand durch die Tür.

Sofie stand auf und machte das Licht aus, dann ging sie zu ihrem Schlafzimmer hinüber. Aus Gewohnheit legte sie sich auf die linke Seite. Die Nachttischlampe ließ sie brennen, damit sie Lena noch gute Nacht sagen konnte. Sie kuschelte sich ins Kissen und wickelte sich die Decke um den Körper. Bevor sie sich richtig entspannen konnte, klingelte das Telefon. Müde nahm sie den Hörer ab. »Ja bitte?«

»Es tut mir leid, Frau Berger, aber da ist ein Anruf für Sie. Ich wollte nicht –«, stotterte Kaiser.

»Schon gut. Stellen Sie durch«, fiel ihm Sofie ins Wort.

Es klickte zweimal, dann vernahm sie Ericas leicht rauchige Stimme. »Sofie? Bist du dran?«

Sofie atmete tief durch, bevor sie antwortete. »Was willst du? Was ist daran falsch zu verstehen, wenn ich sage, laß mich in Ruhe?«

»Oh, Gott sei Dank. Bitte leg nicht wieder auf.« Ericas Stimme flehte sie an.

Sofie wiederholte ihre Frage. »Was willst du?«

»Sofie. Es tut mir so leid, aber ich kann dir das erklären. Bitte, gib mir die Chance, es dir zu erklären.«

»Was willst du erklären? Daß du verheiratet bist, es aber vergessen hast mir zu erzählen? Und daß es ganz nett und abwechslungsreich mit mir war? Oder was?« fragte Sofie bissig.

»Ich weiß, wie es für dich ausgesehen haben muß, aber es ist nicht so. Wirklich nicht. Bitte, Sofie, du mußt mir glauben«, verteidigte sich Erica.

»Ja, ist klar, es ist nie so, wie es zu sein scheint. Für wie blöd hältst du mich eigentlich?« Sofie wurde richtig wütend und laut.

»Verdammt, Sofie. Ich halte dich überhaupt nicht für blöd. Hör zu, ich gebe ja zu, daß ich verheiratet bin, aber . . .«, erwiderte Erica stockend.

»Ach, jetzt doch? Was willst du dann von mir? Hat es dir wenigstens Spaß gemacht, mich zum Narren zu halten?« Sofies Stimme zitterte, und sie wußte, daß sie es nicht mehr lange aushalten würde, nicht zu heulen.

Sie knallte den Hörer auf die Gabel und schluchzte laut auf. Sie konnte es nicht ertragen. Erica hatte zugegeben, daß sie mit dieser Frau verheiratet war. Mehr hatte Sofie nicht mehr hören können, weil sich nur noch ein Rauschen in ihren Ohren befand.

Sie drehte sich auf den Bauch und vergrub ihr Gesicht in das Kissen. Tränen liefen ihre Wangen herunter und versickerten im Stoff, und sie flüsterte leise, immer und immer wieder: »Ich hasse dich, ich hasse dich, ich hasse dich!« Dabei schlug sie mit der Faust im gleichen Takt auf die Matratze ein.

Lena kam aus dem Bad und sah nur Sofies Rücken. Sie nahm wahr, daß sie am ganzen Körper zitterte, und setzte sich zu ihr auf die Bettkante. Langsam streichelte sie ihr liebevoll über den Kopf. »Meine arme Sofie«, sagte sie leise. »So schlimm? Möchtest du darüber reden?«

Sofie schüttelte den Kopf und vergrub sich noch tiefer in die Kissen.

Lena legte sich neben sie und zog sie einfach in ihre Arme. Sofie ließ es geschehen. Sie hatte keine Kraft mehr, sich gegen irgend jemanden oder irgend etwas zu wehren.

Lena sagte nichts mehr und hielt sie einfach nur fest. Als

Sofies Atem langsamer und gleichmäßiger wurde, lächelte sie und flüsterte: »Ja, schlaf nur, dann tut es nicht mehr so weh.«

Das Dröhnen des Weckers ließ Lena ein Auge öffnen. Langsam schielte sie mit dem zweiten Auge zur Seite, aber Sofie war nicht mehr da. Sie schloß ihre Augen wieder und wartete darauf, daß sie endlich wachwerden würde.

Als sie gerade wieder ins Land der Träume absinken wollte, kam Sofie ins Zimmer und rief fröhlich: »He Schlafmütze! Los, raus aus den Federn! Wir haben viel zu tun!«

»Igitt, bist du schrecklich gut gelaunt«, brummte Lena und zog sich das Kissen über den Kopf.

Sofie lachte und sprang aufs Bett. Sie fing an Lena zu kitzeln, und Lena schnappte nach Luft. Sie flehte: »Bitte Sofie, hör auf, ich kann nicht mehr – und das am frühen Morgen.«

»Ich höre nur auf, wenn du auch aufstehst«, lachte Sofie munter.

»Erbarmen, ich stehe auf«, rief Lena verzweifelt und krabbelte aus dem Bett.

Sofie rief ihr hinterher: »Ich gehe schon mal nach unten. Mal schauen, ob wir etwas zum Frühstück bekommen.«

Lena winkte nur und stapfte ins Bad.

Lächelnd verließ Sofie das Zimmer. Sie wollte nicht Trübsal blasen, sondern nach vorn schauen. Ihr Lächeln gefror, als sie durch das Treppenhaus ging und sah, wie die Farbe von den Wänden blätterte. Sie mußten hart arbeiten, damit das Hotel wieder auf Kurs kam, das wurde ihr erschreckend klar.

Sie brauchte all ihre Kraft, um diesen Job gut zu machen. Da konnte sie sich nicht mit Erica auseinandersetzen, das würde sie nur ablenken. Sie mußte Prioritäten setzen. Am besten sofort.

Als sie das Treppenhaus verließ, blieb sie kurz stehen. Sie straffte ihre Schultern, und ihre Absätze klapperten energisch, als sie auf den Empfang zuging. »Guten Morgen. Können wir ein Frühstück bekommen?«

»Ja, Frau Berger«, erwiderte Martin Kaiser scheu. »Ich habe im Restaurant einen Tisch für Sie und Frau Küppers decken lassen.«

Sofie sah ihn überrascht an. Doch dann nickte sie. »Danke.«

Sie ging ins Restaurant und fand tatsächlich den für zwei Personen eingedeckten Tisch vor. Nachdem sie sich gesetzt hatte, kam ein Kellner mit Kaffee an ihren Tisch. Er verbeugte sich kurz und goß ihr eine Tasse ein.

Sofie nickte und führte die Tasse an die Lippen. »Hmm«, rutschte es ihr überrascht heraus. Und laut sagte sie an den Kellner gerichtet: »Der Kaffee schmeckt aber gut.«

Er lächelte und entfernte sich wieder.

Kurz darauf kam Lena an den Tisch und setzte sich. »He, wie hast du es geschafft, so einen gedeckten Tisch zu organisieren?« Sie griff nach einem Brötchen.

Sofie versuchte mit vollem Mund zu antworten und brachte nur Bruchstücke heraus. »Mph, Kaiser.«

Lena lachte. »Kaiser? Ach ja, ich verstehe, Kaiser hat das organisiert.«

Sofie nickte und kaute weiter an ihrem Brötchen. Der Kellner kam und schenkte auch Lena einen Kaffee ein.

»Hmm, der ist aber lecker«, bemerkte auch Lena überrascht.

Der Kellner strahlte sie an und schien sich über das Lob richtig zu freuen.

»Ist alles klar mit dir?« fragte Lena vorsichtig.

»Ja, ist es. Tut mir leid wegen gestern abend. Ich möchte aber jetzt nicht darüber sprechen«, sagte Sofie ernst.

Lena nickte nur und biß in ihr Brötchen.

Nach dem Frühstück ging Sofie noch einmal nach oben. Sie rief ihren Bruder an. »Leo, mein Lieber. Es tut mir schrecklich leid, aber wir können hier zur Zeit keine Zimmer vermieten. Dieses Hotel ist eine einzige Katastrophe. Ich muß es erst einmal für einige Wochen schließen, um es wieder flottzumachen.«

»Oh, das ist aber schade. Und du meinst, es geht gar nicht?« versuchte Leo es noch einmal.

Sofie lachte. »Nein, wirklich nicht. Sei nicht böse. Als Entschädigung werde ich einen Abend mit dir essen gehen.«

»Na gut, aber nur, wenn du bezahlst«, lachte ihr Bruder in den Hörer.

»Auch das, du Schwerenöter. Meld dich, wenn du in Berlin bist.« Sofie verabschiedete sich und legte lächelnd den Hörer auf die Gabel zurück.

Dann nahm sie die Personalakten und verließ das Zimmer wieder.

Lena stand am Empfang und sprach mit Martin Kaiser. Sofie ging auf die beiden zu. »Ich gehe schon zum Konferenzraum.«

»Ja, ist gut, ich komme gleich nach«, nickte Lena.

Kurz vor zehn trafen sich Lena und Sofie im Konferenzraum. Sofie legte sich die Akten zurecht, und Lena stellte die Stühle so, daß Sofie einen guten Überblick über die Angestellten hatte. Nachdem alles hergerichtet war, sagte Sofie: »Na, da wollen wir mal schauen, was der heutige Tag für uns bereithält.«

Lena grinste: »Oh, Überraschungen hält dieses Haus ja anscheinend reichlich bereit. Ach, noch etwas, Sofie. Dieser Kaiser scheint ganz vernünftig zu sein.«

»Ach ja?« Sofie zog eine Augenbraue hoch. Dann nickte sie. »Das dachte ich auch schon heute morgen, als er dafür gesorgt hatte, daß wir an einem gedeckten Tisch frühstücken können.«

Lena schien noch etwas sagen zu wollen, wandte sich dann aber ab und richtete noch einmal die Stühle.

Um Punkt zehn Uhr versammelten sich alle Angestellten

im Konferenzraum. Sofie stand am Tisch und wartete, bis alle sich gesetzt hatten. Lena stand neben ihr. Der dritte Stuhl sollte für Felix Korte sein. Aber er blieb erst einmal leer.

Sofie sah auf die Uhr und runzelte die Stirn. An Lena gewandt fragte sie leise: »Hast du Jahn und Korte gesehen?«

Lena schüttelte den Kopf und sah sich im Raum um.

Langsam kehrte Ruhe ein, alle warteten gespannt, was nun passieren würde.

»Guten Morgen zusammen. Mein Name ist Sofie Berger, meine Assistentin, Frau Lena Küppers.« Sofie deutete auf Lena. »Wie Sie wissen, geht es diesem Hotel nicht besonders gut. Ich bin von der Zentrale abgeordnet worden, um zu schauen, ob wir das Hotel aus den roten Zahlen holen können. Ich freue mich, daß Sie heute, am Sonntagmorgen, alle hier erschienen sind. Leider weiß ich nicht genau, was in den letzten Monaten mit diesem Hotel geschehen ist. Doch ich hoffe, daß ich mit Ihrer Hilfe schlauer werde.« Sie griff nach einem Blatt. »Da ich Sie nicht kenne, werde ich jetzt erst einmal eine Anwesenheitsliste führen, um zu sehen, wer fehlt.«

Ein Raunen ging durch die Menge, doch Sofie ignorierte es. Sie begann jeden einzelnen Namen aufzurufen, und die anwesenden Mitarbeiter meldeten sich.

Außer Korte und Jahn fehlten noch zwei weitere Mitarbeiter – ein Zimmermädchen und ein Koch. Doch diese beiden wurden dadurch entschuldigt, daß sie sich zurzeit nicht in Berlin aufhalten würden, mit Genehmigung des Chefs.

Sofie ließ sich nicht anmerken, was sie davon hielt. »Nun, da wir die Anwesenheit geklärt haben, möchte ich mit Ihnen die Wochenpläne durchgehen«, fuhr sie fort. »Die sehen in den nächsten Wochen etwas anders aus, als Sie es gewohnt sind. Zur Zeit ist es nicht möglich, den normalen Hotelbetrieb wieder aufzunehmen.« Sie schaute in wenig überraschte Gesichter. Den meisten hier war wohl klar, daß man ein Hotel nicht so führen konnte, wie es in letzter Zeit geschehen war. »Wie Sie ja selbst sehen können, ist das Haus in keinem guten Zustand. Oder besser ausgedrückt, ziemlich heruntergekommen. Wir werden einige Renovierungsarbeiten leisten müssen, damit sich die Gäste sowie auch Sie als Mitarbeiter hier wieder wohlfühlen können.« Raunen und zustimmendes Nicken.

»Das war schon lange fällig«, hörte sie von der Seite.

»Da haben Sie recht«, stimmte Sofie zu, auch wenn sie den Sprecher nicht genau gesehen hatte. *Jetzt kommt der schwierige Teil,* dachte sie. »Wir werden das Haus für etwa zwei Wochen schließen«, nun wurde das Raunen lauter, und Stühle wurden gerückt, »in der Hoffnung, mit dem renovierten Hotel neu anfangen zu können«, fuhr sie schnell fort. Sie warf einen Blick über die versammelten Angestellten, versuchte jeden persönlich anzusprechen. »Mag sein, daß das, was ich von Ihnen erwarte, über Ihren Arbeitsvertrag hinausgeht. Aber da dieses Hotel kurz vor der Schließung steht und somit Ihre Arbeitsplätze auf dem Spiel stehen, rechne ich mit Ihrer vollen Unterstützung. Mit Ihrer Hilfe kann ich das Hotel wieder flottmachen. Es stehen mir dabei allerdings nur begrenzte finanzielle Mittel zur Verfügung, also kann ich leider nicht ausschließlich externe Firmen mit der Renovierung beauftragen.«

»Was soll das denn heißen?« wagte sich jemand irritiert mit einer Frage vor.

»Wir werden wohl selbst den Pinsel in die Hand nehmen müssen«, erklärte sie trocken. Sie warf noch einmal einen Blick über die versammelte Mannschaft. »Selbstverständlich kann ich Sie nicht zwingen. Ich möchte Sie daher noch einmal darauf hinweisen, daß es zum derzeitigen Zeitpunkt fraglich ist, ob Ihr Arbeitsplatz auch weiterhin gesichert ist. Es liegt mir fern, Sie unter Druck zu setzen, doch leider ist die Lage unseres Hotels alles andere als rosig.«

Betretene Gesichter schauten sie an, die Fragen waren verstummt.

Sofie lächelte aufmunternd. »Es ist noch nicht aller Tage Abend«, sagte sie. »Wir haben noch die Möglichkeit, das Steuer herumzureißen – wenn wir uns anstrengen.« Enthusiastisch begann sie den Mitarbeitern zu erläutern, was für einen Plan sie entwickelt hatte und was sie von jedem einzelnen erwartete.

Gegen halb zwölf erschien Felix Korte im Konferenzraum und lächelte sie arrogant an. »Guten Morgen«, sagte er ironisch.

Sofie zog eine Augenbraue hoch, sagte aber nichts, doch innerlich wetzte sie schon mal die Messer. *Na warte, ich dachte, ich hätte mich gestern klar genug ausgedrückt.*

Nach drei Pausen waren sie gegen vier Uhr nachmittags dann soweit, daß sie alle anfallenden Aufgaben erörtert und verteilt hatten.

Sofie reckte sich und sagte freundlich: »So, meine Herrschaften, ich denke, wir haben heute recht viel geschafft und machen an dieser Stelle Feierabend. Ich bedanke mich bei Ihnen für Ihr Verständnis und hoffe auf eine gute Zusammenarbeit. Doch bevor Sie gehen, hätte ich noch eine Bitte. Ich möchte, daß ein Kellner, ein Zimmermädchen und ein Empfangsmitarbeiter heute Dienst machen. Vielleicht können Sie sich einigen und mich kurz informieren. Ich bin im Büro von Herrn Korte.«

Sie erhob sich und warf Korte einen auffordernden Blick zu, dann verließ sie den Konferenzraum. Sie hatte angenommen, daß Korte ihr zumindest in diesem Fall schnell folgen würde, aber da hatte sie sich geirrt. Felix Korte schlenderte ausgesprochen gemächlich auf sie zu, obwohl er sah, daß Sofie bereits vor seinem Büro auf ihn wartete. Der Zorn, den Sofie während der Besprechung unterdrückt hatte, kam wieder in ihr hoch, doch sie bemühte sich Ruhe zu bewahren. Mit einem aufgesetzten Lächeln öffnete Korte ihr die Tür und ging als erster hinein.

Sofie atmete unauffällig durch und folgte ihm. Mit einem

lauten Knall ließ sie die Tür ins Schloß fallen.

Korte zuckte zusammen und drehte sich ruckartig um. »Was . . .?«

Sofie hatte ihre Arme vor der Brust gekreuzt und warf ihm einen strengen Blick zu. Ohne daß auch nur ein Lächeln ihre Lippen erreichte, sagte sie: »Ich bin davon ausgegangen, daß Sie gestern verstanden hätten, was ich gesagt habe. Leider habe ich mich wohl sehr in Ihnen getäuscht.«

»Ach ja?« lachte er in seiner arroganten Art.

Sofie ging auf den Schreibtisch zu, nahm sich ein Blatt und einen Stift und schrieb kurz und knapp etwas auf. Sie überreichte Korte das Schreiben. Mit eiskalter Stimme sagte sie: »Ihre Abmahnung. Und Herrn Jahn dürfen Sie die Kündigung schreiben.« Dann drehte sie sich um und ging zur Tür.

Doch bevor sie den Raum verlassen hatte, hörte sie Korte leise fluchen: »Du kleines Miststück, du kannst mich mal.«

Sie lächelte spöttisch und drehte sich noch einmal zu ihm um. »Wir werden sehen.« Dann verließ sie das Büro. Draußen vor der Tür schüttelte sie sich erst einmal wie ein nasser Hund. Dieser Korte war wirklich von der unangenehmsten Sorte. Am liebsten hätte sie ihn sofort achtkantig hinausgeworfen, aber das hatte Arthur ihr vermasselt. Nun ja, seine Abmahnung hatte er, und zumindest hatte Arthur ihr versprochen, den Rest zu übernehmen. Und sie hatte jetzt andere Sorgen.

Sie ging zum Empfang und rief nach Lena.

»Ja?« Lenas Kopf tauchte hinter dem Computer auf.

»Ich brauche einen Computer und eine Internetverbindung in der Suite. Sofort.« Sofie stürmte weiter zum Lift. In der Suite angekommen ging sie zum Schreibtisch und nahm den Telefonhörer in die Hand. Nervös trommelte sie auf die Tischplatte und wartete, daß sie ein Freizeichen bekam. Aber irgend etwas stimmte mit der Leitung nicht. Es war nur ein Rauschen zu hören.

»Verdammt noch mal, was ist das hier nur für ein Saftladen?« schimpfte sie und knallte den Hörer wieder auf die Gabel.

Sie nahm sich die Personalakten und ging eine nach der anderen durch. Nach etwa einer Stunde kamen Lena und ein Techniker mit einem Computer, Monitor und Drucker.

Sofie grinste. Lena war wirklich einmalig. Wie schaffte sie es nur immer wieder, alles zu bekommen, egal unter welchen Umständen?

»Haben Sie eine Idee, warum die Telefonleitung tot ist?« fragte Sofie den Techniker.

»Nein, aber ich sehe mir das gleich mal an«, antwortete er freundlich.

Gegen sieben Uhr konnte sie das erste Mal eine fehlerfreie Internetverbindung aufbauen und sich in den Hauptserver einwählen. Auch das Telefon funktionierte kurz darauf wieder einwandfrei.

Lena besorgte etwas zu essen, und Sofie klickte sich durch verschiedene Programme und studierte die Bilanzen und Aktivitäten des Hauses.

So sehr vertieft in die Arbeit bekam Sofie kaum mit, daß ein Bote etwas zu essen brachte. Erst, nachdem Lena sie mehrfach angesprochen hatte, sah sie auf und rieb sich ihre müden Augen.

»Na los, komm her, das Essen ist da. So langsam mußt du auch mal etwas zu dir nehmen, sonst esse ich alles allein«, lachte Lena.

»Das hättest du wohl gern.« Sofie ging zum Tisch hinüber.

Lena schaute sie fragend an.

Sofie seufzte leise auf. »Das ist die reinste Hölle hier. Korte ist ein unverschämter, arroganter Arsch, ich habe keinen Schimmer, ob wir es wirklich schaffen werden, hier das zu erreichen, was nötig ist, um das Hotel zu retten. Jedenfalls werden wir es nicht schaffen, wenn er mir weiterhin Steine in den Weg legt.«

»Dann schmeiß ihn doch raus«, sagte Lena zwischen zwei

Bissen.

»Wenn es so einfach wäre, würde ich es sofort machen, aber leider ist es das nicht. Nicht, daß er unkündbar wäre, doch laut Vertrag kann nur van Geiken ihm kündigen. Er ist zwar mir unterstellt und sollte tun, was ich sage, aber ...« Sofie zog bedauernd die Schultern hoch.

»Dann wende dich doch an van Geiken«, sagte Lena.

»Ach Lena, du weißt doch, daß das alles nicht so einfach ist. Ich möchte van Geiken nicht auch noch mit so etwas belästigen. Mal schauen, vielleicht ändert sich ja noch etwas in seinem Benehmen«, sagte Sofie resigniert.

Sofie arbeitete hart und viel. Doch sobald sie sich in die Kissen fallen ließ, kamen alle Erinnerungen an Erica zurück. Immer und immer wieder versuchte sie diese Bilder zu verdrängen, aber es gelang ihr nicht. Langsam verblaßte das eine oder andere, aber leider blieb immer noch recht viel übrig.

Erica hatte am Anfang noch zwei-, dreimal versucht sie zu erreichen. Vergeblich. So wie es schien, hatte sie dann aber wohl aufgegeben.

Die erste Woche war geschafft. Völlig erschöpft ließen sich Sofie und Lena auf einen Stuhl an der Bar fallen. »Was für eine Woche«, stöhnte Lena. »Ich kann das Wort *Tapete* langsam nicht mehr hören. Genauso wie das Gejammer des Kochs über seine schmutzigen Finger.«

»Das kannst du laut sagen. Alle schimpfen wie die Rohrspatzen, haben es aber eingesehen, daß sie nur so ihren Job behalten.« Sofie nippte an ihrem Wein. »Aber die Wände im Treppenhaus sehen jetzt schon passabler aus als Anfang der Woche. Hoffentlich kommen wir mit zwei Wochen hin. Ansonsten müssen wir das Hotel noch eine weitere Woche geschlossen halten. Sag mal Lena, haben sich eigentlich die Maler schon blicken lassen?«

»Nee, bis jetzt noch nicht. Ich könnte ja mal den Kaiser fragen, ob er ein paar zuverlässigere kennt als die, die uns der Korte empfohlen hat. Was meinst du?«

Sofie sah Lena intensiv an. »Dir scheint der junge Kaiser ja zu gefallen, hm? Okay, ich denke, wir müssen es auf jeden Fall selbst in die Hand nehmen, wenn wir weiterkommen wollen. Frag mal deinen Herrn Kaiser, vielleicht kennt er ja wirklich jemanden.«

»Er ist nicht *mein* Herr Kaiser«, schnappte Lena aufgebracht.

Sofie schmunzelte und hob beschwichtigend die Hand, doch bevor sie etwas sagen konnte, kam ein Mitarbeiter zu ihnen. »Entschuldigen Sie bitte, Frau Berger, aber am Empfang steht ein Mann und fragt nach Ihnen.«

»Ein Mann fragt nach mir? Wie heißt er?« fragte Sofie verwundert.

»Ein Leo Berger«, antwortete der Mitarbeiter.

»Ach Leo, mein Gott, den habe ich total vergessen!« lachte Sofie und sah den Mitarbeiter an. »Führen Sie ihn bitte zu uns.«

Kurz darauf betrat Leo die Bar. »Hallo meine Schönheiten. Sofie, jetzt sag nicht, daß du mich vergessen hast«, lachte Leo seine Schwester an.

Sofie lächelte verlegen: »Doch Leo, das habe ich tatsächlich.«

»Na, das ist ja toll, so viel bin ich dir also wert. Da komme ich extra aus Hamburg, um dir ein Paket von Mama zu bringen, und du vergißt mich einfach«, sagte er enttäuscht, aber zwinkerte Lena schelmisch zu.

»Na komm schon, Leo, hier war die Hölle los, und ich hatte kaum Zeit, mir über irgend etwas anderes als dieses Hotel Gedanken zu machen. Es war doch keine Absicht«, versuchte Sofie ihren Bruder zu besänftigen. Sie kannte ihren Bruder gut genug und wußte, daß er nicht wirklich böse auf sie war. Es war meistens ein kleines Spiel, das die beiden betrieben.

»Na los, große Schwester, ich hoffe, du bist fertig, weil ich einen mächtigen Hunger habe«, lachte er fröhlich.

»Gib mir zehn Minuten, dann bin ich soweit«, stimmte Sofie in seine Fröhlichkeit mit ein.

»Alles klar. Zehn Minuten und keine Sekunde länger. Ach ja, Schwesterherz, das Paket liegt am Empfang.« Leo grinste Lena an. »Na, Schönheit, wie sieht es aus, willst du uns nicht begleiten? Ich wollte immer schon mal mit zwei so wunderschönen Frauen ausgehen.«

Lena lachte. »Klar, dazu hast du sonst ja auch keine Chance.«

»Natürlich nicht, woher auch?« Leo tat unschuldig. »Also los, ihr zwei Grazien, macht euch fertig. Ich warte solange hier. Und sputet euch, ich bin am Verhungern.«

Sofie schüttelte den Kopf und ging lachend mit Lena nach oben.

Zu dritt verließen sie das Hotel und schlenderten über den Ku'damm. Leo hatte einen Tisch beim Italiener am anderen Ende der Straße bestellt. Er fühlte sich als Hahn im Korb. Eine Frau zu seiner Rechten und eine an seiner linken Seite. Bei beiden hatte er sich eingehakt und grinste zufrieden.

Sofie lachte, als sie ihm ins Gesicht sah. »Leo, du bist unmöglich«, sagte sie lachend.

»He, ich komme voll auf dich, Schwesterherz«, lachte Leo und gab ihr einen Kuß auf die Wange.

Beim Italiener angekommen wollte Leo galant die Tür

öffnen, als Lena erfreut sagte: »Oh, da vorn ist ja Martin, ähm, ich meine ... Herr Kaiser.«

Sofie sah Lena überrascht an. Leo folgte Lenas Blick und rief spontan: »Hallo Martin, wollen Sie mit uns essen?«

»Leo!« riefen beide Frauen gleichzeitig. Doch er zuckte nur die Schultern und grinste frech.

Martin Kaiser sah überrascht zu den dreien herüber, und als er sie erkannte, nickte er ihnen zu. Beim Herankommen sagte er schüchtern: »Guten Abend, Frau Berger.« Mit einem scheuen Blick auf Lena fügte er hinzu: »Hi Lena«. Er warf kurz einen Blick auf Leo. »Kennen wir uns?«

»Noch nicht, aber das können wir ja ändern«, sagte Leo und reichte ihm lachend die Hand. »Mein Name ist Leo Berger, ich bin Sofies kleiner Bruder.«

Kaiser schüttelte Leos Hand und schien etwas verwirrt.

Sofie sah von einen zum anderen und stellte fest, daß sie ungefähr das gleiche Alter haben mußten. Als ihr Blick zu Lena zurückkehrte, bemerkte sie, wie Lena Martin Kaiser verstohlen betrachtete. Sofie grinste in sich hinein. »Herr Kaiser, ich schließe mich der Einladung meines Bruders an. Möchten Sie sich zu uns setzen?«

Martin Kaiser sah Sofie überrascht an. Er zögerte. »Ich möchte aber nicht stören. Eigentlich wollte ich mir nur schnell eine Pizza für zu Hause holen.«

»Sie stören nicht. Wir würden uns freuen, wenn Sie mit uns essen würden«, sagte Lena hastig.

Sofie schmunzelte über den Ton in Lenas Stimme und senkte schnell ihren Blick, damit Lena es nicht sah.

»Dann wäre das ja geklärt. Also, Martin ... Ich darf Sie doch Martin nennen, oder?« fragte Leo.

Martin Kaiser nickte nur.

»Also dann, meine Herrschaften, hinein mit euch, ich sterbe gleich den Hungertod«, übertrieb Leo mal wieder.

Es wurde ein sehr netter und lustiger Abend für die vier. Kurz bevor sie das Lokal verließen, fragte Sofie: »Sagen Sie mal Herr Kaiser, kennen Sie vielleicht ein Malerunternehmen, das kurzfristig einen Auftrag annehmen würde?«

»Ähm. Ja, ich glaube, ich wüßte da jemanden. Ein Kumpel von mir ist Maler und Lackierer. Ich könnte ihn ja mal anrufen«, sagte Kaiser.

»Das wäre toll. Am besten so schnell wie möglich. Die Leute, die Herr Korte beauftragen wollte, sind bis heute nicht erschienen.«

»Die werden auch nicht erscheinen«, rutschte es Martin Kaiser heraus.

»Wie bitte?« fragte Sofie alarmiert.

»Oh ... ich ... sorry ... ich meine ...«, stotterte Martin Kaiser.

»Würden Sie so nett sein und bitte mal Klartext sprechen?« Sofies Stimme klang scharf, und Martin Kaiser zuckte zusammen.

Er faßte sich ein Herz und beichtete: »Der Korte hat überhaupt niemanden bestellt. Er wollte Sie auffliegen lassen. Allerdings habe ich bereits meinem Kumpel gesagt, daß er sich zur Verfügung halten soll. Spätestens am Montag hätte ich es Ihnen gesagt, weil ich einfach finde, daß es eine große Sauerei ist, was der Korte veranstaltet. Tut mir leid, daß ich es nicht früher gesagt habe.« Beschämt senkte Martin Kaiser den Blick.

»Alles klar.« Sofie kochte, aber Kaiser konnte ja nichts dafür. Schließlich war Korte lange sein Chef gewesen. »Danke, daß Sie es mir jetzt gesagt haben. Wann kann Ihr Freund vorbeikommen?«

»Ich schicke ihm gleich eine SMS, dann wird er Montag um sieben Uhr dasein. Wenn Ihnen das recht ist.«

Sofie nickte erfreut mit dem Kopf. »Ja, das ist mir recht.«

Nachdem sie dann endlich wieder auf der Straße standen, fragte Martin Kaiser scheu: »Lena, hätten Sie Lust auf ein kleinen Spaziergang?«

»Ja, gern«, antwortete Lena erfreut. »Ähm, Sofie, das ist

doch okay für dich, oder?« fragte sie dann vorsichtig, als ihr bewußt wurde, wie ihre Stimme geklungen hatte.

»Aber natürlich, ich wünsche euch noch viel Spaß«, sagte Sofie, die sich köstlich über Lenas Verlegenheit amüsierte. »Du, mein Lieber«, sie wandte sich an Leo, »bringst mich jetzt gleich mal schnell zurück zum Hotel. Ich bin schrecklich müde.«

»Martin, es hat mich gefreut, dich kennengelernt zu haben, und an dieser Stelle möchte ich mich auch schon wieder verabschieden, da mein Flieger morgen früh um sieben Uhr geht. Lena, meine Liebe, wir sehen uns sicherlich bald in Hamburg wieder.« Leo reichte Martin Kaiser die Hand und gab Lena einen Kuß auf die Wange.

»Einen guten Heimflug«, wünschte Kaiser.

Lena drückte Leo kurz. »Mach's gut, Kleiner, wir sehen uns.«

Sofie nahm Leos Hand und zog ihn mit sich. Sie winkte Lena und Martin noch kurz zu.

»Möchtest du wirklich gleich ins Hotel zurück, oder wollen wir noch im Straßencafé einen Absacker trinken?« fragte Leo.

»Na gut, so ein kleiner Absacker kann nicht schaden«, stimmte Sofie zu.

»Und warum wolltest du dann so plötzlich weg?« fragte ihr Bruder verständnislos.

»Männer ...« Sofie schüttelte den Kopf. »Mensch Leo, hast du denn nicht die Spannung zwischen Lena und Martin bemerkt? Ich glaube, wir beide hätten ganz schön gestört.«

»Oh, ach so! Jetzt versteh' ich, wie der Hase läuft«, lachte Leo über sich selbst. »Ganz ehrlich, daran habe ich überhaupt nicht gedacht. Sieh mal, der Tisch wird gerade frei. Komm.«

Sofie schüttelte abermals lächelnd den Kopf über ihren kleinen Bruder.

Beim Blick in die Getränke- und Speisekarte entdeckte sie

einen Flyer, auf dem prangte: *Frauendisco in Berlin, Spandauer Damm.*

»He Schwesterherz, wenn der Kellner kommt, ich trinke ein Pils. Muß mal schnell wohin.« Ihr Bruder verschwand in das Innere des Straßencafés.

Sofie nickte abwesend und studierte den Flyer.

»Hallo junge Frau, ganz allein hier?«

Überrascht blickte Sofie auf und direkt in ein mit Ringen durchstochenes Gesicht. Erschrocken zuckte sie zurück, faßte sich aber recht schnell und sagte knapp: »Nein, bin ich nicht.«

»Wie es scheint, interessierst du dich für die Frauendisco«, stellte die Herrin der Ringe erfreut fest.

Sofie sah die Frau erneut an und entdeckte schwarze Stifte, die zwischen ihren Lippen hervorschimmerten. Ein leichtes Würgegefühl überfiel Sofie, und sie schluckte, bevor sie abweisend antwortete: »Ich denke nicht, daß Sie das etwas angeht.«

»Na komm schon, Kleene, wieso biste so unfreundlich?« Die Gepiercte setzte sich ungefragt auf den freien Stuhl, auf dem Leo kurz vorher gesessen hatte.

Erstaunt über die Frechheit dieser Person sagte Sofie scharf: »Dieser Platz ist bereits besetzt, und ich kann mich nicht erinnern, Sie eingeladen zu haben, sich zu setzen.«

Iron Woman fing laut an zu lachen und entblößte eine undefinierbare Kauleiste. Sofies Essen machte sich vom Magen auf den Weg in Richtung Hals.

In diesem Moment kam eine Kellnerin. Sie sah von einer zur anderen und deutete Sofies Gesichtsausdruck wohl richtig. »He, ich glaube nicht, daß du an diesem Tisch erwünscht bist. Ich habe dir schon mehrmals gesagt, du sollst unsere Gäste zufriedenlassen. Also los, verschwinde jetzt.« Die Stimme der Kellnerin ließ keinen Widerspruch gelten.

Erschrocken sah die Ringfrau auf und sprang förmlich vom Stuhl. Irgendwelche unverständlichen Flüche schmetterte sie der Kellnerin entgegen, verließ aber rasch den Platz.

Die Kellnerin drehte sich lächelnd zu Sofie um. »Tut mir leid, daß Sie belästigt wurden. Ich habe einen kurzen Moment nicht aufgepaßt. Sie versucht es immer wieder.«

Sofie betrachtete die Kellnerin und entschied, daß diese Erscheinung trotz Rastalocken doch eher auf ihrer Wellenlänge lag. Sie lächelte nun auch. »Danke für Ihre Unterstützung. Sie können ja nichts dafür. Solche Menschen gibt es wohl überall.«

»Ja, das ist wohl wahr. Was kann ich Ihnen bringen?« Die Kellnerin zog ihren Block aus der Schürze und lächelte Sofie erneut an.

Sofie fühlte sich von diesem strahlenden Lächeln beinah geblendet. *Bei ihr lächeln sogar die Sommersprossen mit,* dachte sie und schmunzelte.

Die Kellnerin sah sie fragend an, und Sofie versuchte sich zusammenzunehmen.

In diesem Moment kam Leo wieder und fragte: »Hast du schon bestellt?«

Sofie sah ihn kurz an und dann wieder die Kellnerin. »Nein, tut mir leid, ich war wohl mit meinen Gedanken gerade etwas abwesend. Wir hätten gern zwei Pils.«

»Kommt sofort.« Die Kellnerin verschwand rasch ins Innere, und noch bevor Sofie Leo den ganzen Vorfall hatte schildern können, standen die Pils vor ihnen auf dem Tisch.

»Zum Wohl. Das geht auf Kosten des Hauses, für die Unannehmlichkeiten«, sagte die Kellnerin mit einem intensiven Blick in Sofies Augen.

»Unannehmlichkeiten? Ach das. Dafür können Sie doch nichts. Aber danke. Zum Wohl.« Sofie erwiderte den Blick.

Leo räusperte sich leicht, damit Sofie ihre Aufmerksamkeit wieder auf ihn lenkte.

»Ähm, ja?« Sofie war etwas verwirrt vom Blick dieser Frau. Aber sie gefiel ihr überraschenderweise recht gut.

Die Kellnerin zuckte leicht die Schultern und ging zu einem anderen Gast.

Leo sah sie schmunzelnd an. »Hallo! Erde an Sofie. Alles klar bei dir?«

»Wie? Ja klar. Was soll schon sein?« Sofie sah ihn irritiert an.

»In welcher Hemisphäre bist du nur?« wollte er lachend wissen.

»Ach! Komm schon, Leo, ich bin hier bei dir, mit dir, in Berlin. Du bist verrückt«, lachte Sofie.

»Na, die Kellnerin scheint es dir ja angetan zu haben«, bohrte er weiter.

»Ich gebe zu, daß ich sie recht süß finde. Aber das war es auch. Also hör jetzt bloß auf.«

Eine Stunde später verließen sie das Straßencafé. Die Kellnerin steckte Sofie unauffällig einen Zettel zu. Sofie war überrascht. Noch bevor sie etwas sagen konnte, war die Kellnerin wieder weg.

Am Hotel verabschiedete sie sich von ihrem kleinen Bruder. »Komm her und laß dich noch mal drücken.« Sofie zog ihn fest an sich. »Danke für den wirklich schönen Abend. Und bestell zu Hause ganz liebe Grüße.«

Leo drückte Sofie fest an sich und gab ihr einen Kuß auf die Stirn, mit seinen einsneunzig überragte er Sofie ganz schön. »Schlaf gut, Prinzessin. Und hoffentlich bist du bald wieder zu Hause.«

Sofie blieb noch einen Moment vor der Tür stehen und sah ihrem Bruder etwas wehmütig nach. Dann schüttelte sie den Kopf und sagte laut: »Na, komm schon, er geht nicht für immer weg, in wenigen Wochen siehst du ihn ja wieder.« Sie lachte über sich selbst und betrat das Hotel.

Als Sofie später auf dem Sofa in der Suite lag, dachte sie an Lena. Sie lächelte, als sie Lenas Gesicht vor ihrem geistigen Auge sah. So hatte sie Lena lange nicht erlebt. *Kaiser und sie?* dachte sie. *Tja, warum nicht? Wo die Liebe hinfällt ...*

Sie nahm den Zettel, den die Kellnerin ihr zugesteckt hatte, und drehte ihn hin und her. Die schwungvolle Handschrift brannte sich in ihre Augen. Mit einem Schmunzeln las sie den Text gleich mehrfach.

Deine Augen haben mich beinah umgehauen. Ich würde dich gern wiedersehen. Wenn du auch interessiert bist, ruf mich doch einfach an. Hier meine Handynummer. Ach ja, mein Name ist Pia. Würde mich freuen, von dir zu hören.

Sie überlegte, ob sie sich bei Pia melden sollte. »So was ist mir ja schon ewig nicht mehr passiert«, lachte sie. »Nein, ich denke, das ist keine gute Idee. Wer weiß, wie lange ich noch hier in Berlin bin. Spätestens in ein paar Monaten muß ich zurück nach Hamburg.« Und dann war da ja auch noch etwas anderes ...

Sie löschte das Licht und lehnte sich in die Kissen des Sofas. Mit geschlossenen Augen träumte sie von Erica, von ihren faszinierenden Augen, von ihrer rauhen Stimme.

Plötzlich legte sich Pias Gesicht davor. Sofie riß die Augen auf und atmete schwer. »Verdammt, was ist denn nur mit mir los?« flüsterte sie verwirrt. »Bestimmt nur die Hormone«, ergänzte sie schließlich.

Kurz nach Mitternacht schlich sich Lena zur Tür herein. Erschrocken blieb sie stehen, als Sofie das Licht anmachte. Wie ein Teenager, der beim Zu-spät-Nachhausekommen ertappt wurde, blieb sie mit rotem Kopf in der Tür stehen.

Sofie mußte über ihren Anblick lachen und klopfte aufs Sofa. »Na los, komm her. Du hast ja jetzt wohl was zu erzählen, oder etwa nicht?«

Lena trat von einem Fuß auf den anderen. Unschlüssig blieb sie an der Tür stehen.

»Lena? Willst du jetzt wohl herkommen, oder muß ich dich holen?« fragte Sofie drohend.

Lena sah hoch und direkt in Sofies lachende Augen. Sie seufzte und sagte verträumt: »Ach Sofie, er ist so süß!« Dann ging sie zum Sofa zu und ließ sich neben Sofie fallen.

Zwei Stunden schwärmte Lena von Martin Kaiser, dann gähnte Sofie herzhaft. »Was hältst du davon, wenn wir mal langsam schlafengehen und morgen weiterreden?«

»Ich bin überhaupt nicht müde«, erwiderte Lena verklärt.

»Ja klar, jetzt noch nicht, aber spätestens morgen früh«, lachte Sofie und stand auf. »Los, ab mit dir in die Falle.«

»Sicherlich hast du recht. Dann laß uns ein wenig träumen gehen«, grinste Lena und verschwand im Bad.

Die Tage vergingen, und Sofie dachte öfter darüber nach, sich bei Pia zu melden, aber irgend etwas kam immer dazwischen. Obwohl es eher absichtlich war, änderte sie nichts an diesem Zustand.

»He Sofie, was hältst du davon, wenn wir heute abend etwas zusammen unternehmen würden?« Lena sah sie fragend an.

»Ach, ich weiß nicht.« Sofie verzog das Gesicht. Sie hatte keine Lust, mit Herrn Kaiser und Lena um die Häuser zu ziehen, da sie auf das Geturtel leicht verzichten konnte.

»Komm schon, Sofie. Nur du und ich«, bettelte Lena, als hätte sie Sofies Gedanken lesen können.

»Nur du und ich?« wiederholte sie. »Na ja, warum eigentlich nicht? Okay, aber dieses Mal gehen wir in ein Lokal, das ich aussuche.« Sofie grinste.

»Alles klar, dann such du aus. Ich gehe schon mal unter die Dusche und mache mich fein.« Lena ging in ihr Zimmer.

Sofie ging zum Schreibtisch und nahm den Flyer in die Hand. Sie hatte ihn aus dem Straßencafé mitgenommen, was ihr nun wie ein Glücksfall vorkam.

Frauendisco, Spandauer Damm, jeden ersten Samstag im Monat. Das klang wie Musik in ihren Ohren. Heute war der erste Samstag in diesem Monat. Lena würde sich sicherlich nicht freuen, aber das war ihr Pech. Sie hatte ja die Wahl Sofie überlassen.

Auf einmal freute sich Sofie richtig auf den Abend. Sie ging ebenfalls in ihr Zimmer und suchte etwas Lockeres zum Anziehen heraus. Sie entschied sich für eine schwarze Jeans, die ihren wohlgeformten Hintern hervorragend zur Geltung brachte, sowie für ein rotes Top, das sich eng über ihre Brüste spannte. Eine schwarze Jeansjacke rundete ihr Outfit ab.

Ihre leichte Bräune unterstrich sie mit Lidstrich und etwas Lipgloss, zur Feier des Tages hielt sie ihr Haar nur mit einem roten Haarreif zurück. Sie betrachtete sich im Schrankspiegel und strahlte. »Ja, so kann ich mich sehen lassen.«

Im Bad sah sie Lena vor dem Spiegel stehen. »Lena, könntest du heute ausnahmsweise eine Jeans anziehen? Wir gehen in eine Frauendisco«, sagte Sofie wie nebenbei.

»Ja, in Ordnung.« Lena ging automatisch zu ihrem Kleiderschrank. Davor blieb sie abrupt stehen und drehte sich ruckartig zu Sofie um. »Was hast du gesagt?«

Unschuldig sah Sofie sie an. »Du hast gesagt, ich darf mir den Ort aussuchen.«

»Sofie! Das ist nicht dein Ernst!« rief Lena verzweifelt.

Sofies Augen sprühten vor Übermut. »O doch, meine Liebe, das ist mein Ernst. Und du kommst mit. Du hast es versprochen.«

»Was soll ich denn auf einer Lesbendisco?«

»Dasselbe, was ich in einer Heterodisco soll, ein Bierchen

trinken, tanzen, dich amüsieren.« Sofie sah sie streng an. »Du willst dich jetzt hoffentlich nicht drücken!« Sie verschränkte die Arme vor der Brust.

»Ist schon okay. Ich gebe mich geschlagen, ich komme mit in *deine* Lesbendisco.« Resigniert hob Lena die Schultern. »Jetzt verstehe ich auch, warum ich eine Jeans anziehen soll. Tztztztz.« Lena schüttelte den Kopf und zog sich um.

»Komm Lena, wir nehmen uns ein Taxi. Zu Fuß ist es leider etwas zu weit.« Sofie zog Lena in Richtung Taxistand.

»Was heißt *etwas zu weit*? Wo ist das denn?« fragte Lena vorsichtig.

»Am Spandauer Damm.« Sofie grinste verwegen. »Jetzt erzähl mir nicht, du weißt, wo das ist.«

Lena schüttelte den Kopf. »Nee, aber wieso weißt du, wo das ist?«

Sie stiegen in ein Taxi, und Sofie hielt ihr den Flyer vor die Nase. Entspannt lehnte sie sich in den Sitz und nannte dem Fahrer die Adresse.

Noch bevor das Taxi hielt, sahen die beiden eine Menschenansammlung vor einer Tür stehen.

»Da willst du wirklich rein?« Lena sah Sofie ungläubig an.

Auch Sofie verzog das Gesicht leicht. »O Mann, darauf war ich nicht vorbereitet. Ich weiß nicht, ob ich mich da anstellen will.«

»Wie sieht es aus, meine Damen, möchten Sie aussteigen?« fragte da der Fahrer.

»Also, ich möchte lieber wieder zurück. Was meinst du, Sofie, wollen wir lieber woanders hingehen?«

»Angesichts der Menschenmenge würde ich fast sagen, ja, laß uns woanders hinfahren.« Resigniert sah sie Lena an.

»Kennen Sie zufällig ein anderes Frauenlokal?« fragte Lena den Taxifahrer prompt. Sie wollte nicht, daß der Abend für Sofie unglücklich ausging.

Der Taxifahrer rieb sich das Kinn und schien zu überlegen. »Hm, ja, ich glaube, ich weiß einen netten Laden. Der liegt in Charlottenburg.«

»Was ist das für ein Lokal?« Sofie sah den Fahrer an.

»Es ist eine Bar der etwas ... nun, sagen wir mal so, der etwas anderen Gehaltsklasse.« Der Fahrer musterte die beiden Frauen. »Wenn ich Ihnen meine Meinung sagen darf, ich denke, dort wären Sie sicherlich besser aufgehoben als am Spandauer Damm.«

Sofie zog die Augenbraue hoch und fragte interessiert: »Ach ja, und warum glauben Sie, daß wir in die etwas ... andere Gehaltsklasse gehören?«

Er grinste breit. »Meine Frau hat ein Modegeschäft, und ich kann mittlerweile recht gut teure Klamotten von der Stangenware unterscheiden.«

Sofie lachte laut auf. Auch Lena konnte sich ein Kichern nicht verkneifen.

»Na, dann mal los, worauf warten wir noch?« fragte Sofie lächelnd.

Das Taxi wendete und fuhr Richtung Charlottenburg.

Diesmal schreckte keine große Menschenmenge die neuen Gäste ab. »Ich wünsche Ihnen einen schönen Abend«, wünschte der Taxifahrer und winkte kurz zum Abschied.

»Also dann. Laß uns mal schauen, was uns dort drinnen erwartet.« Sofie hakte sich bei Lena unter, und gemeinsam gingen sie auf den Eingang zu.

Wie bei fast jedem Club war auch hier die Tür geschlossen, und man mußte klingeln.

Eine brünette Mittfünfzigerin öffnete kurz die Luke und dann die Tür. Sie lächelte Sofie und Lena freundlich an. »Guten Abend, meine Damen. Herzlich Willkommen im Club Delphin«, grüßte die Türfrau und gab den beiden Frauen eine Verzehrkarte. »Ich wünsche Ihnen viel Spaß.«

Nachdem sich Sofies Augen an das Dämmerlicht gewöhnt hatten, blickte sie auf eine Wand mit einem überdimensionalen Aquarium. Sofie mußte mehrmals hinschauen, bevor sie bemerkte, daß dieses Aquarium künstlich war. »Hast du das gesehen?« Sie wandte sich an Lena und deutete auf das Aquarium.

»Ja, so etwas, allerdings in kleinerer Ausführung, hat mein Frauenarzt im Wartezimmer.«

Die Bar war von der Tür aus nicht zu sehen, dafür mußte man die Wand mit dem Aquarium umrunden. Neugierig blickte Sofie von der anderen Seite auf die Wand und strahlte Lena an. »Ist das nicht fantastisch? Eine ganze Wand als Aquarium.«

Zahlreiche Meerestiere und Pflanzen schillerten in unglaublich bunten Farben. Delphine und kleinere Fische schwammen einträchtig nebeneinander her. Es sah so real aus, daß Sofie einen Moment verzaubert den Fischen zuschaute.

Langsam drehte sie sich mit einem Lächeln zur Bar, und im selben Moment erstarrte sie. Dort sahen ihr zwei graugrün funkelnde Augen in einem mit Sommersprossen durchfluteten Gesicht lächelnd entgegen.

»Pia«, hauchte Sofie verlegen.

»Was sagst du?« fragte Lena verwirrt. »Wer ist Pia?« Suchend sah sie sich um.

Sofie winkte ab und ging auf die Bar zu.

»Sofie, schau mal, die Bar sieht aus wie ein Delphin. Ist das nicht lustig?« Lena strahlte Sofie begeistert an.

Sofie hörte Lena nicht, sondern blickte wie gebannt in Pias Augen. Pia lächelte immer noch, und auch Sofies Lippen verzogen sich langsam zu einem Lächeln. »Hallo Pia. Wie geht es dir?« Sie setzte sich auf einen Barhocker.

»Hallo, schöne Frau. Ich hoffe, du hattest einfach nur zu viel zu tun und hast mich deshalb nicht angerufen«, sagte Pia.

»Ja. Das ist wohl wahr. Ich habe öfter daran gedacht, dich anzurufen, aber ...« Sofie zuckte die Schultern und sah sie entschuldigend an.

»Es freut mich, dich doch noch mal wiederzusehen«, sagte Pia. »Was darf ich dir zu trinken bringen?«

Zwischenzeitlich hatte sich Lena neben Sofie gesetzt und die Szene interessiert verfolgt. »Sag mal, Sofie, wieso kennst du Leute in Berlin? Du hast nie etwas davon erzählt.« Sie blickte fragend zu Sofie.

Langsam löste Sofie sich von Pias Augen und sah Lena an. »Bis vor einigen Tagen stimmte das auch. Lena, darf ich dir Pia vorstellen? Pia, meine *beste* Freundin Lena.«

»Hallo Lena, freut mich. Was darf ich dir zu trinken bringen?« Pia lächelte auf eine so natürliche Art, daß selbst Lena von ihr fasziniert schien.

»Ich denke, wir trinken erst einmal ein Pils«, sagte Sofie an Lenas Stelle.

Pia nickte und bereitete die Getränke vor. Sie stellte die Gläser auf die Theke. Als Sofie ihr Glas nehmen wollte, berührten sich ihre Hände. Überrascht sah Sofie Pia an. Diese lächelte und sagte: »So, dann ist dein Name also Sofie? Ein schöner Name. Passend für eine schöne Frau.«

Eine leichte Röte überzog Sofies Wangen. Statt darauf einzugehen, fragte sie: »Wie viele Jobs hast du noch?«

Pia lachte leise. »Keine weiteren mehr. Der Club gehört mir und meiner Schwester. Wir haben ihn vor zwei Monaten aufgemacht. Es läuft mäßig, daher muß ich noch ein wenig Geld dazuverdienen. Wie kommt es, daß ihr hier gelandet seid?«

»Oh, das war eher Zufall – oder Schicksal. Vielleicht auch Bestimmung«, lachte Sofie. »Wir sind mit dem Taxi zum Spandauer Damm gefahren, und die Menschenansammlung hat uns leicht erschreckt. Zu unserem Glück kannte der Taxifahrer diese Bar. So sind wir hier gelandet.« Sofie drehte sich auf ihrem Barhocker und schloß den gesamten Raum mit einer Armbewegung ein.

»Ich muß gestehen, ich bin fasziniert von dieser Einrichtung. Sie ist sehr … speziell?« warf Lena ein und deutete hinter Pia auf die Wände. Unzählige Frauen in romantischer bis erotischer Pose lächelten auf die Gäste nieder. »Diese Bilder, das ist doch keine Fototapete, oder? Ich meine, es sieht so . . . so, wie soll ich sagen? Nun ja, wie gemalt aus.«

Pias glockengleiches Lachen drang in Sofies Ohr. »Du hast recht, es ist sehr speziell. Meine Schwester hat die Wände bemalt. Sie ist Künstlerin und unsere DJane. Ich bin für den Service verantwortlich.«

Langsam füllte sich die Bar, und Sofie schaute sich interessiert um. Ihr Blick blieb auf einer etwas beleibteren Frau mit langen, dunklen Haaren hängen. Als sie sich in Sofies Richtung drehte, blickte Sofie schnell zu Lena. »Hast du die Frau gesehen?« fragte sie leise. »Sie ist doch bestimmt schon weit über fünfzig.«

»Sie haben recht, Kindchen, ich bin weit über fünfzig. Um genau zu sein, ich bin bereits fünfundsechzig.« Die Frau mit den langen, dunklen Haaren hatte sich unbemerkt neben Sofie gestellt.

Sofie verdrehte die Augen und dachte: *O Gott, Fettnäpfchen, wo bist du, ich falle dann aber auch immer gleich komplett hinein.* Langsam drehte sie sich zu der älteren Frau um. Verlegen versuchte sie eine geeignete Entschuldigung zu finden.

»Na, laß mal gut sein, Kindchen. Du scheinst ja neu hier zu sein, sonst wüßtest du, daß hier alle Altersklassen ab fünfzig vertreten sind. Kann es sein, daß du dich hierher verlaufen hast? Ich kann mir nicht vorstellen, daß du eine Frau in deinem Alter hier finden wirst. Es sei denn, du interessierst dich für ältere Damen.« Die Frau ließ ihren Blick über Sofie gleiten.

Sofie war peinlich berührt und wußte nicht, was sie darauf erwidern sollte. Sie sah die Frau leicht befangen an.

Pia hatte die Szene mit einem Grinsen beobachtet und kam Sofie zur Hilfe. »Mutter, schockier doch unsere Gäste nicht immer so. Entschuldige Sofie, aber meine Mutter erlaubt sich gern einen Scherz mit neuen Gästen. Sie ist alles andere als auf Frauensuche. Der Club ist für Frauen ab fünfundzwanzig Jahren geöffnet. Vielleicht sollte ich eine Altersgrenze *bis* einführen.«

Das gleiche glockenhelle Lachen wie bei Pia erklang aus der Kehle der älteren Frau. Sie zuckte die Schultern und tätschelte Sofies Oberschenkel. »Nichts für ungut, Kindchen.« Dann ging sie ans andere Ende der Theke.

»Deine Mutter? Dann ist das hier wohl ein Familienbetrieb?« fragte Sofie erleichtert.

»Das könnte man meinen. Entschuldige bitte, aber die Arbeit ruft.« Pia drehte sich bedauernd um und ging zu den anderen Gästen.

»So, meine Liebe, nun erzählst du mir bitte mal, woher du diese Pia kennst. Sie ist richtig süß. Wieso weiß ich nichts von ihr?« Lena forderte Sofies Aufmerksamkeit, indem sie ihren Stuhl bewußt zu sich drehte.

Sofie lachte und erzählte Lena von dem Abend im Straßencafé. Dann sprang sie vom Stuhl und sagte: »Komm, laß uns tanzen gehen.«

»Nee, ich habe keine Lust. Aber geh du ruhig. Ich genieße es, dir zuzusehen.«

Gegen halb drei in der Nacht gähnte Lena. »Was meinst du, Sofie, wollen wir mal langsam wieder in Richtung Hotel wandern?«

Sofie war gerade von der Tanzfläche zurück. Ihr Top klebte am Körper. »Mein Gott, so gut habe ich mich ja schon lange nicht mehr gefühlt«, strahlte sie. Ein Blick auf die Uhr ließ sie jedoch leicht aufstöhnen. »Ach du Schreck, schon so spät. Ich denke, du hast recht, es ist an der Zeit zu gehen. Pia, können wir bitte zahlen«, rief Sofie über die Theke.

Pia kam zu ihr. »Zahlen müßt ihr am Ausgang. Schade, daß ihr schon gehen müßt. Aber es war schön, daß ihr euch hierher verirrt habt.«

Sie sah Sofie lange an, dann blickte sie sich kurz in der Bar um. »Warte doch bitte mal einen Moment«, sagte sie und verschwand ans andere Ende der Bar, wechselte kurz ein paar Worte und kam strahlend auf Sofie zu. »Wenn ihr Lust habt, kann ich euch nach Hause fahren. Dann mache ich Feierabend. Ist sowieso nicht mehr viel los jetzt.« Erwartungsvoll sah sie Sofie an.

»Oh, das ist aber ... ich weiß nicht, was meinst du, Lena?« verwirrt blickte Sofie zu Lena.

»Das wäre super«, sagte Lena und schüttelte über Sofies Verhalten leicht den Kopf.

»Gut, dann laßt uns fahren.« Pia ging mit langen Schritten zum Ausgang. Lena und Sofie folgten ihr.

»Aber Pia, du weißt doch gar nicht, wo wir wohnen. Vielleicht ist das ein viel zu großer Umweg für dich. Das können wir doch nicht annehmen«, warf Sofie ein.

Pia grinste frech. »Doch, ich weiß, wo ihr wohnt. Im Hotel *Prinzess*.«

»Woher ... Ach egal.« Sofie lachte.

An der Kasse übernahm Lena das Bezahlen.

»Wartet einen kurzen Moment, ich hole schnell mein Auto«, sagte Pia und verschwand in der Nacht. Kurz drauf hielt ein Fiat Panda am Bordstein. »Wenn ich die Damen bitten dürfte«, strahlte Pia.

Lena zwängte sich auf den Rücksitz, obwohl ihr Sofie mehrfach angeboten hatte, vorn Platz zu nehmen. Also blieb ihr nichts anderes übrig, als sich neben Pia zu setzen. Im Wageninneren war es so eng, daß sich ihre Beine berührten, und Sofie nahm Pias Duft wahr. Sie schluckte und stieß ein stummes Gebet aus. *Bitte mach, daß die Fahrt schnell vorübergeht.* Einerseits war ihr die Nähe zu Pia unangenehm, aber andererseits empfand sie die Nähe als aufregend.

Keine der drei Frauen sprach auf dem kurzen Weg ein Wort. Vor dem Hotel stieg Sofie aus und half Lena vom Rücksitz. Als sie sich noch mal ins Wageninnere beugte, um sich zu bedanken, fragte Pia: »Magst du noch einen Kaffee mit mir trinken?«

Sofie schluckte und sah zu Lena, die bereits am Eingang des Hotels stand. »Ich ... ich weiß nicht ... ich muß morgen früh raus und ... ähm, ich ... puh ... Okay, aber nur noch eine halbe Stunde.«

Pia strahlte sie an. »Versprochen, nicht länger. Kommst du mit zu mir?«

»Oh ... ähm ... ja ... nein ... ähm ... ich meine, okay, warte kurz«, stotterte Sofie. Sie fühlte sich völlig überrumpelt und wußte nicht mehr, wie man sich souverän verhält. Sie schüttelte über sich selbst den Kopf und ging auf Lena zu. »Hör mal, ich gehe mit Pia noch einen Kaffee trinken. Du brauchst nicht auf mich zu warten. Schlaf gut.«

Lena winkte Pia kurz zu und ging grinsend ins Hotel.

Sofie sah ihr überrascht nach. Sie war nicht darauf vorbereitet gewesen, daß Lena ohne ein Wort abdampfen würde. »Was für ein komischer Abend heute«, flüsterte sie vor sich hin.

Zögernd setzte Sofie sich wieder neben Pia. Pia startete den Wagen, und kurz darauf parkte sie auch schon wieder ein. Sofie sah sie überrascht an.

Pia lachte. »Meine Wohnung liegt direkt gegenüber vom Hotel *Prinzess*, deshalb mußte ich nur noch einparken.«

Pia stieg aus und blickte auffordernd zu Sofie. »Na komm, du brauchst keine Angst zu haben. Der Kaffee tut dir nichts, und ich nur, wenn du es auch möchtest.«

»O Mann, Pia, du schaffst es aber auch immer, mich in Verlegenheit zu bringen«, lachte Sofie und folgte ihr ins Treppenhaus.

In der ersten Etage öffnete Pia eine Tür und schaltete das Licht ein. »Komm herein und mach es dir gemütlich.«

Sofie trat hinter ihr in die Wohnung und blieb erstaunt stehen. Vor Jahren war sie für drei Wochen auf Jamaika gewesen und fühlte sich prompt dorthin versetzt. Pias Rastalocken ließen ja schon darauf schließen, daß sie ein Reggae-Fan war, aber diese Einzimmerwohnung übertraf all ihre

Vorstellungen von einem Jamaika-Fan.

»Gefällt es dir?« Pia trat leise hinter Sofie und hauchte ihr einen Kuß auf den Nacken.

Sofie wurde ganz steif und schluckte schwer. »Bitte Pia ... nicht.«

Pia entfernte sich wieder von Sofie und legte Bob Marley auf. Leise Musik drang durch den Raum. Und dann zog Kaffeeduft in Sofies Nase. Sie drehte sich zu Pia um, die lässig an eine Art Theke lehnte und sie beobachtete.

»Pia ...«, begann Sofie.

»Pst«, machte Pia, kam zu Sofie herüber und legte ihren Zeigefinger auf Sofies Lippen. Langsam neigte sie ihren Kopf und ersetzte den Finger durch ihre Lippen.

Sofie schloß die Augen und genoß für einen kurzen Moment diesen zärtlichen Kuß. Doch gelang es ihr nicht, sich in den Kuß hineinfallen zu lassen.

Als Pia fordernder wurde, schob Sofie sie vorsichtig von sich. »Es tut mir leid, Pia. Ich bin noch nicht soweit. Mein Herz ist nicht frei, und ich bin nicht auf der Suche nach einem Abenteuer.«

Pia ging einen Schritt zurück und sah sie bedauernd an. »Das ist schade. Sehr schade. Du bist unglaublich süß.«

»Danke. Ich finde dich auch süß, aber das reicht mir leider nicht, um weiterzugehen.« Sofie sah sie ernst an.

»Du bist sehr ehrlich. Danke. Hier ist der versprochene Kaffee.« Pia reichte ihr eine Tasse.

Sofie setzte sich zu Pia auf einen Hocker und genoß es einfach, nur mit ihr schweigend der Musik zu lauschen.

»Was machst du eigentlich hier in Berlin?« fragte Pia.

»Ich bin Managerin im Hotel *Prinzess*, allerdings nur für ein paar Monate, danach geht's wieder zurück nach Hamburg.«

»Und was machst du da?«

»In Hamburg leite ich das dortige Hotel *Prinzess*. Hier bin ich nur, weil es ein paar Probleme gab.« Sie schaute Pia an und sah das Begehren in ihren Augen. Sie dürfte Pia nicht länger quälen. Mit gespielter Leichtigkeit fuhr sie fort: »So, Pia. Ich werde jetzt zurückgehen. Ich bin schrecklich müde. Es war schön, dich kennengelernt zu haben.«

»Werden wir uns noch einmal wiedersehen?« Pias Stimme klang hoffnungsvoll.

Sofie ging zur Tür. »Ja, warum nicht?« Sie wich Pias Blick aus.

Pia kam ihr nach. »Klingt nicht besonders vielversprechend«, sagte sie.

Sofie räusperte sich. »Ich werde bestimmt noch mal zu dir ins Straßencafé kommen. Und wenn du irgendwann einmal in Hamburg bist und Lust auf einen Kaffee hast, kommst du einfach im Hotel vorbei.«

»Sicher. Im Café oder im Hotel«, wiederholte Pia sarkastisch. »So habe ich mir das auch vorgestellt. Wenn ich Lust auf . . . Kaffee habe. «

»Es tut mir leid, Pia.« Sofie wollte nur noch hier weg. Aber der Platz war zu eng, nur wenige Zentimeter trennten die Frauen voneinander. Pia beugte sich leicht vor und gab Sofie einen zarten Kuß auf die Lippen.

Sofie zögerte, doch dann erwiderte sie den Kuß.

Pia beendete ihn, indem sie einen halben Schritt zurücktrat. Zärtlich glitt ihre Hand über Sofies weiches Gesicht. »Mach's gut, schöne Frau.«

Sofie straffte ihre Schultern und lächelte Pia an. »Ja, du auch.«

Auf dem Weg zum Hotel dachte sie über ihre Gefühlswelt nach. *Nein, der Kuß hatte sie nicht umgehauen, und sie wollte auch keine Fortsetzung.* Das wurde ihr schlagartig klar. »Erica, verdammt. Warum kann ich nicht aufhören an dich zu denken?« fluchte sie leise.

Die Neueröffnung des Hotels mußte um weitere zwei Wochen verschoben werden. Zum wiederholten Mal kamen die Handwerker nicht. Die Warmwasserleitung mußte repariert werden.

Wütend stampfte Sofie in Kortes Büro. »Was läuft hier?« fragte sie scharf.

Korte sah sie kaltlächelnd an. »Was meinen Sie?«

»Sie wissen verdammt noch mal genau, was ich meine. Die Installation der Warmwasserleitung liegt brach. Warum? Wo zum Teufel sind die Handwerker?« Sofies Stimme zitterte vor unterdrückter Wut.

»Woher soll ich das bitteschön wissen? Sie haben doch die Oberaufsicht.« Arrogant blätterte er in irgendeiner Akte.

Sofies Wut wuchs von einer Sekunde zur anderen. Gefährlich leise zischte sie: »Rufen Sie diese verdammte Firma an. Und zwar sofort. Sollten die nicht innerhalb der nächsten fünfzehn Minuten hier erscheinen, werde ich diese Firma wegen Vertragsbruchs verklagen. Ist das verständlich, Herr Korte?« Ohne ein Wort abzuwarten, verließ Sofie das Büro. Mit einem lauten Knall ließ sie die Tür ins Schloß fallen.

Voller immer noch unterdrückter Wut ging sie durch die Lobby. »Verdammt, so werden wir es nie schaffen.« Mitten in der Halle blieb sie stehen und sah sich um. Irgend etwas fehlte hier. Ein kleiner Blickfang, so etwas wie ihr Brunnen. Oder irgend etwas, das Aufmerksamkeit erregte. Sofie dachte angestrengt nach.

Plötzlich fiel ihr die Delphin-Bar ein. Vielleicht konnte sie Pias Schwester überreden, etwas auf die kahlen Wände zu zaubern. »Lena!« rief Sofie zum Empfang hinüber.

Lena blickte hoch und ging auf Sofie zu. »Was ist los? Du siehst aus, als würdest du gleich platzen.«

»Ich muß mich auch sehr zusammenreißen«, sagte Sofie.

»Der verdammte Korte ... Warum ich dich gerufen habe: Schau dir doch mal die Wände an. Was hältst du davon, wenn ich Pias Schwester frage, ob sie uns eine nette Landschaft auf die kahlen Wände zaubert?«

»Das kling richtig gut. Super Idee«, sagte Lena.

»Gut, dann bin ich oben und werde mal bei Pia anklingeln. Sollten die Installateure kommen, dann gib mir bitte Bescheid.«

»Hallo Pia, hier ist Sofie. Wie geht es dir?« fragte Sofie, als sich Pia meldete.

»Oh, hallo Sofie, welch eine Überraschung. Ich hätte nicht gedacht, daß du dich noch mal melden würdest. Freut mich dich zu hören.« Pias weiche Stimme vibrierte leicht.

»Ja, tut mir leid. Du, Pia, ich habe eine große Bitte an dich«, kam Sofie direkt zur Sache.

Pia lachte. »Wow, du gibst dich aber wirklich nicht mit Umwegen ab.«

»Leider habe ich nicht mehr viel Zeit und brauche deine Hilfe – oder besser, die Hilfe deiner Schwester.« Sofie kam sich ein bißchen schäbig vor.

Aber Pia schien eher überrascht als verletzt. »Meiner Schwester? Was kann sie für dich tun?« fragte sie.

»Sie ist doch Künstlerin. Meinst du, sie würde im Hotel die Wände mit einer Landschaft bemalen können?«

»Hm«, machte Pia. »Ja, ich glaube, das könnte sie. Ich frage sie gleich mal und rufe dich dann an.«

»Das wäre nett von dir. Danke, Pia.«

»Keine Ursache. Bis später.« Pia legte als erste den Hörer auf.

Zwei Stunden später standen Pia und ihre Schwester in der Lobby des Hotels. Nach einer Weile einigte sich Sofie mit den beiden auf eine Urwaldlandschaft. Nicht zu bunt, aber doch mit leuchtenden Farben.

Zum Abschied sagte Sofie: »Vielen Dank für deine Unterstützung, Pia.«

Pia grinste sie an und verzog leicht den Mund. »Das kostet dich mindestens ein Pils, an mich.«

Sofie lachte. »Okay, sobald die Neueröffnung gelaufen ist, werden wir uns auf ein Pils treffen.«

»Alles klar, dann sehen wir uns. Mach's gut«, sagte Pia und marschierte mit ihrer Schwester aus dem Hotel.

Endlich war es so weit, die Neueröffnung stand bevor. Am Abend vor der Eröffnung standen Sofie und ihre Mitarbeiter in der Lobby und betrachteten die Wände. Pias Schwester hatte eine wirklich tolle Arbeit geleistet. Pia brachte noch ein paar Pflanzen, und die Lobby sah aus wie ein Tropenparadies. Aus Lautsprechern erklang ein leises Blätterrauschen.

»Eine Wohlfühl-Oase!« sagte Sofie stolz. Die ganze Belegschaft klatschte in die Hände. »Meine Damen und Herren, wir können wirklich stolz auf uns sein. Ich denke, das ist ein Grund, ein wenig zu feiern. Ich lade Sie alle auf einen Drink an unsere Bar ein.« An Pia gewandt sagte sie: »Pia, meine Liebe, dir schulde ich ja auch noch ein Pils. Wie sieht es aus, wirst du mich zur Bar begleiten?«

Pia sah sie wissend an und grinste. »Aber sicher, sonst bekomme ich mein Pils gewiß nicht mehr.«

Sofie und Lena waren bereits drei Monate in Berlin, und eines Sonntagabends klingelte das Telefon. Wie in so vielen Nächten zuvor lag Sofie auch dieses Mal auf dem Sofa. Sie konnte nicht schlafen und grübelte.

Erschrocken sprang sie auf und nahm das Telefon vom Schreibtisch. »Hallo?« fragte sie etwas atemlos. Gleich darauf vernahm sie die leicht rauchige Stimme, und ihre Knie fingen an zu zittern. Sie mußte sich abstützen, sonst wäre sie umgefallen. Wochen waren vergangen, ohne daß sie auch nur einen Anruf von Erica erhalten hatte.

»Sofie? Bitte, sprich mit mir«, erklang es leise aus dem Hörer.

Doch Sofie hörte nicht die Worte, sondern nur die Stimme. Diese Stimme ließ sie alles vergessen. *Mein Gott, wie habe ich sie vermißt,* dachte Sofie und schloß ihre Augen.

Und wieder hörte sie: »Sofie, bitte, sag etwas. Sofie, bist du noch dran?«

Sie hatte das Gefühl, daß irgend jemand oder irgend etwas ihre Kehle zudrückte, sie bekam kein Wort über die Lippen. Es dauerte eine Ewigkeit, bis sie ein leises »Ja« hauchte.

Sie vernahm einen erleichterten Seufzer durch die Leitung. »Sofie, könntest du dir vorstellen, mich zu treffen? Bitte, ich möchte dir alles erklären, und ich muß dir noch etwas Wichtiges sagen. Bitte, Sofie ...«, flehte Erica eindringlich.

Sofies Beine gaben nach, sie setzte sich auf den Boden. Mit dem Rücken lehnte sie sich an den Schreibtisch. Sie versuchte Luft in ihre Lungen zu pumpen, da sie plötzlich das Gefühl hatte zu ersticken.

»Sofie«, flüsterte Erica, »bitte, sag doch etwas.«

Sofie räusperte sich. »Warum rufst du an?« fragte sie mit immer noch kratzender Stimme. »Ich dachte, es wäre alles gesagt.«

»Nein, verdammt, es ist überhaupt nichts gesagt«, rief Erica verzweifelt. »Du hast mich ja nicht ausreden lassen. Sofie, ich ...« Erica schluckte hart und fuhr zögernd fort: »Ich vermisse dich so schrecklich. So etwas ist mir noch nie passiert.«

Sofie überlegte, aber klare Gedanken konnten sich in ihrem Kopf nicht festsetzen. Es schwirrte alles um sie herum. Ein Gefühl der Schwerelosigkeit ergriff von ihr Besitz. Sie schloß die Augen und versuchte sich zu sammeln, was ihr nur mühsam gelang. Leise sagte sie: »Ich kann nicht denken, wenn du am Telefon bist.« Dann atmete sie schwer aus und gab ein Stückchen nach. »Okay, ich werde darüber nachdenken. Sobald ich zu einer Entscheidung gekommen bin, rufe ich dich an.«

Erfreut über diese Wende atmete Erica erleichtert aus und sagte sanft: »Das ist mehr, als ich zu hoffen gewagt hatte. Danke. Ich werde auf deinen Anruf warten.«

Tränen liefen über Sofies Wangen, Worte kamen nicht mehr über ihre Lippen, und sie legte den Hörer langsam auf die Gabel zurück.

Sie lehnte den Kopf an die Schreibtischwand, schlug die Hände vors Gesicht und weinte stumm vor sich hin. In den letzten Wochen waren die Tränen versiegt. Auch wenn die Sehnsucht nach Erica immer noch da war und ebenso der Schmerz in der Brust, so konnte sie doch etwas freier denken.

Lena erwachte durch das Klingeln des Telefons und ging in den Wohnraum. Sie sah Sofie wie ein Häufchen Elend auf dem Boden sitzen. Leise ging sie zu ihr und setzte sich neben sie. Liebevoll nahm sie sie in den Arm, Sofie weinte an ihrer Schulter, während Lena sie festhielt und ihr dabei behutsam über den Rücken streichelte.

Nach einer Ewigkeit löste Sofie sich langsam und stand mit gesenktem Kopf auf. Lena stand ebenfalls auf und ging ans Barfach. Sie nahm eine Flasche Cognac, füllte zwei Gläser mit der goldenen Flüssigkeit. Dann drehte sie sich zu Sofie um und hielt ihr ein Glas entgegen.

Sofie nahm es und nippte langsam an dem Getränk. Ein leicht brennendes Gefühl breitete sich in ihrem Hals aus. Sie nahm noch einen Schluck, und ihre Kehle gewöhnte sich langsam an dieses Gefühl, während sie ihre Augen immer noch gesenkt hielt.

Lena drängte sie nicht. Sie wartete einfach ab. Sie kannte Sofie gut genug, um zu wissen, daß es nichts nützen würde, sie zu fragen.

Nach einer Weile setzte Sofie sich aufs Sofa. »Ich habe nie aufgehört, an sie zu denken«, flüsterte sie. »Sie war immer gegenwärtig. Ich habe alles versucht, um sie zu vergessen, aber es hat nichts geholfen. Am Tag powere ich mich aus, aber in der Nacht liege ich wach, weil ich an sie denken muß, und weine mich in den Schlaf, weil ich es nicht verstehen kann. Irgendwann waren die Tränen versiegt, doch es tat immer noch weh – auch jetzt noch. Warum nur? Wieso sind heute wieder Tränen da?«

Lena sagte nichts, und Sofie schaute sie das erste Mal an, als sie weitersprach. »Sie möchte mich sehen. Sie will mit mir reden.« Verzweifelt sah sie Lena an, während sie flüsterte: »Ich habe Angst. Ich habe solch eine Angst. Ich weiß nicht, was ich machen soll.«

Vorsichtig fragte Lena: »Was ist mit dir? Möchtest du sie auch sehen? Möchtest du mit ihr reden? Vielleicht gibt es eine plausible Erklärung für das, was da passiert ist. Was hast du ihr gesagt?«

Sofie schluckte. »Ich habe gesagt, daß ich darüber nachdenken werde.«

»Hm«, überlegte Lena, »was spricht dagegen, wenn du dich mit ihr triffst?«

»Verstehst du denn nicht? Ich habe Angst, daß –«, rief Sofie, doch dann sprach sie nicht weiter.

Lena setzte sich neben sie und nahm sie erneut in die Arme. Sie sprach zu ihr beinahe wie zu einem Kind. »Aber was, wenn sich mit einem vernünftigen Gespräch alles klären würde? Was, wenn deine Angst dann unbegründet wäre?«

»Ach Lena, ich weiß auch nicht. Ich . . .« Sofie hatte das Gefühl, ein Knoten im Hals schnürte ihr die Worte ab. Sie schluckte. Als sie weitersprach, hörte sich ihre Stimme wie ein Reibeisen an. »Was, wenn ich für sie nur eine nette Abwechslung war? Ich kann das nicht ertragen. Ich kann sie nicht ansehen und wissen, daß sie in einer Beziehung steckt.«

Lena sagte leise: »Was, wenn sie gar nicht in einer Beziehung ist? Was, wenn sie sich getrennt hat? Wenn sie sich vielleicht schon lange vorher getrennt hat und diese Frau das nicht akzeptiert hat? Du mußt aufhören, dich so zu quälen. Sprich mit ihr.«

Sofie goß sich noch einen Cognac ein und nickte. »Ja. Du hast sicherlich recht. Ich sollte mit ihr reden, damit dieses Gefühl endlich aufhört. Ich werde sie nächste Woche anrufen.«

»Warum erst nächste Woche?«

»Ich – ist besser so.« Sofie reichte Lena das Cognacglas.

Lena goß sich ebenfalls noch einen ein. »Geht's dir etwas besser?«

Sofie lächelte. »Du bist die beste Freundin, die man sich wünschen kann«, sagte sie liebevoll.

Der Montag begann mit einem lauten Klopfen an ihrer Zimmertür. Verschlafen öffnete Sofie und sah sich Arthur van Geiken gegenüber. »Guten Morgen, meine Liebe«, dröhnte er lächelnd.

»Oh, wie spät ist es denn?« fragte Sofie, während sie versuchte sich zu erinnern, ob sie einen Termin vergessen hatte. *Ich hätte doch weniger Cognac trinken sollen.*

»Es ist noch recht früh, aber ich habe nicht viel Zeit. Ich möchte mit Ihnen reden. Wann können Sie unten sein?« fragte er immer noch lächelnd.

Sofie sah ihn verwirrt an. »Geben Sie mir eine Viertelstunde, ich mache mich schnell etwas frisch.«

Lachend ging er und winkte. »Bis gleich.«

Sofie schloß die Tür und rieb sich über die Augen. *Was für ein Wochenbeginn.*

Lena sah sie verschlafen an, als Sofie an ihrem Bett stand. »Wer war das? Es ist doch erst sechs Uhr. Der Wecker hat noch nicht mal geklingelt. Wenn es nach mir geht, braucht er heute auch nicht zu klingeln.«

Sofie wurde langsam wach und lachte. »He, was soll das heißen? Du hast einen Job zu erfüllen.«

Wie auf Kommando klingelte der Wecker, und Lena stöhnte auf. Sie zog sich die Decke über den Kopf und rief: »Mach das Monstrum aus. Bitte. Es ist doch noch mitten in der Nacht.«

Sofie beugte sich zum Wecker, um ihn auszuschalten. »Ich gehe schnell unter die Dusche, van Geiken ist unten.«

Lenas Kopf schnellte unter der Decke hervor. »Was? Van Geiken? Was will er?«

»Das werde ich wohl erfahren, wenn ich nach unten gehe.« Sofie verschwand im Bad.

»Guten Morgen, Arthur, was für eine Überraschung«, grüßte Sofie lächelnd, als sie in die Lobby kam.

Er lächelte ebenfalls. »Sofie, meine Liebe, wie geht es Ihnen? Es tut mir leid, daß ich Sie wecken mußte, aber wie schon gesagt, viel Zeit habe ich nicht mitgebracht. Wo können wir in Ruhe reden?«

»Im Büro. Kommen Sie«, sagte Sofie. »Sie sehen gut aus. Was macht der Blutdruck?«

Er lachte laut auf. »Sie ändern sich auch nie, was? Mir geht es gut. Den Blutdruck habe ich im Griff. Danke der Nachfrage.« Mit einem Augenzwinkern fügte er hinzu: »Meine Frau achtet da schon recht gut drauf.«

Sofie lachte auch. »Oh, Sie armer Mann, gleich mehrere Frauen, die sich um Ihren Blutdruck sorgen. Bestellen Sie Ihrer Frau herzliche Grüße von mir.«

»Ja, das werde ich machen. Ich soll Sie auch ganz herzlich

grüßen, außerdem soll ich lieb zu Ihnen sein. Hat sie mir extra aufgetragen.« Er verdrehte die Augen. »Als wäre ich jemals nicht lieb zu Ihnen gewesen.«

Sofie schmunzelte. »Na ja ...«

»Sofie! Wie können Sie nur ...«, sagte er streng. Aber seine Augen verrieten, daß er es nicht ernst meinte.

Sie gingen am Empfang vorbei. »Würden Sie uns bitte Kaffee und belegte Brötchen ins Büro bringen lassen?« sagte Sofie.

Der Mitarbeiter am Empfang nickte und gab die Bestellung per Telefon auf.

Im Büro ließ sich van Geiken in einen Sessel fallen, abwartend setzte sich Sofie ihm gegenüber.

Er sah Sofie ernst an. »Sie sind jetzt schon gute drei Monate in Berlin, und ich sehe, daß Sie bereits viel erreicht haben.«

Sofie wurde unruhig und faltete ihre Hände im Schoß. Ihr Mund fühlte sich trocken an, und wie durch Zauberei kam der Zimmerservice mit dem Kaffee und den Brötchen. Sie lächelte unsicher, während sie den Kaffee in zwei Tassen einschenkte. Sie reichte eine davon van Geiken und wartete schweigend darauf, daß er weitersprach.

Er räusperte sich. »Ich weiß, ich hatte Ihnen ein halbes Jahr Zeit gegeben. Aber leider ist einiges geschehen. Meiner Einschätzung nach wird es möglich sein, das Hotel hier aus den roten Zahlen zu holen. Sicherlich war mir auch vorher klar, daß dieses Ziel nicht innerhalb von ein paar Monaten zu erreichen ist.« Er stockte, doch dann sprach er ernst weiter. »Ach Sofie, es fällt mir wirklich schwer. Ich weiß, daß Sie gute Arbeit leisten und bin auch davon überzeugt, daß Sie es schaffen, dieses Hotel, wie auch jedes andere, wieder auf Kurs zu bringen.« Er merkte selbst, daß er nur drumherumredete. Er trank einen Schluck Kaffee.

Sofie hatte bis jetzt noch keine Reaktion zugelassen. Steif saß sie auf dem Sofa.

»Frankfurt wurde gestern geschlossen – Mainz wird nächste Woche geschlossen«, platzte van Geiken ohne Vorwarnung heraus.

Sofie zuckte zusammen. Sie hatte verstanden, was er sagen wollte. Weitere Worte waren nicht mehr notwendig. Sie fragte mit rauher Stimme: »Wann?«

»Ich bin auf dem Weg nach New York, um mich mit Richard Morgan zu einigen. Ich habe ein paar Bedingungen, die ich persönlich mit ihm klären möchte. Aber ich wollte Sie vorher informieren. Die endgültigen Vertragsverhandlungen werden letztendlich in Hamburg geführt«, sagte er mit fester Stimme, aber er schaute sie traurig an.

Wie schwer mußte es wohl für ihn sein? Er hatte diese Kette aus eigener Kraft aufgebaut, nun mußte er sie aufgeben. Wenn er eigene Kinder hätte, dann ... Sofie dachte ebenfalls traurig über die Geschichte nach.

Sie beugte sich vor, legte tröstend ihre Hand auf seine und lächelte ihn aufmunternd an. Er lächelte zurück. Mit einem Kloß im Hals sagte er: »Danke«, dann räusperte er sich. »Ab wann können Sie zurück nach Hamburg?«

Sofie lachte. Ja, so war er, nur keine Rührseligkeiten aufkommen lassen.

»Ende der Woche«, sagte sie.

Er nickte. »Gut, dann bereiten Sie alles vor.«

Sofie sah ihn ernst an. »Ich habe aber noch eine Bitte.«

Er schaute über seine Kaffeetasse. »Sie wissen ja, daß ich Ihnen keine Bitte abschlagen kann, also lassen Sie mich hören.«

»Sie wissen, ich bin kein Mensch, der anderen Schaden zufügen möchte. Aber in diesem Fall muß ich eindeutig für das Hotel kämpfen. Der Manager, Herr Korte, ist nicht in der Lage, das Hotel vernünftig zu führen, er arbeitet absolut gegen mich. Meine Bitte ist, daß Sie ihm die Kündigung geben. Persönlich.«

Er sah sie erstaunt an. So etwas hatte er von ihr noch nie

gehört, und sie arbeitete nun schon fast fünfzehn Jahre bei ihm.

»Was ist passiert? Hat er Sie angegriffen? Ist er Ihnen zu nah gekommen?« fragte er mit zusammengekniffenen Augen streng.

Sofie war klar, daß diese Fragen keine Ausflüchte duldeten. Sie hob abwehrend die Hände. »Nein, nein, das hat er sich nicht getraut. Er ist nur einfach unverschämt und nimmt sich eindeutig zu viel heraus. Aber nur verbal. Er ist unpünktlich und unzuverlässig.«

Van Geiken atmete erleichtert auf. »Wann erscheint er normalerweise?«

Sofie schaute auf die Uhr. »Ich denke, heute wird er gegen neun Uhr hiersein. Ist ja Montag, da schafft er es nicht früher.« Sie lachte bitter auf.

Van Geiken stand auf und ging zum Schreibtisch. Er nahm das Telefon, sprach ein paar Sätze, legte wieder auf und kehrte zu Sofie zurück.

»Ich werde einen Flug später nehmen. Das hier ist eindeutig wichtiger. Ich werde mich persönlich darum kümmern. Aber wer soll dann als Manager fungieren, wenn Sie wieder in Hamburg sind?«

»Kommissarisch würde ich Herrn Kaiser vorschlagen, er macht sich sehr gut und ist stark engagiert. Ihm scheint seine Arbeit Spaß zu machen.« Sofie grinste schief, als sie an ihre erste Begegnung mit ihm dachte. Da war er alles andere als kompetent erschienen.

»Warum grinsen Sie so?« wollte van Geiken wissen.

Sofie lachte. »Ach, ich dachte nur gerade an meine erste Begegnung mit Herrn Kaiser. Ich hätte ihn am liebsten sofort rausgeworfen. Was für ein Glück, daß ich es nicht getan habe. Nicht immer ist der erste Eindruck der richtige.«

»Ja«, lachte auch van Geiken. »Wenn ich daran denke, als Sie das erste Mal bei mir waren . . .«

»Oje, bitte nicht aufwärmen, das war doch sowieso schon

so peinlich. Ich habe all die Jahre gehofft, daß Sie das vergessen hätten«, stöhnte Sofie auf, und van Geiken lachte laut.

»Ja, meine liebe Sofie, der erste Eindruck ist einfach prägend. Egal, ob Sie es wollen oder nicht. Sie haben sich einfach vor mein Büro gesetzt und wollten nicht gehen, bevor ich Sie angehört habe.«

Sofie war peinlich berührt, als sie an ihren ersten Tag in Köln dachte. Sie hatte sich aufgrund einer Anzeige beworben, wurde jedoch erst gar nicht angehört. Fünf Stunden hatte sie vor dem Büro gesessen. Selbst unter Androhung von Polizei war sie keinen Millimeter gewichen.

Sie schmunzelte. »Ja, selbst die Polizei hätte mich wegtragen müssen.«

»Ich bin froh, daß Sie so hartnäckig waren«, sagte er gerührt.

Sofie kämpfte mit den Tränen und schluckte schwer. *Und jetzt ist alles vorbei,* dachte sie traurig. Eine Bewegung ließ sie aufsehen.

In seiner ganzen Arroganz betrat Korte das Büro. Er hatte van Geiken noch gar nicht wahrgenommen. »Sie hatten doch nicht etwa Sehnsucht nach mir, daß Sie schon hier auf mich warten?« fragte er süffisant. »Warum haben Sie mich nicht einfach angerufen, dann wäre ich doch ...« Als er van Geiken sah, wich alle Farbe aus seinem Gesicht, und er verlor seine Arroganz innerhalb weniger Sekunden.

»Guten Morgen, Herr Korte«, sagte Sofie und an van Geiken gewandt: »Ich werde mal nach dem Rechten schauen. Wenn Sie mich brauchen, sagen Sie einfach am Empfang Bescheid.« Sie stand auf und verließ das Büro.

Bevor sie die Tür ins Schloß zog, hörte sie die tiefe Stimme van Geikens, die einen scharfen Klang hatte: »Nun, Herr Korte ...«

Sie kam gerade am Empfang an, als man ihr das Telefon überreichte. »Ja? Ich komme«, entgegnete sie knapp und ging zurück zum Büro. Vor der Tür hörte sie Korte hitzig und laut sprechen. Sofie straffte ihre Schultern und ging ohne anzuklopfen hinein.

Korte fuhr herum und zischte wütend: »Du . . .«

Doch van Geiken unterbrach ihn laut. »So nicht, Herr Korte, mäßigen Sie sich.« An Sofie gewandt sagte van Geiken: »Ich habe mich mit Herrn Korte geeinigt, er wird das Hotel heute im Laufe des Tages verlassen. Er nimmt seinen Resturlaub. Er bekommt eine Abfindung und wird nicht mehr für die *Prinzess*-Kette arbeiten. Ich möchte, daß Sie ein Kündigungsschreiben aufsetzen. Die Kündigung beruht auf Gegenseitigkeit. Herr Korte und ich werden ins Restaurant gehen, wenn Sie fertig sind, kommen Sie bitte zu uns. Dann kann er seine Sachen ausräumen und sich verabschieden«, sagte van Geiken, während er zur Tür ging.

Korte folgte ihm widerwillig und warf Sofie einen haßerfüllten Blick zu, bevor er aus dem Büro stürmte.

Sofie atmete erleichtert aus. Sie hatte gar nicht bemerkt, daß sie die Luft angehalten hatte. Sie setzte sich an den Schreibtisch und rief Lena an. »Komm mal schnell ins Büro.«

Lena klopfte kurz an und kam auf den Schreibtisch zu. Sie setzte sich in einen der Lederstühle. »Was gibt's? Warum ist er hier?«

Sofie sah sie ernst an. »Wir werden Ende der Woche zurück nach Hamburg fahren. Die Kette wird endgültig verkauft. Frankfurt hat gestern dichtgemacht, und Mainz wird nächste Woche die Pforten schließen. Van Geiken ist auf dem Weg nach Amerika, um zu verhandeln.«

Lena atmete schwer. »Was wird aus uns? Ist das nicht die Firma, die alles aufkauft und alle Mitarbeiter durch neue ersetzt?«

Sofie nickte, und resigniert antwortete sie: »Ja, das ist genau diese Firma, und ich habe keine Ahnung, was aus uns wird. Er hat mir nichts Genaues gesagt, nur, daß ich mir keine Sorgen machen soll, es würde alles gutwerden.«

»Na, da wollen wir mal hoffen, daß es wirklich so ist«, sagte Lena hilflos.

Sofie seufzte. »Laß uns nicht Trübsal blasen, warten wir mal ab, was passiert. Und jetzt halt dich fest: Korte hat gerade seine Kündigung bekommen.«

»Echt? Wow, das wurde auch Zeit. Ich weiß überhaupt nicht, warum du dir von ihm so viel hast gefallen lassen.«

»Ging nicht anders«, erwiderte Sofie knapp. »Du weißt jetzt erst mal Bescheid, aber sag noch niemandem etwas, wir werden diese Woche noch ein wenig vorarbeiten. Ich habe Kaiser als kommissarischen Manager vorgeschlagen. Van Geiken war einverstanden. Was meinst du?«

»Hm, gute Idee. Aber was fragst du mich, du weißt ja, wie ich zu ihm stehe«, sagte Lena verlegen.

Sofie nickte. »Ja das weiß ich, aber ich denke, daß du trotzdem ein gutes Urteilungsvermögen besitzt. Sag ihm bitte auch noch nichts. Ich werde dir früh genug grünes Licht geben. So, nun muß ich das Kündigungsschreiben fertigmachen, damit der gute Herr Korte das Hotel verlassen kann.« Sofie zwinkerte Lena zu.

Lena stand auf, doch bevor sie ging, sagte sie ernst: »Laß dir nicht so lange Zeit, mir grünes Licht zu geben.«

»Nein, werde ich nicht. Versprochen«, sagte Sofie ebenfalls ernst.

Die Woche verging wie im Fluge. Sie hatten alle Hände voll zu tun und kaum Zeit zu verschnaufen. Sofie arbeitete bis zum Umfallen. Abends fiel sie ins Bett und schlief sofort ein. Tagsüber dachte sie öfter daran, Erica anzurufen, um mit ihr ein Treffen zu vereinbaren, aber meistens wurde sie so stark gefordert, daß sie es nicht schaffte. Jedenfalls sorgte sie dafür, daß sie es nicht schaffte.

Am Samstag schließlich stand der große Abschied von Berlin bevor.

Sofie war nicht mehr ins Straßencafé gegangen. Ihr schlechtes Gewissen machte ihr daher zu schaffen. Sie wollte jedoch unbedingt noch Pia Lebewohl sagen, also riß sie sich vor dem offiziellen Abschied von den Angestellten los und lief ins Café. Pia jedoch hatte an diesem Samstag frei.

Mit Bedauern hinterließ sie bei der Bedienung einen kurzen Abschiedsbrief für Pia.

Zurück im Hotel sah sie, wie Lena Martin Kaiser kurz an sich drückte.

Sofie trat zu den beiden und sagte leise: »Na kommt schon, so weit liegt Hamburg nicht von Berlin entfernt. Ihr könnt euch doch an den freien Wochenenden sehen.«

Martin Kaiser schluckte und sah Sofie an. »Ja, Sie haben recht. Danke schön noch einmal für das Vertrauen, das Sie in mich gesetzt haben, Frau Berger.« Er reichte Sofie die Hand.

»Machen Sie es gut. Sie können mich gern in Hamburg anrufen, wenn Sie Probleme haben. Ich bestehe sogar darauf«, sagte Sofie und ging zum Auto.

Wenig später kam Lena und ließ sich in den Sitz fallen.

»Mein Gott, Sofie, das ist ja grausam. Dieser Schmerz in der Brust. Als würde mir etwas ganz Wichtiges entfernt werden«, stöhnte Lena, und Tränen kullerten ihre Wangen hinunter.

»Ach Lena, nimm es doch nicht so schwer. Ihr werdet euch sicherlich bald wiedersehen.« Liebevoll tätschelte Sofie Lenas Hand.

Nachdem Sofie und Lena bereits auf der Autobahn waren, seufzte sie leise: »Ich habe es nicht geschafft, Erica anzurufen.«

Lena sah sie skeptisch an. »Ich denke eher, du hast es absichtlich verdrängt. Oder liege ich da völlig falsch?«

Sofies Blick zeigte, daß sie sich ertappt fühlte. Eine leichte Röte überzog ihre Wangen.

Lena lächelte sie an. »Das ist doch in Ordnung. Du entscheidest, wann du sie treffen möchtest, oder ob du es wirklich willst.«

Sofie sagte leise: »Ja. Aber sie wartet auf meinen Anruf.«

»Das ist richtig. Wenn du möchtest, daß sie nicht mehr warten muß, dann ruf sie an, wenn wir zu Hause sind.« Lena hatte immer ein Talent, Sofie an ihrer Ehre zu packen.

Sofie nickte. »Ja, das werde ich machen.«

»Hat van Geiken noch etwas gesagt? Ich meine, wie es mit uns weitergehen wird?« fragte Lena hoffnungsvoll.

Sofie sah kurz zu ihr hin und schüttelte den Kopf. »Nein, leider nicht. Ich bin genauso schlau wie du. Aber vielleicht erfahren wir ja morgen etwas, dann will er mich anrufen. Möglicherweise kann ich dir dann etwas Näheres sagen.«

Als Sofie ihre Tür aufschloß, fühlte sie sich endlich wieder zu Hause. Sie lächelte in sich hinein. *Wie es scheint, hatte ich wohl doch Heimweh. Endlich wieder zu Hause.* Sie ging ins Badezimmer und ließ sich Wasser in die Wanne. »Jetzt ein Entspannungsbad und ein gutes Buch ...«, sagte sie zu ihrem Spiegelbild.

Durch das Klingeln an der Tür wurde sie in ihrem Zwiegespräch unterbrochen und runzelte die Stirn. »Wer kann das denn sein?« überlegte sie laut, doch bevor sie zur Tür gehen konnte, klingelte ihr Telefon. Etwas konfus nahm sie den Hörer ab. Außer ihrer Familie wußte niemand, daß sie an diesem Wochenende wieder zu Hause sein würde.

»Hallo?« fragte sie und machte sich auf den Weg zur Tür.

»Sofie, meine Liebe, ich wollte Ihnen nur kurz sagen, daß ich am Montag im Hotel bin. Die Amerikaner kommen auch, und dann unterzeichnen wir die Verträge. Bleiben Sie dieses Wochenende zu Hause und erholen Sie sich. Machen Sie sich keine Sorgen, für Hamburg ist gesorgt«, hörte sie van Geiken sagen.

»Oh, das ist toll«, sagte sie ironisch. »Was soll das heißen, ich soll mir keine Sorgen machen und für Hamburg ist gesorgt? «

Van Geiken lachte: »Das heißt, daß sich für Hamburg nichts ändern wird. Sie und alle ihre Mitarbeiter behalten ihren Arbeitsplatz. Es wird nur eine neue Führungskraft geben. So, nun wünsche ich Ihnen ein schönes Wochenende«, sagte van Geiken und legte auf.

Sofie starte den Hörer an und schüttelte den Kopf.

Als sie die Tür öffnete, sah sie sich zwei Eiskristallen gegenüber. Vor Schreck fiel ihr der Hörer aus der Hand.

Erica reagierte blitzschnell und schnappte ihn kurz vor dem Aufschlagen. Sie sah Sofie unsicher an und wartete darauf, daß sie reagierte.

Doch Sofie reagierte nicht, sie starrte Erica nur an.

Erica räusperte sich und sagte mit rauher Stimme: »Hallo, Sofie.«

Sofie reagierte immer noch nicht.

Erica berührte vorsichtig Sofies Wange.

Sofie wich einen Schritt zurück. Sie fragte mit krächzender Stimme: »Was machst du hier?«

»Ich ... bitte, Sofie ... ich ...«, stotterte Erica leicht überfordert. Sie schluckte schwer und straffte ihre Schultern, dann sagte sie fest: »Ich möchte mit dir reden. Und ich bitte dich, mich nicht wegzuschicken. Gib mir eine Chance, dir die ganze Geschichte zu erklären.«

Sofie sah Erica skeptisch an, dann drehte sie sich um und ging ohne ein Wort ins Wohnzimmer. Sie setzte sich in einen Sessel, faltete ihre Hände im Schoß und wartete.

Erica atmete tief durch und schloß die Tür. Dann folgte sie Sofie ins Wohnzimmer und legte das Telefon auf die Anrichte.

Sofie hatte einen trockenen Mund und versuchte zu schlucken, aber es gelang ihr nicht, sie bekam einen Reizhusten und stand auf, um sich ein Glas Wasser zu holen. Mit einem weiteren Glas für Erica ging sie zurück ins Wohnzimmer.

Erica stand immer noch an der Tür.

Sofie sah sie an und hatte Mühe, sich nicht in ihre Arme zu werfen. Sie reichte Erica das zweite Glas. »Woher weißt du, daß ich wieder in Hamburg bin?«

Erica nahm das Glas entgegen und berührte dabei versehentlich Sofies Hand.

Sofie zuckte zusammen und hätte beinahe das Glas fallengelassen.

Doch Erica umschloß es schnell mit ihrer Hand. »Ich habe in Berlin angerufen, und dort sagte man mir, daß du wieder in Hamburg bist. Mein Gott, Sofie. Du hast mir so gefehlt«, flüsterte sie rauh und trat ein Stück auf Sofie zu.

Dieses Mal wich Sofie nicht zurück, sondern blieb abwartend stehen. Sie standen sich dicht gegenüber und sahen sich in die Augen. Sofie sog Ericas Duft tief in sich ein. »Bitte, du möchtest etwas erklären. Dann tu es und geh wieder«, sagte Sofie tonlos.

Erica räusperte sich und trank einen Schluck Wasser. Dann sah sie Sofie fest in die Augen. »Ich habe vor nicht ganz fünf Jahren geheiratet. Diese Hochzeit war Mittel zum Zweck. Es ging hierbei um einen Auftrag, der von großer Bedeutung für mich war. Aber ohne diese Hochzeit hätte ich den Vertrag nicht bekommen. Damals war ich zu vielen Dingen bereit. So auch zu dieser Hochzeit.« Erica machte eine kurze Pause und wartete auf eine Reaktion von Sofie.

Doch Sofie blieb stumm und sah sie nur an.

Erica fing an in der Wohnung auf und ab zu gehen, dann

blieb sie wieder vor Sofie stehen und erzählte weiter. »Es war keine Liebeshochzeit, und nach einem halben Jahr war mir klar, daß ich den größten Fehler meines Lebens gemacht hatte. Nur leider sah der Vertrag vor, daß wir mindestens fünf Jahre verheiratet sein müßten, damit der Vertrag auf mich rechtswirksam wurde. Ich habe das Zusammenleben mit ihr nicht mehr ausgehalten und bin unter einem Vorwand zurück nach New York gezogen. Ich habe ihr immer wieder gesagt, daß ich sie nicht liebe und keine Beziehung mehr mit ihr möchte. Aber eine Scheidung kam für mich auch nicht Betracht, weil ich dadurch vertragsbrüchig geworden wäre. Das wollte ich nicht.« Wieder machte Erica eine Pause, fragend schaute sie Sofie an.

Doch auch dieses Mal sagte Sofie nichts und setzte sich aufs Sofa.

Erica blieb stehen und sagte: »Wir hatten eine Vereinbarung, daß ich immer, wenn ich in Amsterdam wäre, bei ihr und mit ihr wohnen würde. Nachdem ich dir begegnet bin, konnte ich das nicht mehr. Sofie, du mußt mir glauben. Seit ich dich kenne, kann ich mich auf nichts mehr konzentrieren. Ich bin verrückt nach dir und fühle mich so schwer ohne dich.« Erica sah sie verzweifelt an.

Langsam stand Sofie auf und ging auf Erica zu. »Warum hast mir das nicht von Anfang an gesagt?«

»Ich weiß es nicht. Es war für mich nicht vorhanden. Nur du hast gezählt. Ich hatte sie Monate nicht mehr gesehen, und für die Zeit in Amsterdam hatte ich mir ein Hotelzimmer reservieren lassen. Ich habe ihr schon mehrfach gesagt, daß es vorbei ist, doch sie wollte davon nichts hören. Aber es ist schon lange vorbei gewesen«, flüsterte Erica.

Sofie blieb dicht vor Erica stehen. Sie nahm Ericas Duft und Wärme wahr und schluckte schwer.

Erica neigte ihren Kopf, nur wenige Zentimeter vor Sofies Lippen sagte sie: »Es tut mir leid, aber ich kann nicht mehr.«

Dann trafen sich ihre Lippen, und Sofies Arme legten sich wie von selbst um Ericas Hals. Sie schmiegte sich eng an Erica und seufzte in ihrem Mund. Ihre Zungen trafen sich, und tausend kleine Sternchen tanzten vor ihren geschlossenen Augen.

Erschrocken über ihre Reaktion stieß Sofie Erica zurück. »Du machst es dir ganz schön einfach«, rief sie wütend.

Erica versuchte Sofie wieder an sich zu ziehen. »Nein, Sofie, so ist das nicht. Bitte ... ich kann nicht mehr schlafen, wandere nur noch nächtelang durch die Wohnung. Du fehlst mir so. Bitte gib mir doch eine Chance!«

»Du bist verheiratet!« sagte Sofie anklagend. Sie ging wieder einen Schritt zurück.

»Ja, ich weiß, aber nur auf dem Papier. Es waren nie Gefühle dabei. Für dich habe ich Gefühle. Starke sogar.« Voller Verzweiflung sah Erica sie an und griff nach ihrer Hand. Langsam zog sie Sofie zu sich. Zögernd ließ Sofie es geschehen.

»Wie soll ich das glauben? Ich habe doch gesehen, was ich gesehen habe, und gehört, was sie sagte«, fragte Sofie skeptisch.

»Natürlich hast du das. Es ist ja auch geschehen, aber es kam nicht von mir. Ich habe versucht sie abzuwehren. Hast du das nicht auch gesehen?« stöhnte Erica auf. »Sofie, warum wohl sollte ich die ganzen Wochen, Monate versuchen dich zu erreichen? Was glaubst du wohl?«

»Ja, ich ... Ach, ich weiß auch nicht.« Sofie sah Erica verletzt und traurig an.

Mit rauher Stimme sagte Erica leise: »Komm her.«

Und Sofie ging noch einen kleinen Schritt auf sie zu. Langsam zog Erica sie in die Arme, und Sofies Arme legten sich wie von selbst um Ericas Hals. Vorsichtig trafen sich ihre Lippen. Mit einem erleichterten Aufseufzen wurde die Umarmung fester. Ihre Zungen trafen sich zu einem leichten Spiel. Doch die Leichtigkeit des Kusses wurde intensiver, und Sofie sog Ericas Zunge tief in ihren Mund. Erica stöhnte auf. Ihre Münder waren wie miteinander verschweißt. Ihr Atem ging schwerer, und sie bekamen kaum noch Luft, doch keine von beiden wollte sich lösen. Wie Ertrinkende klammerten sie sich aneinander.

Als ihre Lungen kurz vorm Zerplatzen waren, lösten sie sich voneinander.

»Sofie, meine süße Sofie. Ich bin fast verrückt geworden, weil ich dich nicht erreichen konnte.« Zärtlich strich Erica über Sofies Wangen. »Ich weiß, ich hätte warten sollen, aber ich habe es nicht mehr ausgehalten. Es gibt nur eine Frau für mich, und das bist du.« Zerknirscht sah Erica in Sofies Augen.

Ein Lächeln stahl sich auf Sofies Gesicht, und sie sagte zärtlich: »Du hast mir auch viele schlaflose Nächte bereitet. Mir ging es nicht anders.« Sie blickte auf ihre Fußspitzen und stieß einen spitzen Schrei aus. Wasser sammelte sich zu ihren Füßen. Sie stürmte ins Badezimmer. Es stand bereits unter Wasser. »Mist, verflucht!« rief sie und drehte den Hahn zu. Als sie versuchte den Stöpsel aus der Wanne zu ziehen, verlor sie das Gleichgewicht und landete in voller Montur im Wasser.

Erica erfaßte die Situation schnell und lief ihr hinterher. Als Sofie in die Wanne fiel, konnte Erica nicht anders: Sie fing an zu lachen. Unter Tränen sagte sie: »Es tut mir leid, ich wollte dich nicht auslachen, aber das sah einfach zu süß aus.«

Sofie hielt den Stöpsel in die Luft und schaute Erica wütend an. Doch als sie in ihre Augen sah, mußte Sofie auch lachen. »Süß, ja? Na toll. Wenn du fertig bist mit Lachen, würdest du mir dann bitte raushelfen?«

»Aber natürlich«, erwiderte Erica immer noch lachend und wischte sich die Tränen aus den Augen. Sie reichte Sofie ihre Hand und sagte warnend: »Untersteh dich . . .«

Sofie sah sie unschuldig an und grinste hinterlistig. »Ich

weiß nicht, was du meinst.« Sie ließ sich von Erica auf die Beine helfen, ohne sie in die Wanne zu ziehen. »Ich glaube, jetzt muß ich erstmal Wasser schöpfen«, sagte sie immer noch grinsend.

»Wo hast du einen Eimer? Dann helfe ich dir.« Erica schaute sich um.

»Echt? Ach, das wäre aber superlieb von dir«, sagte Sofie übertrieben freudig und fiel Erica um den Hals. »Du bist ein Schatz«, lachte sie. Mit ihrer Umarmung durchnässte sie Erica ebenfalls. Sie kuschelte sich ganz eng an sie.

»Oh, du Biest«, rief Erica erschrocken. Doch statt sie von sich zu stoßen, zog sie Sofie noch enger an sich und suchte mit ihrem Mund nach Sofies Lippen. Sie versanken abermals in einem tiefen Kuß.

Leicht atemlos sagte Sofie: »Ich glaube, ich muß mich jetzt wirklich mal um das Wasser kümmern. Nicht, daß mein Nachbar klingelt, weil's bei ihm naß wird.«

Gemeinsam verbrachten sie die nächste halbe Stunde damit, die Wohnung zu trocknen.

»Geschafft«, sagte Sofie und legte das letzte Handtuch über die Wanne.

Erica gab ihr ein weiteres Handtuch zum Trocknen und sah sie zärtlich an. »Meinst du, du könntest mir ein paar trockene Sachen leihen? Ich habe meine Tasche im Auto, aber ich möchte nicht so naß nach unten gehen.«

»Ja klar, ich hol' dir was«, sagte Sofie lächelnd. Sie ging ins Schlafzimmer und holte eine Jogginghose und ein T-Shirt für Erica und für sich das gleiche.

Als sie ins Bad zurückkam, zog sich Erica gerade den BH aus.

Sofie starrte sie an. »Wie wunderschön du bist . . .«, flüsterte sie atemlos.

Erica sah hoch und hauchte: »Sofie . . .«

Sofie fuhr sich mit der Zunge über die Lippen und ging auf Erica zu. Langsam kniete sie sich hin und half ihr, sich von der Hose zu befreien.

Zärtlich strich sie über Ericas Oberschenkel und blickte von unten zu ihr hoch. Leise flüsterte sie: »Ich habe dich so schrecklich vermißt.« Sie hauchte ihr einen Kuß auf ihre Mitte und stand langsam wieder auf.

Ericas Brust hob sich unregelmäßig. Sie zog Sofie zu sich und begann ihre Bluse aufzuknöpfen, streifte sie ihr über die Schultern. Ihre Hände griffen hinter Sofie und öffneten ihren BH. Langsam streifte sie ihr auch diesen von den Schultern.

Andächtig sah sie auf Sofies Brüste und strich zärtlich über die Knospen. Sofie zog scharf die Luft ein, und ein Lächeln huschte über Ericas Gesicht. Dann ließ sie ihre Hände weiter nach unten wandern und streifte den Rock samt Slip nach unten.

Sofie stieg aus ihrem Rock und schob ihn achtlos zur Seite. Nackt standen sie sich nun gegenüber, betrachteten sich, als hätten sie sich noch nie gesehen.

Heiser sagte Erica: »Sofie, ich –« Weiter kam sie nicht, da Sofie mit einem Schritt bei ihr war und ihren Mund auf Ericas Lippen preßte. Zart glitt sie mit ihrer Zunge über Ericas Lippen, knabberte an ihrer Unterlippe. Erica wollte sie einlassen, aber Sofie zog sich etwas zurück. Unendlich zärtlich zupfte sie mit ihren Lippen an Ericas, und Erica seufzte auf.

Sie schlang ihre Arme um Sofie und streichelte ihren Rücken. Bei den Pobacken verweilte sie einen kurzen Augenblick und knetete sie dann leicht. Sofie drängte ihren Unterleib näher an Erica, wobei sie ebenfalls seufzte.

Sofie drängte Erica aus dem Badezimmer in Richtung Schlafzimmer, ohne sich von ihren Lippen zu lösen. Leider mußte sie beim Öffnen der Tür Erica verlassen, aber nur ganz kurz. Sobald sie das Schlafzimmer betreten hatten, saugte sie sich wieder an Ericas Mund fest und fiel mit ihr zusammen aufs Bett. Sie legte sich auf Erica und bewegte sich langsam auf ihr. Ericas Atem ging nur noch stoßweise, und auch Sofie hatte Mühe, ihren Atem unter Kontrolle zu halten.

Erica stellte ein Bein auf, und Sofie rutschte dazwischen. Sie rieb sich an Ericas Oberschenkel und benetzte ihn mit ihrer Nässe. Erica fuhr ihr über den Rücken und teilte leicht ihre Pobacken. Sie glitt mit ihrem Finger dazwischen und stöhnte auf, als sie Sofies Nässe fühlte.

Sofie löste sich von ihrem Mund und küßte ihre Brüste. Sie leckte über die Brustwarzen, immer eine nach der anderen, abwechselnd. Dann biß sie zärtlich in die harten Knospen, und Erica stöhnte auf. »O ja, Sofie . . . ja . . .«

Mit dem Bein drückte Sofie gegen Ericas Mitte und rieb sich selbst an Ericas Bein. Sie wurden immer schneller, bis Sofie erstarrte und keuchend auf Erica sank. Auch Erica kam mit einem unterdrückten Stöhnen. Sie umschloß Sofie mit ihren Armen und hielt sie eng an sich gepreßt, bis sie wieder zu Atem kam.

»Mein Gott, Sofie, was war das?« fragte sie immer noch atemlos.

Sofie lächelte sie zärtlich an und strich ihr über das Gesicht. »Schnell. Eigentlich zu schnell.« Sie rutschte von Erica herunter und schmiegte sich an sie. Zärtlich sahen sie sich in die Augen.

Erica sagte mit rauchiger Stimme: »Sofie, was machst du nur mit mir? Ohne dich fühle ich mich als halber Mensch, und mit dir fühle ich mich total schwach.«

Sie hielten sich bei den Händen und streichelten sich mit den Augen. Doch das reichte nicht sehr lange, dann gingen ihre Hände auf Wanderschaft, ebenso ihre Lippen.

Irgendwann schliefen sie erschöpft Arm in Arm ein.

Die Sonne weckte Sofie zuerst auf, und sie blickte neben sich. Erica schlief tief und fest. *Sie ist so süß. Meine Göttin. Ich hätte nie gedacht, daß ich mich einmal so verlieben würde,* dachte Sofie liebevoll, als sie ihr zärtlich über die Wangen streichelte. Sie beugte sich vor und hauchte ihr einen Kuß auf die Lippen.

Es war eine schmetterlingsgleiche Berührung, und dennoch stahl sich ein Lächeln auf Ericas Gesicht. Sofie schmunzelte. *Woran sie wohl gerade denkt?*

Langsam rückte Sofie von Erica ab. Sie wollte sich einen Kaffee machen, aber bevor sie aufstehen konnte, hatte Erica sie von hinten gepackt und zurück ins Bett gezogen.

Überrascht schrie Sofie auf. »He, ich dachte, du schläfst noch. Du hast mich erschreckt!«

Erica drehte sich blitzartig um, so daß sie Sofie in die Matratze drückte. Sie lachte sie glücklich an und sagte: »Es wurde kühl, als du dich von mir entfernt hast, das hat mich geweckt. Ich wollte nicht allein in deinem Bett liegen.« Zärtlich gab sie Sofie einen Kuß und fügte neckend hinzu: »Ich hatte vorhin das Gefühl, daß mich ein Schmetterling berührt. Aber ich glaube, es waren deine Lippen.«

Sofie lachte. »Warum sollten dich meine Lippen im Schlaf berühren?«

»Weil du verrückt nach mir bist.« Erica zwinkerte ihr liebevoll zu.

»Ach ja, bin ich das?« fragte Sofie und fing an Erica zu kitzeln. Erica versuchte sich zu wehren, und innerhalb weniger Sekunden waren sie in eine Balgerei verfallen.

Nach einer Weile lagen sie erschöpft nebeneinander und lachten.

Sofie setzte sich auf und küßte Erica stürmisch, drang tief mit der Zunge in ihren Mund. Erica stöhnte überrascht auf.

Genauso schnell, wie dieser Kuß begonnen hatte, beendete Sofie ihn auch und sprang aus dem Bett.

»He!« rief Erica enttäuscht.

Sofie lachte. »Es tut mir leid, aber ich brauche dringend einen Kaffee und etwas zu essen. Ich habe schon seit gestern nichts mehr zu mir genommen.« Beschwingt ging sie in die Küche und schaltete die Kaffeemaschine ein. Sie bückte sich, um Toast aus dem Gefrierschrank zu nehmen.

Erica war ihr gefolgt und sagte rauh: »Hm, welch ein Anblick ...«

Sofie stand genauso nackt am Kühlschrank wie Erica an der Tür. Sie lächelte und blieb noch einen Moment in dieser Position. Lange genug, um Erica dazu zu bewegen, hinter sie zu treten und sie an den Hüften zu sich heranzuziehen. Mit leichten Stößen bewegte sie ihren Unterleib gegen Sofies Pobacken.

Sofie stöhnte auf. »Ja ... o ja ... nimm mich ...«

Das ließ sich Erica nicht zweimal sagen und fuhr mit ihrer Hand zwischen Sofies Beine. »O Göttin, bist du naß ...«, raunte sie erregt. Sie reizte Sofie mit ihren Fingern und stieß von hinten immer wieder mit ihrem Unterleib gegen ihre Pobacken.

Ihren Mund ließ sie über Sofies Rücken wandern und hauchte in ihr Ohr: »Ja, meine Süße, komm, laß dich gehen.« Sie drang mit einem Finger in sie und bewegte sich in gleichmäßigen Stößen.

Sofie versuchte sich ihrem Rhythmus anzupassen und stöhnte immer lauter. »Ja ... oh ... ja ... ja ... o ja ... komm ... ja ...«

Sofie wurde immer schneller, und Erica mußte sich anstrengen, den Kontakt zu ihr nicht zu verlieren. Sofies Atem ging in ein Keuchen über, dann hielt sie die Luft an und wurde ganz steif. Erica fuhr ihr in einer schnellen Bewegung über die Perle, und Sofie kam mit einem animalischen Schrei.

Ihre Beine wollten sie nicht mehr tragen, Erica nahm sie zärtlich in die Arme, während sie Sofie zum Tisch führte. Langsam ließ Erica sie auf die Tischplatte gleiten.

Sofie hatte die Augen geschlossen und lächelte leicht. »Hm, das war schön«, schwärmte sie.

»Was heißt hier war?« fragte Erica erregt und ließ ihren Mund zwischen Sofies Beine gleiten.

Sofie schrie leise auf. »Oh, Erica, o Gott, ja ...«

Erica glitt mit ihrer Zunge zwischen ihre Schamlippen und tauchte tief in sie ein. Sie kostete von dem herrlichen Nektar und seufzte wohlig. Mit der Zungenspitze berührte sie ihre Perle, und Sofie zuckte heftig zusammen. Ericas Zunge wurde immer schneller, ebenso wie Sofies Bewegungen. Mit den Händen hielt Erica Sofie auf dem Tisch fest, damit sie nicht herunterfallen konnte.

»Jaaaaaaaaaaaaaaaaa!« schrie Sofie innerhalb kürzester Zeit, als sie erneut kam. Sie rang nach Luft und keuchte: »Bitte ... komm ... hoch ... ich ... ich kann ... nicht mehr.« Sie versuchte mit letzter Kraft, Erica zu sich hochzuziehen.

Lächelnd sah Erica ihr in die Augen und küßte sie. »Du schmeckst so wunderbar. Ich kann überhaupt nicht genug von dir bekommen«, flüsterte sie verlangend.

Sofie strich ihr zärtlich die Haare aus dem Gesicht, schaute ihr tief in die Augen. Dann flüsterte sie leise: »Ich liebe dich. Ich liebe dich so sehr, wie ich noch keinen Menschen geliebt habe.«

Ein Blitz schoß durch Ericas Körper und in ihr Herz. Sie blinzelte die aufsteigenden Tränen weg und schluckte schwer. »Mein Gott, Sofie«, hauchte sie überwältigt. Mehr bekam sie nicht über die Lippen. Ein dicker Knoten hatte sich um ihren Hals gelegt.

Sofie lächelte sie liebevoll an und versuchte vom Tisch herunterzugleiten.

Erica half ihr dabei und zog sie fest in ihre Arme.

Sofie spürte, wie Erica zitterte und ihre Fassung wiederzuerlangen versuchte. Sie schmunzelte. *Oh, da habe ich wohl jemanden völlig überrumpelt.*

Ericas Stimme wollte ihr kaum gehorchen, und sie mußte sich mehrfach räuspern. Mit kratzender Stimme sagte sie dann: »Meine süße Sofie, ich habe dich so schrecklich vermißt. Die Tage kamen mir vor wie Wochen und die Monate wie Jahre.«

»Komm«, lächelte Sofie sie an und zog sie mit ins Schlafzimmer. »Jetzt brauche ich doch erst einmal etwas anderes als Kaffee.«

Sie ließen sich aufs Bett fallen, und Sofie umschloß Erica mit ihren Beinen. Neckend biß sie ihr in die Lippe, als Erica jedoch darauf reagierte, zog sie sich lächelnd zurück.

Unwillig brummte Erica: »He, bleib hier« und versuchte Sofies Lippen zurückzuerobern. Doch Sofie glitt zu ihrem Hals und zupfte leicht an ihrer Haut. Sie ließ ihre Zunge den gleichen Weg gehen, den sie vorher ihre Lippen hatte nehmen lassen.

Erica schloß ihre Augen und seufzte wohlig auf. »Hmmmm, ist das schön.«

Sofie wanderte weiter zu ihrem Ohr und knabberte an ihrem Ohrläppchen. Dann ließ sie ihre Zunge in die Ohrmuschel gleiten, und Erica stöhnte leise auf.

Sofie hauchte: »Gefällt dir das?«

»Hmm«, kam es von Erica, und Sofie wanderte mit ihrem Mund weiter.

Jeder Zentimeter ihrer Haut wurde von Sofies Lippen und Zunge erforscht. Als sie an der Brust ankam, ging Ericas Atem bereits schneller. Sofie verhielt kurz und betrachtete diese wunderbaren Hügel. Sie leckte sich über die Lippen und blies zärtlich warme Luft über die bereits aufgerichteten Knospen.

Ein leichtes Vibrieren ging durch Ericas Körper, und Sofie senkte langsam ihren Kopf. Mit der Zungenspitze berührte sie vorsichtig die Brustwarze, Erica stöhnte unterdrückt auf. Das gleiche machte sie mit der anderen Brust, immer wieder durchzuckte es Erica, und ein Schauer durchlief sie.

Sofie ließ ihre Hand leicht über Ericas Brust kreisen und umschloß sie dann zärtlich. Mit Daumen und Zeigefinger drückte sie die Brustwarzen und senkte erneut ihren Kopf, um die Knospen zu liebkosen. Mit ihren Lippen die Brustwarzen umschließend, strich sie zärtlich mit der Zunge darüber.

Sofie merkte, wie die Brustwarzen immer stärker anschwollen, und seufzte auf. Sie versuchte die Brust ganz in ihren Mund zu saugen, was natürlich nicht ging, aber durch das Saugen wurden die Brustwarzen noch stärker gereizt, und Erica stöhnte lauter. »O Sofie, ja ...«

Langsam wechselte Sofie die Seite und nahm auch die andere Brust in ihren Mund. Sie verwöhnte sie mit ihrer Zunge und biß zärtlich in die Knospe.

Erica schrie spitz auf und preßte ihren Unterleib an Sofie. Doch diese ignorierte Ericas Verlangen und verwöhnte weiter ihre Brüste.

»Sofie, bitte«, hauchte Erica, »bitte ... mach etwas, ich habe das Gefühl ...«

Sofie lachte verführerisch. »Warte noch, Schatz, ich möchte dich noch etwas verwöhnen.«

»Ich kann nicht mehr warten, bitte, Sofie ...«, bettelte Erica schwach.

»Gleich, Schatz. Hab noch einen Moment Geduld.« Sofie ließ sich nicht zur Eile antreiben und wanderte mit ihrem Mund weiter über Ericas Körper. Stellenweise zupfte sie mit den Lippen an ihrer Haut und hörte, wie Ericas Atem immer schneller ging. Bisher hatte sie ihre Hände nur einmal benutzt, aber nun nahm sie auch diese zu Hilfe.

Erica versuchte Sofie zu streicheln. Doch das ließ sie nicht zu und hielt Ericas Handgelenke mit ihren Händen fest.

Mit ihrem Mund wanderte sie weiter, bis sie am Zentrum

der Lust ankam.

Erica hob sich ihr entgegen und stöhnte. »Bitte ... Sofie ...«

Sofie hauchte ihr einen Kuß genau auf ihre Mitte, und Erica rief »Oh«, aber Sofies Mund wanderte über ihre Oberschenkel abwärts. Jetzt mußte sie leider Ericas Hände loslassen, sonst kam sie nicht ganz nach unten, und das wollte sie auf jeden Fall. Ihre Hände folgen ihr, und am Dreieck blieben sie liegen, ohne Erica zu berühren. Sie tat es nur angedeutet, und Erica zuckte bei jeder kleinen Berührung zusammen.

Ihr Atem ging in ein Keuchen über, als Sofie mit ihrer Zunge an den Oberschenkeln wieder nach oben strich.

Sofie ließ ihre Finger die Schamlippen spreizen, und Erica spreizte ihre Beine noch weiter, damit Sofie ungehinderten Zugang hatte. Höchst erregt keuchte Erica: »Bitte ... Sofie ... laß ... mich ... nicht ... mehr ... so ... lange ... warten.«

Und Sofie erlöste sie, indem sie ihre Zunge in das weiche Fleisch gleiten ließ. Sie saugte sich an ihrem Venushügel fest und strich mit der Zunge immer schneller über die immer größer werdende Perle.

Erica bewegte sich immer wilder, und ihr Stöhnen wurde lauter. Bis sie plötzlich nach oben schnellte und ihren Rücken durchdrückte. Für einen kurzen Moment hielt sie die Luft an, dann rief sie laut: »Jaaa ... o jaaa ... Sofiiieeeee!«

Erschöpft fiel Erica zusammen, und Sofie nahm sie zärtlich in die Arme. Mit einem Lächeln strich sie ihr eine Haarsträhne aus der Stirn. Sie hauchte ihr einen Kuß auf den Mund und sah sie verliebt an.

Erica öffnete die Augen, und Sofie versank in der veilchenblauen Tiefe. Ein ganz warmes Gefühl machte sich in ihrer Brust breit, und sie schluckte. »Erica«, hauchte sie und küßte sie so zart, als würde sie entschwinden können, dann kuschelte sie sich eng in ihre Arme.

Langsam kam Erica wieder zu Atem und streichelte liebevoll Sofies Rücken. Sie lächelte und hauchte Sofie einen Kuß auf den Kopf, drückte sie noch enger an sich und zog die Decke über ihrer beider Körper.

Sofie seufzte wohlig, schon nach wenigen Minuten war sie eingeschlafen. Auch Erica glitt nach kurzer Zeit in einen leichten Schlaf.

Es war bereits früher Abend, als sie das Bett verließen. Sofie lachte überrascht, als ihre Beine wegknickten. »Oh, ich glaube, jetzt muß ich doch mal etwas essen.« Sie setzte sich auf den Bettrand und sah Erica zärtlich an. »Wollen wir uns was zu essen bestellen? Dann brauchen wir uns nicht anzuziehen.«

Erica schmunzelte: »Ach, soll das heißen, du möchtest dich heute nicht mehr anziehen?«

Mit einem koketten Augenaufschlag fragte Sofie: »Hättest du mich lieber in Kleidung?«

»Ja«, sagte Erica lachend, »dann kann ich dich wieder ausziehen.«

»So, so, du kriegst wohl nie genug«, lachte auch Sofie.

»Von dir nie«, sagte Erica liebevoll und umschlang Sofie von hinten.

Sofie ließ sich in ihre Arme gleiten. Für einen kurzen Augenblick blieben sie so sitzen, dann aber gewann Sofies Magen. Er knurrte unüberhörbar, und beide mußten lachen.

»Ich hole mal die Bestellkarte vom Italiener. Oder magst du lieber chinesisch?« fragte Sofie.

»Nein, italienisch ist okay«, sagte Erica und stand ebenfalls auf.

Sofie zog sich ein T-Shirt über und setzte sich aufs Sofa. Sie nahm das Telefon und gab die Bestellung auf. Erica ging ins Bad, und Sofie sah ihr verträumt nach. Sie dachte darüber nach, was sie morgen erwarten würde. *Hoffentlich geht das alles gut aus. Vielleicht muß ich mir ja auch einen anderen Job suchen, obwohl Arthur sagte, es würde alles so bleiben.* Aber wenn sie mit der neuen Führungskraft nicht zurechtkam ...

Erica kam ins Zimmer und setzte sich neben sie. »Was hast du?« Fragend sah sie Sofie an.

Sofie sah ihr in die Augen und dachte: *Wie lange wird sie wohl dieses Mal bleiben? Ich muß sie fragen.* Laut sagte sie: »Ich habe morgen früh eine Besprechung, die bereitet mir ein wenig Bauchweh.«

Erica zuckte innerlich zusammen. *Verdammt, ich muß mit ihr reden, wenn sie morgen erst erfährt, daß ich ...* Sie holte tief Luft und wollte dazu ansetzen, Sofie über den Grund ihrer Anwesenheit in Hamburg zu informieren, doch in diesem Moment klingelte es an der Tür.

»Wow, das ging aber schnell«, sagte Sofie lachend und stand auf.

Erica stand ebenfalls auf und ging ins Schlafzimmer, um sich etwas überzuziehen, da sie immer noch nackt war. Sie fühlte sich nackt nicht mehr so sicher. Jedenfalls nicht, wenn sie Sofie über den Grund ihrer Anwesenheit in Kenntnis setzen wollte.

Erica zog sich gerade das T-Shirt über, das Sofie ihr gegeben hatte, als sie eine tiefe männliche Stimme hörte. Schnell schlüpfte sie in die Jogginghose und lauschte den Stimmen.

»Sofie, mein Schatz, wie schön, daß du wieder hier bist. Ich habe dich schrecklich vermißt. Die Zeit ohne dich war die Hölle!«

Sofie lachte laut auf. »Jetzt übertreib mal nicht. Bevor ich nach Berlin gegangen bin, haben wir uns auch nur sporadisch gesehen.«

»Ja, aber als du weg warst, konnten wir uns noch nicht einmal sporadisch sehen«, lachte er.

»Ich dachte, wir würden uns erst am Dienstag zum Essen treffen. Warum bist du heute schon hier?« fragte Sofie und bat ihren Gast ins Wohnzimmer. Kurz bevor sie das Zimmer betraten, fiel ihr ein, daß Erica nackt war. Sie grinste ihren

Besuch etwas verlegen an. »Oh, ähm, warte mal bitte einen Moment.« Sie spähte ins Wohnzimmer, doch als sie Erica nicht sehen konnte, winkte sie ihn herein. »Setz dich, ich bin gleich wieder da.« Sie verschwand im Schlafzimmer.

Erica saß etwas verloren auf dem Bett, und Sofie kniete sich zu ihr hin. Sie lächelte sie zärtlich an und sagte bedauernd: »Ich habe Besuch bekommen. Ich hoffe, du bist nicht böse, daß wir den Abend nicht allein verbringen werden.«

Erica räusperte sich und sah sie kurz an. »Ich hoffe, daß ich hier nicht störe. Wenn es so ist, dann sag es, und ich verschwinde einfach wieder.«

Sofie schmunzelte und gab ihr einen Kuß auf den Mund. Leise sagte sie: »Ich liebe dich.«

Erica sah sie überrascht an, und ein Lächeln verfing sich in ihren Augen. »Sofie«, hauchte sie bewegt.

Sofie lachte. »Na los, komm, ich möchte dir meinen kleinen Bruder vorstellen.«

»Deinen Bruder?« Erica sah sie verständnislos an.

Sofie nickte. »Ja, meinen Bruder. Mein Besuch? Alles klar bei dir?«

Sofie war schon fast an der Tür, als wieder Leben in Erica kam. Sie sprang auf und war mit einem Satz bei ihr. Sie hielt die Tür zu, und Sofie sah sie überrascht an. Langsam senkte sie ihren Mund auf Sofies und küßte sie zärtlich.

Sofie seufzte auf und legte ihre Arme um Ericas Hals. Sie versanken in einen tiefen, liebevollen Kuß. Als ihr Bruder rief, lösten sie sich voneinander und sahen sich verlangend an.

»Ich glaube, du solltest dir auch eine Hose anziehen«, sagte Erica heiser und strich über Sofies Oberschenkel.

Sofie stöhnte unterdrückt auf. »Oh, ja, ich glaube, du hast recht.«

Sie griff nach ihrer Jogginghose und zog sie sich schnell über die Hüften.

»He, kleiner Bruder, darf ich dir Erica vorstellen?« sagte

Sofie gutgelaunt, als sie ins Wohnzimmer kamen.

»Oh, du bist nicht allein? He, sorry, ich wollte dich nicht stören. Warum hast du denn nichts gesagt?« rief er peinlich berührt.

»Sie stören nicht«, sagte Erica und reichte ihm die Hand. »Erica.«

»Leo«, sagte er, ergriff die ihm angebotene Hand und sah ihr fest in die Augen.

Sofie schmunzelte, als sie sah, wie die beiden sich musterten. Es klingelte wieder, und Sofie ging zur Tür. Ihr Essen war nun eingetroffen.

»So Bruderherz, da ich nicht mit dir gerechnet habe, habe ich auch nichts zu essen für dich mitbestellt. Ich hoffe, du hast keinen Hunger«, sagte Sofie grinsend.

»Essen? Hmmm. Aber Sofie, du weißt doch, daß ich immer Hunger habe. Was gibt es denn Leckeres?« fragte Leo verschmitzt.

»Tja Erica, so wie es aussieht, werden wir wohl nicht so wirklich viel von unserem Essen haben«, lachte Sofie und reichte ihre Pizza an Leo weiter.

»Wenn es dir recht ist, würde ich gern bei dir mitessen.« Sofie warf Erica einen verlangenden Blick zu.

»Oh. Aber sicher doch«, griente Erica.

»Das ist toll, eine ganze Pizza für mich allein. Danke Schwesterlein«, freute sich Leo wie ein kleiner Junge.

Leo war viel zu neugierig, als daß er hätte darauf warten können, bis Sofie ihm alles über sich und Erica erzählte. Also stellte er eine Frage nach der anderen. Es glich beinahe einem Verhör.

»He Leo, jetzt ist aber genug gefragt. Was soll Erica denn von dir denken?« lachte Sofie.

»Wieso?« fragte er grinsend. »Sie findet mich bestimmt toll.«

Erica lachte. »O ja, ganz bestimmt.«

Gegen neun Uhr ging Leos Pieper, und er sagte bedauernd: »Sorry, aber die Pflicht ruft. Ich habe heute Bereitschaftsdienst. Ich muß in die Praxis.«

»Was für eine Praxis?« fragte Erica interessiert.

»Leo ist Kinderarzt und teilt sich eine Praxis mit meinem Vater«, erklärte Sofie.

»Ja, und Sofie sollte Ärztin werden, aber sie bereiste stattdessen lieber die halbe Welt und wollte ins Hotelfach«, lachte Leo und stand auf.

Sofie verzog das Gesicht und streckte ihm die Zunge heraus.

Leo zog sie in seine Arme und gab ihr einen Kuß auf die Wange. Lachend sagte er: »Wir sehen uns am Dienstag.« Er schaute Erica an. »Es war schön, dich kennenzulernen. Wir sehen uns bestimmt wieder.«

Als die Tür ins Schloß fiel, sagte Erica: »Du hast einen tollen Bruder. Ihr habt anscheinend ein sehr inniges Verhältnis zueinander.«

»Ja, das haben wir«, sagte Sofie. »Aber manchmal hätte ich ihn schon jagen können.« Sie lachte und kuschelte sich an Erica.

»Da bist du also um die halbe Welt gereist?« fragte Erica neugierig.

Sofie lachte. »Na ja, wenn die halbe Welt Paris, Madrid und Köln sind, dann ja, ansonsten nein.«

»Wie soll ich das verstehen?« fragte Erica etwas verwirrt.

»Na, ganz einfach. Ich wollte ins Hotelfach, und da sind Sprachen ja nun mal unabdingbar. Also bin ich erst einmal für ein paar Monate nach Paris, um mein Französisch aufzupäppeln. Das gleiche habe ich mit Spanisch gemacht, und dann bin ich nach Köln und habe mich im Hotel *Prinzess* beworben. Aber müssen wir jetzt wirklich von der Vergangenheit reden?« raunte Sofie Erica ins Ohr.

Erica drückte sie fest an sich und überlegte, wie sie jetzt am besten anfangen sollte, Sofie über den Grund ihrer Anwesenheit in Kenntnis zu setzen. »Nein, meine Süße, das müssen wir nicht. Aber ich würde dir noch gern etwas sagen«, sagte Erica leise.

Zärtlich knabberte Sofie an Ericas Hals und strich wie versehentlich über ihre Brust. Sie flüsterte: »Komm, laß uns ins Bett gehen. Ich bin schrecklich müde. Reden können wir später immer noch.«

Erica lachte rauh auf. »Müde? O ja, das merke ich.« Sie zog Sofie zu sich hoch und drang mit der Zunge in ihren Mund. Sie durchforschte die warme Höhle und sog Sofies Zunge in ihren Mund hinein.

Sofie stöhnte unterdrückt auf und küßte Erica genauso leidenschaftlich zurück.

»Komm«, hauchte Sofie zwischen zwei Küssen. »Bitte, ich möchte dich spüren.« Sie zog Erica mit sich hoch und drängte sie ins Schlafzimmer.

»Sofie, ich muß dir noch etwas sagen«, begann Erica erneut. Doch Sofie verschloß ihr abermals mit ihren Lippen den Mund.

»Bitte Sofie, ich muß ...«, versuchte es Erica ein letztes Mal.

»Du mußt mich jetzt nur küssen. Reden können wir später immer noch«, keuchte Sofie und nestelte hastig an Ericas Hose. Sie lachte nervös auf, als sie es nicht schaffte, ihr die Hose über die Hüften zu schieben. Erica gab sich geschlagen und half lächelnd, sich ihrer Kleidung zu entledigen. Auch Sofie zog sich rasch aus, und dann lagen sie sich in den Armen und küßten sich. Langsam ließen sie sich aufs Bett gleiten, und Sofie begann sich an Ericas Körper zu reiben.

Erica stöhnte in ihrem Mund und streichelte Sofies Rücken. Ihre Hände umschlossen Sofies Po, auch Sofie stöhnte leise.

Sofie hauchte: »Ich möchte dich verwöhnen. Bitte laß mich und leg dich auf den Bauch.«

Erica sah sie kurz an, doch dann drehte sie sich um. Sofie legte sich auf sie und begann ihren Nacken zu küssen und mit ihren Brüsten über Ericas Rücken zu streicheln.

Erica schloß die Augen und seufzte erregt auf. Eine leichte Gänsehaut überzog ihren Körper, und ihr Atem beschleunigte sich.

Sofie wanderte mit ihrem Mund Ericas Wirbelsäule hinunter und wieder hinauf. Zärtlich biß sie ihr in die Seite, und ein Zittern durchlief Ericas Körper. Sie ließ einen Finger zwischen Ericas Pobacken gleiten und spürte die Nässe. »Hmm, fühlt sich das gut an«, flüsterte Sofie erregt.

»Ja, o ja«, kam es unterdrückt von Erica.

Sofies Finger flutschte von ganz allein in Ericas Öffnung.

Erica stöhnte laut auf. »Ja, o Göttin, ja . . .«

Sofie glitt mit einem zweiten Finger zwischen Ericas Schamlippen und streichelte durch ihre Nässe. Auch ihr Atem ging bereits schneller, und sie stöhnte leise auf. Kurz vor dem Eingang ließ sie ihre Finger kreisen, und Erica begann sich zu bewegen. Doch Sofies Körper auf ihr ließ nicht viel Bewegungsfreiheit zu.

Sofie flüsterte Erica ins Ohr: »Gefällt dir das? Hm? Sag mir, was du möchtest.«

»O Gott, Sofie, bitte . . .«, stöhnte Erica auf.

»Bitte was?« fragte Sofie rauh.

»Bitte . . . komm . . .«, kam es abgerissen von Erica.

»Sag mir, was du möchtest«, hauchte Sofie, ohne auf Ericas Bitte einzugehen.

»Sofie . . .«, rief Erica verzweifelt.

Sofie lachte und wiederholte: »Sag mir, was du möchtest.«

»O Gott, bitte . . . Sofie . . . mach . . . was . . .«, keuchte Erica.

Sofie glitt kurz mit ihrem Finger in Erica. Erica stöhnte laut auf. Doch Sofie glitt wieder heraus. »Na komm schon, Süße, sag mir, was du möchtest.«

»Bitte . . . komm . . . nimm mich . . . laß . . . mich . . . nicht . . . mehr . . . so . . . lange . . . warten.«

»Wie soll ich dich nehmen?« fragte Sofie mit kratzender

Stimme. Dann drang sie mit einem leichten Stoß in Erica, und diese schrie leise auf. Sofie fragte: »So? Gefällt dir das?«

»Ja ... ja ... o ja. Genau so ...«, stöhnte Erica.

Sofies Bewegungen wurden schneller. Ihre Finger glitten im gleichen Rhythmus immer wieder hinein und hinaus. Ericas Stöhnen wurde immer lauter, bis sie plötzlich ganz steif wurde und mit einem unterdrückten Schrei zum Höhepunkt kam.

Schweratmend lag sie in die Kissen gedrückt da, und Sofie glitt langsam von ihr herunter. Erica drehte sich so, daß sie Sofie in die Augen schauen konnte. Ihr Atem hatte sich noch nicht beruhigt, und sie bekam erst einmal kein Wort heraus.

Sofie sah sie zärtlich lächelnd an und hauchte: »Hat es dir gefallen?«

Statt einer Antwort zog Erica Sofie eng an sich und küßte sie.

Die Nacht war viel zu kurz. Völlig gerädert wachte Sofie auf. Doch ein warmes Gefühl erfüllte sie, als sie Ericas Arme um sich spürte. Sie sah sie liebevoll an. *Wie schön sie ist. Mein Gott, ich liebe sie so sehr.* Zärtlich löste sie sich von ihr und schlich sich aus dem Schlafzimmer.

Heute war der große Tag. Sofie war aufgeregt, weil es sich nun entscheiden würde, wie es mit diesem Hotel weitergehen würde. Sie hoffte, daß auch ihre Mitarbeiter bleiben konnten. Sie waren ein gutes Team.

Frisch geduscht ging sie leise ins Schlafzimmer zurück. Erica schlief noch tief und fest. Sofie lächelte. »Bis nachher, meine Süße«, flüsterte sie. Sie hauchte ihr einen Kuß auf die Stirn und verließ leise die Wohnung.

Mit Schwung betrat sie das Hotel und ging strahlend auf den Empfang zu. Sven blickte sie erfreut an. »Guten Morgen, Frau Berger«, rief er aufgeregt.

Sofie grinste in sich hinein. Sie wußte, daß er für sie

schwärmte. Lena hat es ihr schon einmal gesagt, aber sie hatte es auch selbst bemerkt.

»Guten Morgen, Sven. Wie geht es Ihnen?« fragte sie freundlich, als sie vor ihm stand.

Er stotterte. »Gut ... da-danke. Wie geht es Ihnen? Schön, daß Sie wieder zu Hause sind.«

Sofie lächelte ihn an. »Danke, mir geht es auch gut. Ja, es ist schön, wieder zu Hause zu sein. Würden Sie mir einen Kaffee ins Büro bringen lassen?«

Er nickte eifrig und griff zum Telefon.

Sofie ging zum Aufzug, überlegte es sich dann jedoch anders und lief die Treppe hinauf. Sie war beschwingt und voller Elan, weil Erica in ihrem Bett lag. Doch auch sehr unruhig, weil sie nicht wußte, was nun auf sie zukommen würde. Unruhig auch, weil sie ebenfalls nicht wußte, wie es mit Erica weitergehen würde und ob sie noch dasein würde, wenn sie nach Hause kam. Dann schüttelte sie alle Gedanken an Erica ab und bereitete sich auf die Begegnung mit van Geiken und den Amerikanern vor.

Sie war recht früh da, so war sie im Büro noch allein. Smorowsky war noch nicht da. Sie ließ sich in ihren Stuhl fallen und fuhr den Rechner hoch.

Leise klopfte es an der Tür, der Zimmerservice brachte ihr den Kaffee und ein paar belegte Brötchen. »Guten Morgen, Frau Berger, schön, daß Sie wieder hier sind«, sagte er scheu.

Sofie lächelte ihn an. »Guten Morgen. Danke, es ist schön, wieder hier zu sein.« Sie blickte zum Tisch. »Oh, wer hat denn Brötchen bestellt?«

»Sven sagte, daß Sie bestimmt noch nicht gefrühstückt haben, und da dachte die Küche ...«, sagte er verlegen.

Sofie lachte. »Jetzt weiß ich wieder, warum ich Heimweh hatte. Bestellen Sie der Küche meinen Dank.«

Er nickte und verließ das Büro.

Sofie schüttelte lächelnd den Kopf und nahm den Telefonhörer. Sie wählte den Empfang, und als Sven sich meldete, sagte sie: »Vielen Dank für die Brötchen, das war sehr aufmerksam von Ihnen.«

Sven räusperte sich. »Das habe ich doch gern gemacht. Kann ich sonst noch etwas für Sie tun?«

Sofie lachte in sich hinein und sagte laut: »Ja. Sagen Sie bitte Lena, sie möchte zu mir hochkommen, wenn sie da ist.« Sie legte auf und schmunzelte. *Ich glaube, ich muß ihn bald mal erlösen. Damit er sich keine allzu großen Hoffnungen macht.*

Kurz danach kam Smorowsky ins Büro. Er lächelte sie an und machte eine leichte Verbeugung. »Guten Morgen, Frau Berger. Wie schön, daß Sie wieder da sind.«

Sofie schmunzelte. »Guten Morgen, Herr Smorowsky. Es ist schön, wieder hier zu sein.« *Mein Gott, wie oft werde ich das heute wohl noch sagen müssen?*

»Wir alle haben Sie vermißt«, sagte er freundlich.

»Danke. Sie machen mich verlegen«, sagte Sofie »Heute ist der große Tag. Wollen wir mal hoffen, daß es für uns gut ausgeht. Ich habe mal ein wenig in den Dateien geblättert, Sie sind ganz gut zurechtgekommen, nicht wahr?«

»Ja«, sagte er stolz.

Sofie lächelte. »Das ist gut so, da ich mit Ihnen reden möchte. Bitte setzen Sie sich.« Sie sah ihn kurz an und räusperte sich. »Sie haben ja bereits mitbekommen, daß unser Hotel sowie die ganze Kette verkauft werden soll. Beziehungsweise, sie wurde bereits verkauft. Heute wird noch mal über ein paar Dinge verhandelt, dann werden die Unterschriften geleistet. Van Geiken wird sich zur Ruhe setzen, und jemand aus Amerika wird die Führung übernehmen. Frankfurt und Mainz wurden bereits geschlossen. Hamburg und Köln laufen ganz gut, und Berlin ist im Aufschwung.« Sie machte eine kurze Pause, dann sprach sie weiter. »Soweit mir bekannt ist, wird das amerikanische Unternehmen alle Mitarbeiter entlassen und durch eine komplett neue

Crew ersetzen.«

Smorowsky sah sie erschrocken an und wollte etwas sagen, aber Sofie winkte ab. »Van Geiken hat mir zugesagt, daß Hamburg komplett bestehen bleiben wird. Ebenso Köln. Allerdings mit Berlin ... Nun ja, ich werde versuchen, die Herrschaften davon zu überzeugen, daß die Mitarbeiter in Berlin sehr fähig sind und es verdient haben, übernommen zu werden. Zurzeit ist Berlin ohne Manager.« Sofie machte eine kurze Pause und sah ihn ernst an. »Könnten Sie sich vorstellen, für einen gewissen Zeitraum nach Berlin zu gehen?«

Smorowsky sah sie überrascht und erfreut an. »Ja, das könnte ich mir durchaus vorstellen.«

»Gut, dann würde ich Sie gern als Manager vorschlagen. Sofern ich die Möglichkeit dazu haben werde.«

»Das ist eine große Ehre für mich«, sagte er bewegt.

»Ich kann Ihnen aber nicht versprechen, daß Sie für immer in Berlin bleiben. Eigentlich kann ich Ihnen überhaupt nichts versprechen«, sagte Sofie ernst.

»Das ist mir durchaus bewußt. Aber ich danke Ihnen für Ihr Vertrauen«, erwiderte er.

Lena klopfte an die Bürotür und steckte ihren Kopf herein. »Guten Morgen, störe ich?«

Sofie sah auf und lächelte. »Nein, komm rein. Herr Smorowsky und ich haben bereits alles geklärt.«

Lena betrat das Büro. »Van Geiken ist auf dem Weg hierher. Die Amerikaner sind bei ihm. Er rief kurz durch und teilte mit, daß sie in etwa einer halben Stunde hiersein werden.«

»Okay«, sagte Sofie. »Ist der Besprechungsraum vorbereitet?« fragte sie an Smorowsky gewandt.

Er erhob sich. »Ja, ist er, aber ich schaue lieber noch mal nach.« Mit einer leichten Verbeugung verließ er das Büro.

Lena grinste Sofie an und schüttelte den Kopf. »Ich glaube, das wird er sich nie abgewöhnen. Aber es hat was.«

Sofie lachte. »Ja, es hat was.«

»Sag mal, Sofie, wo warst du gestern?« fragte Lena. »Ich habe mehrfach versucht dich zu erreichen.«

Sofies Wangen überzogen sich mit einem leichten Rot. Sie räusperte sich. »Ich hatte beziehungsweise habe Besuch«, sagte sie verlegen.

Lena sah Sofie überrascht an. »Wow. Sie war bei dir?«

Sofie blickte verlegen. »Sie *ist* bei mir.«

»Sie ist immer noch bei dir?«

Sofie lachte. »Ja, sie ist immer noch bei mir, aber ich mußte leider heute hierherkommen.«

»Also habt ihr euch ausgesprochen. Das ist schön. Wie mir scheint, geht es dir auch gut damit«, sagte Lena erfreut. »Wie lange bleibt sie?«

Sofie sah sie zweifelnd an. »Ich weiß es nicht. Wir haben danach nicht mehr viel geredet.«

Lena lachte. »Okay, dann klär das vielleicht später mal mit ihr.«

»Ja, das werde ich wohl tun müssen«, lachte auch Sofie jetzt.

»Hast du was von Martin gehört?« fragte Sofie. Lena sah sie verträumt an, und Sofie lachte. »So, wie es scheint, hast du das.«

»Ja, habe ich. Ach Sofie, wie schön wäre es, wenn er nach Hamburg kommen könnte. Meine Mutter will ihn unbedingt kennenlernen. Ich habe aber Angst, ihn ihr vorzustellen.«

»He, na komm schon, sie wird ihn nicht gleich fressen«, lachte Sofie. »Ich freu' mich für dich.« Sie drückte Lena kurz an sich. »Mal sehen, vielleicht können wir ja etwas machen. Aber versprechen kann ich nichts.«

»Ach Sofie, du bist ein Schatz.« Lena schmatze ihr einen Kuß auf die Wange.

Van Geiken kam pünktlich um zehn im Hotel an. Er ging mit seiner Begleitung direkt zum Besprechungsraum.

Sven rief bei Sofie an und gab ihr Bescheid.

»Nun ist es soweit«, sagte sie an Lena gewandt. »Drück uns mal die Daumen, daß alles gut wird. Und vielleicht schaffe ich es ja auch, die Herrschaften davon zu überzeugen, daß Berlin in der Konstellation bestehen bleibt.«

»Na los, auf in den Kampf. Du schaffst das schon«, sagte Lena zuversichtlich.

Eilig begab sich Sofie zum Besprechungsraum. Vor der Tür atmete sie noch einmal tief durch und drückte dann die Klinke herunter. Mit einem Lächeln betrat sie den Raum. Sechs Augenpaare waren auf sie gerichtet, als sie an der Tür stand.

»Guten Morgen, die Herren.« Sofie ging auf van Geiken zu. Sie gab ihm die Hand, und er drückte sie zärtlich und beruhigend.

»Sofie, meine Liebe, darf ich Ihnen Herrn Morgan und seinen Begleiter Herrn Cotton vorstellen?«

Die Herren erhoben sich von ihren Plätzen, und Morgan überragte mit seiner Größe alle Anwesenden, obwohl van Geiken auch nicht besonders klein war. Ein stattlicher Mann mit grauem, vollem Haar. Über seine Nickelbrille hinweg sah er Sofie aufmerksam an.

Sie lächelte ihm zu und reichte ihm ihre Hand. »Guten Morgen, Herr Morgan. Sofie Berger.«

Er nahm ihre Hand in seine und sagte mit einem starken amerikanischen Akzent: »Freut mich, Sie kennenzulernen. Ich habe schon viel von Ihnen gehört.« Er hielt ihre Hand länger, als es nötig gewesen wäre, und blickte ihr tief in die Augen.

Sofie wurde etwas nervös. *Was wird das denn jetzt?* Sie lächelte freundlich und entzog ihm ihre Hand. »Ich hoffe, nur Gutes.«

Er lachte auf. »Ja, nur Gutes.«

Sofie begrüßte auch seinen Begleiter, und sie setzten sich alle an den Tisch. Van Geiken begann zu sprechen, doch mitten im Satz wurde er von Morgan unterbrochen. »Sorry, aber wir müssen noch ein paar Minuten warten, wir sind noch nicht komplett.«

Van Geiken sah auf. »Sind wir nicht? Wer fehlt denn noch?«

»Meine Assistentin. Wie Sie ja wissen, habe ich jemanden, der von hier aus die Hotelkette leiten wird. Sie ist jedoch noch nicht da. Was ich mir kaum erklären kann, da sie noch nie unpünktlich war«, sagte er nachdenklich, dabei sah er Sofie an.

Warum schaut der mich so an? überlegte Sofie und wurde noch nervöser. Doch sie überspielte das Gefühl, indem sie aufstand und lächelnd fragte: »Da wir ja noch einen Moment Zeit haben, können wir noch einen Kaffee trinken. Darf ich Ihnen welchen einschenken?« Sie sah Herrn Morgan fragend an.

Er nickte und hielt ihr seine Tasse entgegen. Auch van Geiken lächelte erfreut. Kaffee war sein Lieblingsgetränk, aber seine Frau achtete immer darauf, daß er nicht zuviel davon zu sich nahm.

Sofie zwinkerte ihm zu. Lachend sagte er: »Ja, wenn meine Frau jetzt hier wäre, hätte ich bestimmt Tee bekommen.«

Morgan lachte auch. »Bei meiner Frau ist es nicht anders. Sie streicht mir immer die zweite Tasse Kaffee.«

Sofie schmunzelte und dachte: *Die beiden haben das gleiche Schicksal.* Sie goß van Geiken gerade den Kaffee in die Tasse, als die Tür aufging. Mit dem Rücken zu Tür konnte sie nicht sehen, wer den Raum betrat. Aber an Morgans Gesichtsausdruck erkannte sie, daß es sich wohl um seine Assistentin handeln mußte.

Sie drehte sich mit einem Lächeln um und erstarrte, als sie in Ericas veilchenblaue Augen sah.

In Ericas Augen lag ein flehender Ausdruck, den Sofie nicht zuordnen konnte. Sie schluckte hart.

Erica war hier, um die Hotelkette zu übernehmen, und Sofie hatte es nicht gewußt. Sie war fassungslos und starrte Erica an.

»Guten Morgen. Es tut mir leid, daß ich mich verspätet habe«, sagte Erica und sah immer noch Sofie bittend an. Dann gab sie sich einen Ruck und schenkte ihrem Chef und Onkel ein charmantes Lächeln. Sie ging auf ihn zu und gab ihm einen Kuß auf die Wange.

»Schön, daß du es doch noch geschafft hast. Darf ich Ihnen meine Assistentin und Nichte Erica Faust vorstellen. Erica, dies ist Herr van Geiken, und Frau Berger ke-«

»Ja. Guten Tag, Herr van Geiken. Frau Berger«, unterbrach ihn Erica schnell, bevor er aussprechen konnte, daß die beiden Frauen sich kannten.

Überrascht glitten Morgans Augen von Erica zu Sofie und zurück, dann sagte er: »So, dann können wir nun wohl mit den Verträgen beginnen. Komm, Erica, setz dich zu mir.« Er klopfte auf seine rechte Tischseite.

Erica nahm Platz und saß Sofie direkt gegenüber. Sie versuchte Blickkontakt zu ihr herzustellen, doch Sofie vermied es, ihr in die Augen zu sehen. Sie war enttäuscht und fühlte sich betrogen. Erica hatte sie zum zweiten Mal getäuscht. Sie mußte sich zwingen, mit ihren Gedanken bei der Verhandlung zu bleiben.

Die Verhandlung zog sich über mehrere Stunden hin, und als sie schon fast abgeschlossen war, stand Sofie auf. »Ich habe noch eine Bitte.« Dabei sah sie Erica das erste Mal direkt an. Ihre Lippen zitterten leicht, doch sie straffte ihre Schultern und sagte fest: »Die Bilanzen aus Berlin liegen Ihnen vor, und ich möchte Sie bitten, noch einmal zu überdenken, daß die Mitarbeiter in Berlin die letzten Monate wirklich hart gearbeitet haben. Und ob sie nicht vielleicht doch eine Chance verdient haben, weiterbeschäftigt zu werden. Meiner Ansicht nach haben sie das. Zur Zeit ist Berlin ohne Manager, und ich möchte Herrn Smorowsky vorschlagen, der, solange es nötig ist, diesen Posten besetzen könnte. Ein sehr fähiger Mann.«

»Warum liegt Ihnen so viel daran, was mit Berlin geschehen wird? Sie sind doch in Hamburg, und hier ist doch alles geklärt. Ich denke, zu Ihren Gunsten.« Morgan blickte fragend. »Es tut mit leid, Frau Berger, aber das entspricht nicht unserer Arbeitsweise. Ich denke, wir sind jetzt durch und können uns angenehmeren Dingen widmen.«

Er wollte aufstehen, aber Erica hielt ihn zurück. Sie sah Sofie an. »Was für eine Garantie gibt es, daß das Hotel in Berlin nicht weiter bergab geht?«

Sofie sah sie herausfordernd an und antwortete: »Garantie? Für was gibt es schon eine Garantie? Ich kann Ihnen nur sagen, was ich die letzten Monate mit diesen Menschen erlebt habe und daß jeder einzelne seinen Job verdient hat. Es ist ein starkes Team, und man wäre dumm, sich davon zu trennen. Sie sind mittlerweile recht gut eingearbeitet. Aber es ist Ihre Entscheidung.«

Morgan nickte und sah Erica an, dann sah er Sofie an und spürte die Spannung, die sich zwischen den beiden Frauen aufgebaut hatte. »Nun, meine Liebe, was denkst du? Meine Entscheidung kennst du. Aber es ist dein Projekt. Ich werde deine Entscheidung akzeptieren.« Dann fügte er leiser hinzu: »Ich hoffe, du entscheidest nicht mit dem Bauch.«

Erica löste langsam ihren Blick von Sofie und sah ihren Onkel an. »Du weißt, daß ich mich in diesen Dingen nie auf meinen Bauch verlasse«, sagte sie ernst.

Er nickte. »Gut, ich denke, wir machen eine Pause und treffen uns in einer Stunde wieder hier. Wir besprechen diese Angelegenheit, und dann teilen wir Ihnen unsere Entscheidung mit.« Morgan erhob sich. »Kommst du, Erica?«

»Ich komme gleich nach«, erwiderte sie, ohne jedoch den Blick von Sofie zu nehmen.

Morgan schüttelte den Kopf und verließ gefolgt von Cotton und van Geiken den Besprechungsraum.

Sofie stand ebenfalls auf und drehte sich zur Tür.

»Sofie«, rief Erica leise.

Sofie drehte sich langsam um und sah sie verletzt an. »Warum, Erica? Warum hast du mir das verschwiegen? Gibt es noch mehr Geheimnisse? Auf was muß ich mich noch gefaßt machen?«

Erica stand auf und war mit zwei langen Schritten bei ihr. »Bitte, Sofie, ich wollte es dir sagen, aber –«

»Aber? Was aber? Hat dich der Mut verlassen, oder wolltest du dir die gewissen Stunden nicht entgehen lassen?« fragte Sofie bitter.

»Nein, verdammt, Sofie, so war es doch nicht. Ich habe es mehrfach versucht. Immer wenn ich anfangen wollte, hast du mich geküßt. Glaubst du denn, daß ich dann noch irgend etwas anderes im Kopf hatte?«

Sofie lachte zynisch auf. »Ja natürlich. Du hattest Monate Zeit, mich darauf vorzubereiten, daß ich dir heute in einem für mich lebenswichtigen Moment gegenübersitzen würde. Was ist das für ein Gefühl? Du hast gewußt, daß dieses Hotel verkauft wird, und du hast gewußt, daß die Chance einer Übernahme der Mitarbeiter eher unwahrscheinlich ist. Warum hast du mir nichts gesagt? Hat es Spaß gemacht, mich zu täuschen?«

»Sofie, bitte, so ist es doch nicht. Und außerdem wird niemand von hier entlassen. Was glaubst du wohl, warum nicht? Ich habe mich dafür eingesetzt, weil ich wußte, wieviel dir dieser Job, dieses Hotel bedeutet. Weil *du* mir viel bedeutest.«

»Oh, wie löblich, dann muß ich dir ja dankbar sein«, sagte Sofie sarkastisch. Mit einem Knicks fügte sie hinzu: »Ich bin

Ihnen zu Dank verpflichtet, ich hoffe, ich kann es Ihnen zurückgeben.« Sie starrte Erica wütend an. »Was ist, soll ich aus Dankbarkeit mit dir schlafen?« fragte sie und beugte sich vor. Sie küßte Erica hart und ließ ihre Hand zwischen Ericas Beine gleiten.

Erica versuchte sie wegzudrücken und keuchte auf, als Sofie sie berührte.

Sofie drang tief in Ericas Mund und küßte sie wild. Doch Erica legte alle Zärtlichkeit in diesen Kuß, und Tränen liefen über Sofies Wangen.

Sofie riß sich von Erica los und lief aus dem Besprechungsraum. Blind vor Tränen lief sie zum Dachgeschoß.

Erica taumelte etwas, doch fing sie sich schnell und rannte Sofie hinterher. Auf der Dachterrasse holte sie Sofie ein. Außer Atem umschlang sie Sofie von hinten und flüsterte erstickt und um Atem ringend: »Bitte, Sofie, ich wollte dich nicht verletzen. Bitte, glaub mir. Es ist kein Spiel.«

Sofies Schultern zuckten, und erstickt sagte sie: »Bitte geh! Laß mich in Ruhe!«

Doch Erica legte ihre Wange an Sofies Rücken. Sie hauchte flehend: »Bitte Sofie, bitte verzeih mir, ich ... ich liebe dich. Ich habe noch nie jemanden so sehr geliebt wie dich. Bitte verzeih mir, daß ich dich getäuscht habe.«

»Wieso sagst du ausgerechnet jetzt, daß du mich liebst? Wie kann ich dir jemals wieder vertrauen? Was willst du, Erica? Willst du mich kaufen? Aber warum? Du hast das Spiel doch gewonnen! Du brauchst mich nicht mehr«, sagte Sofie traurig.

Langsam drehte sich Sofie in ihren Armen herum und sah sie mit tränennassen Augen an. Sie entfernte sich einen Schritt und wartete auf eine Antwort.

Erica lächelte sie scheu an. »Doch, Sofie, ich brauche dich mehr als jeden anderen Menschen auf dieser Welt. Bitte, du mußt mir glauben. Ich liebe dich. Ich liebe dich schon seit Monaten. Und als du mir gestern gesagt hast, daß du mich liebst, hatte ich ein so schlechtes Gewissen, weil ich dir noch immer nicht erzählt hatte, warum ich in Hamburg bin. Deshalb konnte ich dir nicht sagen, wie sehr ich dich liebe. Ich hatte Angst, daß du mir nicht glauben würdest und daß du mich wegschicken würdest. Ich habe dich doch so schrecklich vermißt und wollte dich nicht wieder verlieren. Und heute morgen warst du schon weg. Damit hatte ich die letzte Chance verpaßt, dir zu sagen, daß ich auch in der Verhandlung sein würde. Ich liebe dich, Sofie. Ich liebe dich von ganzem Herzen. Bitte gib mir noch eine Chance.«

»Noch eine? Wie viele Chancen braucht man, um ehrlich zu sein?« fragte Sofie traurig.

»Sofie, bitte, glaub mir. Das alles ist nur eine Verwicklung unglücklicher Umstände«, stöhnte Erica hilflos. »Ich liebe dich, ich bin total verrückt nach dir. Ich möchte nie mehr ohne dich sein.« Sie flüsterte.

»Es tut mir leid, Erica, aber ich brauche jetzt ein paar Minuten für mich. Ich muß den Vormittag erst einmal verdauen. Bitte, laß mich jetzt allein«, erwiderte Sofie tonlos.

»Gut, ich warte vor der Tür«, sagte Erica unglücklich.

Sofies Gedanken überschlugen sich. Völlig durcheinander dachte sie an Berlin, an Hamburg, an Erica, an Ericas Geständnis über ihre Liebe. Sie lehnte sich ans Geländer und stützte ihren Kopf auf die Hände. Wie sehr hatte sie Erica vermißt und wie glücklich war sie in der Nacht noch gewesen. Sollte das jetzt alles schon wieder vorbei sein?

Mit geschlossenen Augen versuchte sie klare Gedanken zu fassen. Doch statt eines klaren Kopfes schossen Bilder der vergangenen Nacht immer und immer wieder durch ihren Kopf. Erinnerungen daran, wie oft sie Ericas Versuche zu sprechen mit einem Kuß beendet hatte, kamen ihr auch ganz langsam in den Sinn.

Sofie stöhnte laut auf und kam zu dem Entschluß, noch einmal vernünftig mit Erica über sie beide zu reden. Aber zuerst mußte die Übernahme der Hotels in trockenen Tüchern sein.

Als sie sich umdrehte, sah sie Erica am Türrahmen gelehnt stehen. Sie sah so verloren aus, daß es ihr ins Herz schnitt. Erica hatte ihren Kopf abgewendet und schien jetzt Sofies Blick zu spüren, da sie sich langsam in ihre Richtung drehte. Mit traurigen Augen blickte Erica Sofie an.

Langsam ging Sofie auf Erica zu. »Du möchtest nie mehr ohne mich sein?« fragte Sofie leise, als sie vor ihr stehenblieb.

Ein Hoffnungsschimmer erhellte Ericas Augen, und sie schluckte. »Nie mehr.«

»Wie soll das gehen? Du lebst in New York und ich in Hamburg. Und du bist verheiratet«, sagte Sofie traurig.

»Ich werde in Deutschland bleiben, weil ich die Hotelkette leiten werde. Und meine Scheidung läuft bereits. In zwei Monaten bin ich geschieden«, sagte Erica fest.

Ein Lächeln stahl sich in Sofies Augen. »Halt mich fest«, flüsterte sie, und Erica zog sie eng an sich. Sie hauchte ihr einen Kuß aufs Haar und streichelte ihren Rücken. Sofies Atem ging schwer, und leise raunte sie dicht an Ericas Ohr: »Ich liebe dich und möchte jetzt gern mit dir schlafen.«

»O Göttin ...«, stöhnte Erica auf. »Sofie ... ich, mein Gott, Sofie, wie sehr ich dich liebe.« Sie suchte mit ihrem Mund nach Sofies Lippen. Eng umschlungen küßten sie sich verlangend.

Sofie nahm ein leichtes Räuspern wahr und löste sich von Erica. Sie blickte zur Tür und damit in Svens Augen.

»Die Herrschaften sind wieder im Besprechungsraum und fragen, wo Sie bleiben«, stotterte Sven. Mit hochrotem Kopf sah er Sofie verletzt an.

»Oh.« Mehr brachte Sofie nicht heraus.

Erica sah sie zärtlich an. Dann blickte sie zu Sven. »Würden Sie den Herren sagen, daß wir auf dem Weg sind?«

Sven sah sie scheu an und nickte nur. Er ging durch die Tür und stieß mit Lena zusammen, die ebenfalls auf der Suche nach Sofie war.

»Ach, Sven, hast du ... Sofie gesehen? ... Hallo Sven, alles in Ordnung mit dir?« Verwundert schaute Lena Sven, der kein Wort sagte, hinterher. »Was ist denn nun schon wieder los?« Lena schüttelte den Kopf und ging auf die Dachterrasse. Als sie Sofie in Ericas Armen sah, war ihr klar, was mit dem armen Sven los war.

»Hallo ihr zwei, die Besprechung geht weiter. Aber vorher sollte Sofie sich lieber etwas frischmachen«, sagte Lena zerstreut.

Dann ging sie, und Erica lachte mit ihrer rauchigen Stimme auf. »Was für eine Freundin du hast. Komm Schatz, wir suchen mal eine Toilette auf und dann auf in den Endspurt. Erzähl mir bitte etwas über Berlin.« Doch bevor sie ins Treppenhaus gingen, hielt Erica Sofie kurz fest und sah ihr tief in die Augen. »Schatz, wir müssen später unbedingt miteinander reden. Ich möchte dir alles erklären.«

»Ja, das hoffe ich doch sehr«, erwiderte Sofie leise und drückte ihr noch einen Kuß auf den Mund.

Auf dem Weg zur Toilette berichtete Sofie über die Zeit in Berlin, und Erica hörte ihr aufmerksam zu.

Zurück im Besprechungsraum eröffnete Erica das Gespräch. »Ich habe mir die Bilanzen aus Berlin noch einmal angesehen und mir das Für und Wider angehört. Ich bin zu dem Entschluß gekommen, daß wir den Mitarbeitern einen befristeten Vertrag von einem Jahr geben sollten. Sollte das Hotel in der Zeit die roten Zahlen verlassen haben, sehe ich einen unbefristeten Arbeitsvertrag als durchaus realistisch an.«

»Eine solche Übernahme haben wir noch nie gehabt«, sagte Morgan nachdenklich. »Aber wir sind ja auch nicht stehengeblieben. Also gut, Erica, wenn du das verantworten kannst, dann werden wir es so machen. Du regelst alles weitere wegen Berlin am besten mit Frau Berger. Die Verträge sind unterzeichnet. Ich denke, damit ist alles geregelt, und ich kann heute abend beruhigt den Flieger nach New York nehmen.« Er stand auf und reichte Sofie die Hand. »Vielen Dank für Ihre Unterstützung, Frau Berger. Ich denke, das Lob war nicht übertrieben.« An Erica gewandt sagte er: »Wir beide müssen noch reden, bevor ich abfliege. Laß uns essen gehen. Herr van Geiken, vielen Dank für das Geschäft und alles Gute im Ruhestand.«

Die beiden Männer gaben sich die Hand und verabschiedeten sich.

Erica erhob sich ebenfalls, verabschiedete sich von van Geiken und drehte sich zu Sofie um. »Ich komme später in dein Büro«, sagte sie leise und nickte ihr zu.

Sofie sah ihr mit gemischten Gefühlen nach.

»Nun Sofie, sind Sie zufrieden?« fragte van Geiken freundlich.

Sofie sah ihn an, und eine Träne stahl sich in ihr Auge. Sie schluckte. »Ja. Ich denke, es ist alles zu unserem Besten abgelaufen. Aber ich werde Sie vermissen. Schrecklich sogar.«

»Ach Kindchen, kommen Sie, nun machen Sie es mir nicht so schwer«, sagte er gerührt und nahm Sofie in den Arm. Er drückte sie leicht. »Ich und auch meine Frau würden uns freuen, wenn Sie uns besuchen würden.«

»Das mache ich ganz sicher«, sagte Sofie und wischte sich verstohlen die Träne fort.

»Sagen Sie, diese Frau Faust, sie kommt mir irgendwie bekannt vor. Sie kannten sich, oder?« fragte van Geiken nachdenklich.

Sofie räusperte sich und sagte: »Ja, sie war vor einigen Monaten Gast in unserem Haus. Allerdings wußte ich bis heute nicht, daß sie wegen unseres Hotels hier war.«

Van Geiken nickte, und sie verließen gemeinsam den Konferenzraum. An der Tür reichte er ihr die Hand. »Machen Sie es gut, Sofie, und denken Sie daran, uns zu besuchen. Sie wissen, ich mag keine rührseligen Verabschiedungen. Bestellen Sie der Belegschaft meine besten Wünsche.« Dann ging er schnellen Schrittes durch die Tür.

Sofie steuerte geradewegs ihr Büro an. Sie brauchte ein paar Minuten für sich. Traurig sah sie aus dem Fenster, und vereinzelte Tränen liefen über ihre Wange. Sie dachte an die Zeit, als sie in diesem Hotel angefangen hatte. Sie würde van Geiken vermissen. Ob sie mit Erica als ihre direkte Vorgesetzte wirklich klarkommen würde? Sie hoffte es.

Leise klopfte es an die Tür, und Sofie wischte sich schnell noch eine Träne von der Wange. »Ja, bitte.«

»Hi Sofie, hast du einen Moment Zeit?« fragte Lena vorsichtig.

»Na klar, für dich doch immer.« Sofie versuchte tapfer zu lächeln.

»Ich weiß, es ist sicherlich nicht der richtige Zeitpunkt, aber wann ist der schon richtig? Also, es ist so, Sven hat dich und Erica oben in eindeutiger Position gesehen und ist völlig neben der Spur. Er spricht von Kündigung und was weiß ich noch alles. Ich weiß nicht, was ich mit ihm machen soll.«

»Hm . . . tja, vielleicht sollte ich mal ein ernstes Wort mit ihm reden?« überlegte Sofie laut und sah Lena an. »Okay, schick ihn mal zu mir rauf. Ich werde mit ihm reden.«

»Aber sei nett zu ihm. Er ist wirklich fertig. Ich dachte, es wäre nur eine dumme Schwärmerei, aber anscheinend ist er mächtig verliebt in dich.«

»Du kennst mich doch. Also los, schick ihn hoch.«

Kurz darauf betrat Sven das Büro. »Frau Berger, Sie wollten mich sprechen?«

»Ja, Sven, das wollte ich. Ich habe gerade erfahren, daß Sie kündigen möchten! Möchten Sie mir verraten, warum?«

»Nein, das möchte ich nicht. Es ist eine private Angelegenheit«, sagte Sven schüchtern.

»Also gut, und ich kann Sie nicht überreden, es sich noch einmal anders zu überlegen?« fragte Sofie vorsichtig.

»Nein, da gibt es nichts mehr zu überlegen«, erwiderte

Sven mit einem trotzigen Blick auf Sofie.

»Nun, ich möchte Sie zu nichts zwingen, aber was würden Sie davon halten, wenn Sie statt zu kündigen einfach in ein anderes Hotel *Prinzess* gehen würden? Zum Beispiel nach Berlin?« Sofie sah ihn abwartend an.

Sven starrte sie an und stotterte. »Das ... das würden Sie machen? Ich meine, mich versetzen?«

»Natürlich nur, wenn es in Ihre privaten Angelegenheiten paßt. Was halten Sie davon, einfach eine Nacht darüber zu schlafen und mir morgen Bescheid zu geben?« Sofie lächelte.

Sven nickte sprachlos und verließ das Büro. Sofie schmunzelte. *Dann wird sich Lena bestimmt freuen. Statt Sven kann Martin für uns in Hamburg arbeiten.*

Nachdem das geklärt war, machte Sofie sich wieder an die Arbeit.

Es war bereits später Nachmittag, als Erica leise in Sofies Büro kam.

Sofie saß über den Personalakten aus Berlin und hatte Erica nicht hereinkommen hören. Erst als Erica am Schreibtisch stand, sah Sofie hoch. Ein Lächeln huschte über ihr Gesicht. Dann bewegte sie leicht gequält ihren Kopf. Erica trat hinter sie, um mit sanftem Druck ihren Nacken zu massieren. Sofie seufzte wohlig auf. »Hm, das tut gut.«

Erica hauchte ihr einen Kuß auf den Nacken und drehte sie dann mit dem Stuhl zu sich. Lächelnd zog sie Sofie hoch in ihre Arme, und ihre Lippen trafen sich.

Sofie schmiegte sich an Erica und genoß es, von ihr gestreichelt zu werden.

»Hast du für ein paar Tage Platz für mich?« fragte Erica leise.

Sofie sah sie liebevoll an. »Wenn dir meine Wohnung nicht zu klein ist, dann gern.«

»Sie hat die ideale Größe«, flüsterte Erica, und erneut trafen sich ihre Lippen.

»Komm, laß uns Feierabend machen und nach Hause fahren«, hauchte Sofie verlangend.

Erica lachte rauh auf. »Nichts lieber als das. Aber wir müssen noch eine Lösung für Berlin finden.« Sie löste sich von Sofie und sah sie entschuldigend an.

»Ja«, lachte auch Sofie etwas freudlos auf. »Berlin ... Ich habe dort wirklich ein gutes Team hinterlassen. Bitte, Erica, kannst du dich setzen? Wenn du so nah bist, kann ich keinen vernünftigen Gedanken fassen.«

Erica nahm Sofie in die Arme. »Ja Schatz, da geht es mir nicht anders.« Sie drückte ihr noch einen Kuß auf die Wange und setzte sich vor den Schreibtisch. Mit übereinandergeschlagenen Beinen sah sie Sofie an. Verlangend starrte Sofie auf Ericas Beine. »Sofie? Meine Augen sind etwas höher«, schmunzelte Erica.

Ertappt schüttelte Sofie grinsend den Kopf. »Tut mir leid, aber du bist sooo verführerisch.«

Einige Zeit später hatten sie alles Geschäftliche geklärt. »Gut, dann werde ich jetzt Smorowsky hereinbitten und du, als neue Chefin, darfst ihm sagen, daß er nach Berlin kann«, schlug Sofie vor.

Erica erhob sich und steckte ihre Glieder, ging um den Schreibtisch herum, um Sofie erneut in ihre Arme zu ziehen. »Nein Schatz, das wirst du machen. Genauso wie den Austausch von Sven und Martin.« Verlangend küßte sie Sofie und sagte mit belegter Stimme: »Ich warte unten auf dich, da ich mich kaum mehr beherrschen kann. Sonst muß ich dich jetzt hier und gleich lieben.«

»Hm ... nichts dagegen«, raunte Sofie.

»Du machst mich verrückt, Schatz. Weißt du das eigentlich? Ich gehe jetzt besser, sonst kann ich für nichts garantieren.« Mit schnellen Schritten entfernte sie sich von Sofie.

Diese lachte ihr hinterher und rief: »Feigling! Aber gut, ich werde mich beeilen.«

Eine halbe Stunde später verließen sie gemeinsam das Hotel und fuhren stumm zu Sofies Wohnung. Sofie hatte Mühe, den Schlüssel ins Schloß zu bekommen. Ihre Hände zitterten, und Erica legte ihre Hand auf Sofies, gemeinsam schlossen sie die Tür auf. Kaum waren sie über die Schwelle getreten, als sie sich auch schon in den Armen lagen und hungrig küßten. Sie entkleideten sich hastig auf dem Weg ins Schlafzimmer.

Später, als es bereits dunkel war, sagte Erica: »Meine Süße, wie habe ich es nur all die Zeit ohne dich aushalten können?«

Sofie lachte. »Das frage ich mich auch andauernd.« Zärtlich strich sie ihr über die Wangen und hauchte einen Kuß auf ihre Augen, dann ihre Nase, ihre Wangen und zum Schluß auf ihren Mund. »Ich liebe dich von ganzem Herzen«, flüsterte sie.

Erica zog sie ganz eng an sich und sah ihr tief in die Augen, als sie mit belegter Stimme hauchte: »Ich werde dich immer lieben.«

»Oh Erica, *immer* ist eine so lange Zeit«, sagte Sofie erstickt.

»Ja mein Schatz, aber ich habe auch alle Zeit der Welt, um dich zu lieben. Und morgen werde ich dir alles berichten. Alles, was du wissen möchtest«, versprach Erica.

Sofie kuschelte sich in ihre Arme und schloß die Augen.

Erica hielt sie fest umschlungen und hauchte ihr glücklich einen Kuß auf die Stirn.

ENDE

Weitere Titel der édition el!es

Julia Arden: ... und wenn du auch die Wahrheit sprichst

Liebesroman

Michaela Dietz läßt sich engagieren, um die Tochter eines Hotelbesitzers zu überreden, das Familienunternehmen weiterzuführen. Sehr zur Freude des schlechten Gewissens blüht Tanja Kanter in Michaelas Nähe auf und – natürlich, verliebt sich in sie. Doch was passiert, wenn Tanja Michaelas wahre Gründe für die unerwartete Zuneigung erfährt? Und was sagt Michaelas langjährige Freundin Vanessa eigentlich dazu?

Ruth Gogoll: L wie Liebe

Liebesroman

Bunt und unterhaltsam: Großstadtlesben und ihre (Liebes-)Abenteuer. Da ist das ungleiche Paar Marlene und Anita, das gehörig Nachhilfe in Sachen Romantik benötigt; Carolin und Ina schweben (noch) im siebten Himmel; Chris und Sabrina stecken in einer verstaubten Beziehung fest, und schließlich können sich Rick, Thea und Melly noch nicht so recht entscheiden. Verwicklungen folgen, und schon sehr bald ist nichts mehr so, wie es anfänglich war . . .

Victoria Pearl: Endlich gefunden

Liebesroman

Krankenschwester Hanna hat sich gerade aus der unheilvollen Beziehung zu Birte gelöst, als ihr eine Fremde für einen kurzen Moment den Kopf verdreht. Zurück im Arbeitsalltag nimmt Hanna erst nach langer Zeit wieder via Internet Kontakt zu anderen Frauen auf. Die Überraschung folgt auf dem Fuß, doch ist die Traumfrau tatsächlich endlich gefunden?

Julia Arden: Vertrau mir

Roman

Anna Ravensburg lebt ruhig und zurückgezogen auf ihrem Tierhof. Mit der Idylle ist es vorbei, als Kommissarin Maike Roloff auftaucht: Zwei Pharma-Manager sind entführt worden, und Annas Vergangenheit als radikale Tierschützerin könnte bei der Aufklärung helfen. Zunächst widerstrebt es Anna, die Polizei zu unterstützen, doch bald muß Anna sich eingestehen, daß sie sich zu Maike hingezogen fühlt. Maike hingegen scheint sich nur für eines zu interessieren: Die Lösung ihres Falles.

Anna Peters: Herzköniginnen

Liebesroman

Susanne gibt eine Zeitungsanzeige auf und lernt die um einiges ältere Anna kennen. Sie beginnen eine rege Brieffreundschaft, verlieben sich, treffen sich schließlich – und werden in einer leidenschaftlichen, intensiven Beziehung glücklich.
Die Geschichte wird allein in den Briefen erzählt, die sich beide schreiben.

Ruth Gogoll: Verbotene Leidenschaft

Erotischer Liebesroman

Sich in die eigene Chefin zu verlieben, wenn diese augenscheinlich hetero ist, gehört in jedem Fall zu den Dingen, die eine Lesbe nicht tun sollte. Doch eine erwachte Leidenschaft läßt sich nicht einfach abschalten, und so gilt es, die Chefin zu bekehren – auch, wenn das mit reichlich Widrigkeiten einhergeht.

Ruth Gogoll: Wie ein Stern, der vom Himmel fällt

Erotischer Liebesroman

Weihnachtliches Plätzchenbacken gehört eigentlich in glückliche Familien. Wenn jedoch die unfreundliche Nachbarin nur für sich allein backt, dann ist das verdächtig. Und wenn diese Nachbarin zwar spröde, aber ungemein attraktiv ist und mit ihren schönen Augen lockt, dann erwacht der lesbische Jagdtrieb: Wenn schon Plätzchenbacken, dann bitte nur zu zweit . . .

Tala Storm: Der lange Weg

Liebesfantasy in drei Teilen

Cay-La erwacht eines Morgens ohne Erinnerung. Sie schließt sich zunächst der schönen Kallisto an, doch als die eine Kriegerin töten will, wechselt Cay-La die Seiten. Zusammen mit der Kriegerin und ihrer Gefährtin versucht sie ihre Vergangenheit zu erfahren, die Erinnerung an sich selbst wiederzufinden. Eine nicht ungefährliche Reise ins Reich der Amazonen beginnt, denn der Zorn Kallistos begleitet sie . . .

Ruth Gogoll: Ostereier

Erotischer Liebesroman

Eine Geschichte um Ostereier? Nein, eine Liebesgeschichte. Die Begegnung in einem Supermarkt kurz vor Ostern – ist sie Zufall oder Schicksal? Befördert der Einkauf von Obst und Gemüse die Liebe – oder hindert er sie an ihrer Erfüllung? Und was ist mit der geheimnisvollen Bemerkung, mit der alles begann?
Das alles sind Fragen, denen sich die beiden Protagonistinnen stellen müssen.
Werden sie eine Lösung finden?

Gerri Hill: Der Mond scheint nur für dich

Liebesroman

Die Malerin Kara malt bevorzugt morgens oder abends: Wenn es nicht mehr hell ist und der Mond scheint. Sie liebt den Mond, ihren stummen Begleiter durch die Jahre. Doch als sie Ginny kennenlernt, ändert sich alles – und der strahlende Mond wird Zeuge einer wachsenden Liebe . . .

Victoria Pearl: Sag's mit Rosen

Erotischer Liebesroman

Blümchen heißt das alte Wohnmobil, mit dem Jessie herumfährt und geradeheraus Frauen anbaggert. Leonie ist von dieser Masche nicht begeistert, doch sie kann sich Jessies Charme nicht entziehen. Eine gemeinsame Reise in dem engen Gefährt bleibt nicht ohne Folgen, aber Leonie befürchtet die baldige Trennung; wie wird Jessie sich entscheiden?

Julia Arden: Unter Verdacht

Liebesroman

Als Professorin eher distanziert, geraten Sylvias Gefühle immer mehr außer Kontrolle, während die Zusammenarbeit mit der Architektin Karen enger wird. Das Tüpfelchen auf dem i: Karen ist lesbisch. Sollte Sylvia tatsächlich etwas für Karen empfinden? Doch die Idylle wird jäh zerstört, als Karen wegen Kreditbetrugs verhaftet wird. Mit Sylvias Hilfe aus dem Gefängnis entlassen, machen sich beide auf die Suche nach dem wahren Täter und kommen sich dabei immer näher.

Ruth Gogoll: Eine Insel für zwei

Erotischer Liebesroman

Neunzehn Jahre alt und auf der Suche nach der großen Liebe: Das ist Andy, als sie Danielle kennenlernt, Besitzerin einer Werbeagentur. Danielle hält Liebe für eine Illusion. Sie lädt Andy zu einer Reise durch die Ägäis ein, doch fordert dafür einen hohen Preis.
Andy läßt sich darauf ein, weil sie Danielle liebt und hofft, daß Danielle auch lernen wird zu lieben. Fast scheint es, als hätte Andys Liebe eine Chance, doch da geschieht etwas Unvorhergesehenes ...

Ruth Gogoll: Tizianrot

Erotischer Liebesroman

Tanita schwärmt unsterblich für ihre Mathematiklehrerin Diana. Nach Tanitas Abitur verlieren sie sich aus den Augen. Zufällig treffen sie sich Monate später wieder, und die Überraschung ist perfekt, als sich herausstellt, daß auch Diana Interesse an Tanita hat. Schnell kommen sie sich näher, die Erfüllung aller Träume scheint nah, doch da tauchen unerwartete Schwierigkeiten auf.

Alexandra Liebert: Träume aus der Ferne

Liebesgeschichten

Geschichten rund um das Verlieben: »Viele Wege führen nach Rom, aber keiner führt an den Geschichten von Alexandra Liebert vorbei – wenn frau romantische Liebesgeschichten schätzt. In ihrer ganz eigenen, feinfühligen Art beschreibt die Autorin das Suchen und schließlich auch das Finden der Liebe, die verschiedene Gesichter haben kann und darum auch auf unterschiedlichen Wegen erkämpft, erwartet oder erkannt werden will.« (Victoria Pearl)

Alexandra Liebert: Der Schlüssel zum Glück

Liebesgeschichten

Geschichten rund um das Verlieben: Ob gewollt oder ungewollt, überraschend oder nicht – Alexandra Liebert versteht es, ihre Heldinnen in kleinen, unbeschwerten Geschichten auf spannende Art zusammenzubringen. Da sucht Cathy nur nach einem Job und findet die Liebe, Lisa sucht erholsame Ferien in San Francisco – und findet die Liebe, Carmen und Maria haben sich mit dem Auto verfahren, suchen den richtigen Weg und finden: die Liebe.
Sie wollen jetzt wissen, wer noch alles die Liebe findet? Und welche Hürden dabei zu überwinden sind? Wir haben da einen kleinen Tip für Sie: Kaufen Sie doch einfach dieses Buch . . .

Julia Arden: Das Lächeln in deinen Augen

Roman

Beate sieht in Cornelia Mertens, ihrer neuen Chefin, zunächst nur das, was alle sehen: die kühle, distanzierte Geschäftsfrau. Liebe ist etwas für Träumer – aus dieser ihrer Meinung macht Cornelia kein Geheimnis.
Nach und nach lernt Beate aber eine ganz andere Seite an Cornelia kennen. Cornelia überrascht sie mit unerwarteter Fürsorge, Verständnis und einer seltsamen Mischung aus Heiterkeit und Ernst. Also doch harte Schale, weicher Kern? fragt sich Beate. Ist das äußere Erscheinungsbild nur Fassade für all die, die sich nicht die Mühe machen dahinterzuschauen? Oder sind Sanftmut und Charme nur Trick, Teil eines Planes? Nämlich dem, sie zu verführen? Letzteres wäre fatal für Beate, denn so oder so – sie hat sich in Cornelia verliebt.

Julia Arden: Laß mich in dein Herz

Liebesroman

Vor vier Jahren verlor Andrea ihre Lebensgefährtin Maren durch einen Autounfall. Seitdem lebt sie ausschließlich für ihren Beruf als Richterin, bis Gina in ihr Leben tritt und ihre Gefühle durcheinanderbringt. Aber sie will keine Beziehung eingehen, ihr Herz hängt nach wie vor an Maren. Also versucht sie Gina zu vergessen, doch dann kommt es zu einem unverhofften Wiedersehen – und Andrea braucht Ginas Hilfe, weil der Beruf sie in Gefahr bringt . . .

Victoria Pearl: Sonnenaufgang in deinen Armen

Erotischer Liebesroman

Luisa lernt in der Firma, in der sie arbeitet, Ingeborg kennen und fühlt sich sofort zu ihr hingezogen. Sie verläßt den Mann, mit dem sie seit sechs Jahren zusammenlebt, und versucht sich Ingeborg vorsichtig zu nähern. Ingeborg jedoch lehnt dies stets schroff ab. Als das Chorsingen sie beide ins Schweizerische Bergell verschlägt – gemeinsames Hotelzimmer mit Doppelbett – schlägt Luisas Stunde: Kann sie Ingeborgs Zuneigung gewinnen?

Behrens – Spors – Doll:
Mia
Liebe mit Umwegen
In heißem Wüstensand

Liebesgeschichten

MIA
Wie sag' ich's meiner Lehrerin? Mia ist verliebt, aber sie traut sich nicht. Ist die Angebetete nun lesbisch oder nicht? Könnte sie die Gefühle erwidern? Janina Behrens gelingt es, diese Schülerin/Lehrerin-Geschichte auf humorvolle Weise darzustellen.

LIEBE MIT UMWEGEN
Was passiert, wenn die vermeintlich Richtige doch die Falsche ist? Wenn die Falsche am Ende die Richtige ist? Irrungen und Wirrungen der Liebe werden von Julia Spors schließlich entwirrt.

IN HEIßEM WÜSTENSAND
Eine Agypten-Reise von den Eltern geschenkt – kann das gutgehen? Widerwillig tritt Connie die Reise an, die mit einigen Schwierigkeiten und Hindernissen beginnt. Doch unter afrikanischer Sonne sieht vieles dann ganz anders aus, und aus geliebten Menschen können plötzlich geliebte Menschen werden ...

Kingsley Stevens: Liebe mich

Erotischer Liebesroman

Amy Flanagan und Morgan Holdsworth treffen sich, als Amy versucht einen Großauftrag von Morgan, Eigentümerin eines Kosmetikkonzerns, für die Werbeagentur zu erhalten, für die Amy arbeitet. Obwohl Amy Geschäft und Privates auseinanderhalten will, verliebt sie sich in Morgan. Sie beginnen eine Affäre, doch Morgan scheint wenig Interesse an einer Vertiefung ihrer Beziehung zu haben, während Amy sich wünscht, Morgan näherkommen zu können.

Trix Niederhauser: Halt mich fest

Liebesroman

Wie sag ich's meinen Eltern? Früher oder später kommt jede Lesbe an diesen Punkt, auch Chris, die rockende Gitarristin mit Hang zu Unfällen. Tina tritt in ihr Leben, und alles ist anders: Das Coming-out, die verschollen geglaubte Großmutter, die Ex mit dem dritten Auge und vieles mehr machen der Heldin das Leben schwer. Tapfer erträgt sie die putzende Mutter, den pubertierenden Neffen und den schweigenden Vater. Nur daß Tina rothaarige Frauen küßt, macht ihr zu schaffen ...

Augenblicke der Liebe

Erotische Geschichten

Bereits seit dem Jahre 2001 besteht auf der Internetseite der édition el!es die Möglichkeit, jeden Monat eine neue »Erotische Geschichte des Monats« zu lesen. Diese Geschichten werden in der Reihe »Augenblicke der Liebe« in loser Folge veröffentlicht.

Kay Rivers: Küsse voller Zärtlichkeit

Roman

Michelle Carver hat als Managerin von Disney World in Florida einen anstrengenden Job. Für ein Privatleben hat sie kaum Zeit, deshalb beschränkt sie sich auf gelegentliche Affären. Liebe kommt in ihrem Wortschatz nicht vor.

Cindy Claybourne ist Studentin und hat einen Ferienjob in Disney World. Sie merkt, daß sie sich zu Michelle hingezogen fühlt, daß sie hinter ihre harte Schale schauen möchte. Aber Michelle läßt das nicht so einfach zu. Doch Cindy gibt nicht auf und kämpft für ihre Liebe zu Michelle. Wird Michelle endlich einsehen, daß Cindy die richtige für sie ist?

Melissa Good: Sturm im Paradies

Liebesroman

Melissa Good, Drehbuchautorin verschiedener Episoden der beliebten TV-Serie »Xena – Die Kriegerprinzessin«, bei el!es!

Firmen aufkaufen und ohne Rücksicht auf Verluste sanieren – Dar Roberts, Vizepräsidentin einer großen Gesellschaft, liebt ihren Job und erledigt ihn gründlich. Bei einem kleinen Unternehmen trifft sie jedoch auf unerwarteten Widerstand: Kerry Stuart, die junge Leiterin der Supportabteilung, kämpft engagiert für die Erhaltung der Arbeitsplätze. Gleichzeitig fühlt Kerry sich angezogen von dieser großen, starken, dunkelhaarigen Frau, in der mehr zu schlummern scheint als kalter Geschäftssinn. Zaghaft kommen sich die beiden näher . . .

Diana Lee: Die Geliebte der Wölfin

Die lesbische Robin Hood

Die schöne Lady Gwendolyn wird auf dem nächtlichen Heimweg überfallen. Rettung naht in Gestalt der attraktiven Ritterin Sir Blaidd, die in geheimer Mission eine Verschwörung gegen die Königin aufdecken soll. Gwendolyn verliert ihr Herz an die tapfere Heldin, gemeinsam versuchen sie nun mit ihren Freunden den Verschwörern zuvorzukommen. Doch die Feinde sind mächtig, mittels dunkler Rituale versuchen sie, ihre Kräfte zum entscheidenden Schlag zu bündeln. Auch Gwendolyn gerät in Gefahr. Kann Sir Blaidd sie mit ihrem Mut und ihrem geschickten Schwert aus der tödlichen Falle befreien?

Shari J. Berman: Hawaiianische Träume

Liebesroman

Die attraktive Freddie hofft, bei einem Urlaub auf Hawaii ihren Ex-Mann endlich zu vergessen. Unter dem Sternenhimmel der Südsee läßt sie ihr altes Leben hinter sich. Hals über Kopf stürzt sie sich in eine heftige Liebesbeziehung mit der Fotografin Stephanie. Doch nach dem ersten Liebestaumel drohen Zweifel und Konflikte: Freddie hat Probleme mit ihrem Coming-out und weiß nicht, ob sie ihre lesbische Liebe leben kann und will. Und trotz allem Verständnis für die Geliebte stößt auch Stephanie irgendwann an die Grenzen ihrer Geduld . . .

Ruth Gogoll: Ich liebe dich

Erotischer Liebesroman

Ira ist eigentlich viel zu schön, um Bankmanagerin zu sein, und Elisabeth will nur eine Hypothek von ihr: Da schlägt die Liebe zu wie ein Blitz. Zuerst einmal erscheint Elisabeths Liebe aussichtslos, doch dann ergibt sich eine unverhoffte Begegnung, und bald sind die beiden ein Paar. Doch das Schicksal hält noch etliche Schläge für sie bereit. Piet, Iras ehemalige Lebensgefährtin, taucht plötzlich wieder auf. Und Ira erhält unerwartet eine berufliche Chance, die sie nicht ablehnen will. Die räumliche Entfernung schürt die ohnehin vorhandene Eifersucht noch.

Sarah Dreher: Solitaire und Brahms

Liebesroman

»Wenn eine Frau, die Frauen liebt, keine Frau ist, wer dann?«
Beruflich erfolgreich, allgemein beliebt und frisch verlobt, wehrt sich Shelby dennoch gegen das traditionelle Rollenverhalten einer gehorsamen Ehefrau, in das ihre Umwelt sie drängen will. Als sie merkt, wieviel ihre neue Nachbarin Fran ihr bedeutet, beginnt sie die Puzzleteile in ihrem Leben endlich neu zu ordnen.
Sarah Dreher zeichnet in ihrem persönlichsten Roman ein einfühlsames, humorvolles und zugleich schmerzhaft realistisches Bild der sechziger Jahre, aus der Zeit vor Stonewall und Gay Pride, als eine »richtige Frau« sich nicht gegen gesellschaftliche Erwartungen auflehnen, geschweige denn in eine andere Frau verlieben durfte.

Victoria Pearl: Zärtliche Hände

Erotischer Liebesroman

Eine große, schweigsame Frau mit graublauen Augen – eine Taxifahrerin, die sie in einer fremden Stadt zum Hotel fährt – beeindruckt Olivia tief. In heißen Träumen wünscht sie sich in ihre Arme, aber es scheint aussichtslos, sie wiederzusehen, denn Olivia kennt nicht einmal ihren Namen. Dafür tauchen andere Frauen in Olivias Leben auf, die sie nicht trösten können. Wird die geheimnisvolle Fremde einmal aus ihren Träumen auferstehen und in Fleisch und Blut zu ihr kommen? Das Rätsel scheint unlösbar, doch eine Frau gibt nicht auf – auch, wenn sich immer neue Schwierigkeiten ergeben . . .